過香積寺
향적사를 찾아가다

향적사 어딘지 알지 못하여
구름 봉우리 속으로 몇리나 들어간다
고목 우거져 사람 다니는 길 없건만
깊은 산 속 어딘가의 종소리
샘물 소리 가파른 바위에서 흐느끼고
햇살은 푸른 소나무를 차갑게 비치고 있네
해질녘 고요한 연못 굽이에 앉아
편안히 참선하며 잡념을 걷어 낸다네

不知香積寺 數里入雲峰
古木無人徑 深山何處鍾
泉聲咽危石 日色冷青松
薄暮空潭曲 安禪制毒龍

無影劍傳

무영검전

무영검천 2
한성재 新무협 판타지 소설

초판 1쇄 찍은 날 § 2006년 1월 18일
초판 1쇄 펴낸 날 § 2006년 1월 28일

지은이 § 한성재
펴낸이 § 서경석

편집장 § 문혜영
편집책임 § 이재권
편집 § 최하나·문정흠

펴낸곳 § 도서출판 청어람
등록번호 § 제1081-1-89호
등록일자 § 1999. 5. 31
어람번호 § 제2-0813호

주소 § 경기도 부천시 원미구 심곡1동 350-1 남성B/D 3F (우) 420-011
전화 § 032-656-4452 팩스 § 032-656-4453
http://www.chungeoram.com
E-mail § eoram99@chollian.net

ⓒ 한성재, 2006

ISBN 89-5831-949-6 04810
ISBN 89-5831-947-X (세트)

※ 파본은 본사나 구입하신 서점에서 교환하여 드립니다.
※ 저자와 협의하여 인지를 붙이지 않습니다.

無影劍傳 무영검전

한성재 新무협 판타지 소설
Fantastic Oriental Heroes

②

도서출판 청어람

| 목차 |

제11장 살아가기 위해 _7
제12장 꼬마 계집 _37
제13장 살수, 그리고 속죄 _69
제14장 그녀 _95
제15장 차이점 _129
제16장 그 _155
제17장 불로불사(不老不死) _183
제18장 잠시 동안 _211
제19장 무영과 현, 그리고 그림자를 찾는 이들 _237
제20장 불나방은 불꽃을 향해 날아든다 _279

제11장
살아가기 위해

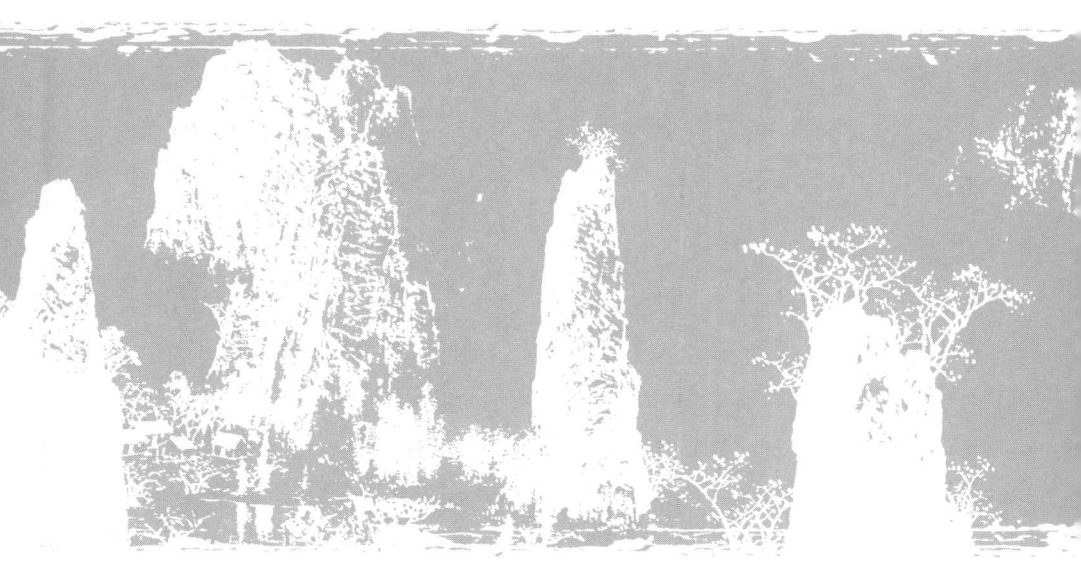

살아가기 위해

이윽고 저 멀리 남궁세가의 건물들이 시야에 들어오기 시작했다.

남궁세가는 현 정파무림의 으뜸 중 한 곳이었다.

전대 가주인 검제 남궁민의 뒤를 이어받은 남궁문은 지혜롭게 세가를 유지해 가고 있었다.

남궁민이 남궁세가의 입지를 폭발적으로 늘리며 기초를 다졌다면, 남궁문은 그 기세를 발판 삼아 내실을 다졌다.

많은 문도들을 받아들이고 사업적으로도 수완을 발휘해 수입을 차근차근 늘려갔다.

"언제 봐도 크단 말이야."

무영은 벽을 따라 걸으며 감탄성을 터뜨렸다. 이 장에 이르는 높은 담 위로 건물들이 보였다.

무영은 주위를 둘러보다가 훌쩍 몸을 날렸다.

탁.

무영의 몸이 사뿐히 지붕 위에 안착했다. 밑에는 호위무사들이 있었지만 누군가 담을 넘었음을 알아차리지 못했다.

무영은 피식 미소를 지었다. 저번에 왔을 때도 알아차리지 못했던 이들이다.

무영은 빠른 속도로 지붕을 훌쩍훌쩍 뛰며 중앙 쪽으로 향했다.

"저기다."

무영이 남궁민의 처소 지붕 위에 내려앉았다.

무영은 아래쪽을 살폈다. 남궁민의 방 안에서 두 개의 인기척이 느껴졌다.

'혼자가 아니네?'

무영의 존재는 남궁민밖에 모른다.

들어갈 수가 없었다.

그러던 중 저 멀리서 익숙한 얼굴의 여인이 걸어오고 있었다. 얼마 전 방문했을 때 남궁민의 처소에서 본 그 시비였다.

"그러고 보니 저 아이도 날 봤지?"

순간 무영이 몸을 훌쩍 날려 걸어오고 있는 시비를 잡아챘다.

"……!"

무영은 미소를 지으며 지붕 위로 올라섰다. 그리고 시비를 향해 미소를 지었다. 무영의 손에 입이 틀어막힌 시비의 눈이 심하게 흔들리고 있었다. 갑작스런 상황에 어찌할 바를 모르는 것이다.

무영은 자신의 입가에 손가락을 가져다 대며 조용히 하라는 표시를 보냈다.

"오래간만이지?"

"……?"

"내가 기억나느냐?"

무영의 물음에 시비는 눈을 동그랗게 떴다.
"기억나면 고개를 끄덕여."
무영의 말에 시비는 천천히 고개를 끄덕였다. 천하의 남궁민에게 반말을 하며 술을 마시던 꼬맹이. 더욱이 남궁민은 그 꼬맹이를 자신의 친우라 소개했다. 그러니 어찌 잊을 수가 있겠는가.
무영은 한숨을 내쉬며 안도했다.
"저 방에 누가 와 있나?"
무영의 물음에 시비가 고개를 끄덕였다. 그제서야 무영은 막았던 손을 내려놓았다.
"가주님께서 점심 문안차 오셨어요."
남궁문은 하루에 세 차례 인사를 하러 왔다. 하필이면 그 시간이랑 겹친 것이다.
무영은 잠시 생각하다가 말문을 열었다.
"네가 도와줘야겠다."
"예?"
"너는 그의 전속 시비이지?"
"그렇긴 합니다만."
"네가 들어가 그 친구에게 내가 왔노라고 전하렴. 그러면 그 남궁문인가 뭔가 하는 놈 나가라고 할 게다."
무영의 말에 시비의 표정이 좀 굳어졌다. 가주를 놈이니 하는 저속한 단어로 표현한 탓이다.
"왜 말이 없지?"
무영의 재촉에 시비는 고개를 끄덕였다. 무영은 시비를 아래로 내려준 뒤 당부의 말을 잊지 않았다.
"부탁한다."

살아가기 위해 11

"알겠습니다."

"그렇지가 않다면 내가 이렇게 부탁할 이유가 없지 않겠느냐."

시비는 새파랗게 질려 총총걸음으로 남궁민의 처소로 들어갔다.

무영은 재빨리 지붕 위로 올라가 아래쪽을 살폈다.

과연 잠시 후 문이 열리며 남궁문과 시비가 나왔다.

시비는 남궁문을 배웅한 뒤 고개를 들었다. 이내 완전히 인기척이 끊기자 무영은 아래로 내려왔다.

"수고했다."

무영은 시비의 어깨를 한차례 두들겨 주며 방 안으로 들어갔다.

남궁민은 침상에 앉아 미소를 짓고 있었다.

"정말 자네가 맞는가?"

"그래."

남궁민의 물음에 무영은 고개를 끄덕이며 다가갔다. 그리고 침상 앞에 놓여 있는 의자에 앉았다.

"이번에는 빨리 왔지?"

남궁민은 인자한 미소를 지으며 고개를 끄덕였다.

"그래……."

남궁민은 피식 웃었다. 무영은 남궁민을 잠시 바라보다가 말문을 열었다.

"그런데 얼굴이 많이 상했군."

남궁민의 얼굴에 씁쓸함이 감돌았다.

"나도 늙었어. 하루가 다르게 기력이 허해지는 것 같다네."

"하기는……."

무영은 고개를 끄덕이다가 옆에 서 있는 시비를 바라보며 탁자를 탁탁 쳤다.

"너 눈치가 없구나?"

"예?"

시비의 반문에 남궁민이 미소를 지으며 말했다.

"한 상 받아오려무나."

"하지만……."

시비는 곤혹스러운 표정이었다. 요즘 들어 남궁민의 건강이 많이 악화된 상태였다. 지금의 상태에서 술은 좋지 않았다.

"괜찮으니 받아오거라."

남궁민은 짐짓 위험 서린 목소리로 명을 내렸다. 시비는 읍을 하며 방을 나섰다.

무영은 남궁민의 노안을 바라보며 중얼거렸다.

"세월 참 무섭구만."

"어쩔 수 있겠나?"

남궁민은 씁쓸한 표정으로 옷매무새를 가다듬었다.

"그래도 요즘은 도리어 마음이 편해진다네."

무영은 피식 웃었다. 그는 이미 마음의 준비를 끝낸 상태였다.

"벌써부터 그런 생각하면 더 빨리 죽는다네."

"그런가?"

남궁민 역시 마주 미소를 지었다. 그렇게 둘은 담소를 나누며 시간을 보냈다.

잠시 후 시비가 상을 받아왔다.

"삶과 죽음은 이 빈 술잔과 같아."

무영은 남궁민의 잔에 술을 채워주었다.

"아무것도 없이 왔다가 삶이라는 술에 의해 채워진다. 하지만 결국 처음과 같이 무로 돌아간다. 그런 뜻이겠지?"

남궁민은 고개를 끄덕였다.

"삶과 죽음은 어떤 의미에서는 같다고 할 수 있지. 태어나고 살아가며 죽음을 맞이한다. 어떻게든 결과적인 측면에서 같아. 무에서 무로……."

남궁민은 인자하게 웃었다.

"나이를 먹으니까 와 닿더군. 그러니까 한결 마음이 편해졌어."

"이런 가정은 어떨까?"

"응?"

남궁민은 고개를 갸웃거렸다. 무영은 술잔을 들며 말문을 열었다.

"내가 자네를 죽지 않게 만들 수 있다는 가정."

"무슨 그런 허황된 소린가?"

무영은 희미하게 웃었다. 남궁민의 표정이 굳어져 갔다.

"설마 자네……."

무영은 어깨를 으쓱였다.

"가정이야, 가정."

무영의 말에 남궁민은 씁쓸한 미소를 지었다.

"…오히려 내 쪽에서 거절하겠어."

남궁민의 말에 무영은 고개를 끄덕였다.

사람들은 본능적으로 삶에 대한 애착을 가지고 있다. 그렇기에 많은 이들은 영생의 방법을 찾기 위해 노력해 왔다.

하지만 대가없이 이룰 수 있는 일이란 없다. 영생을 얻게 되면 그만큼의 시련과 고통을 겪게 되기 때문이다.

무영은 그렇게 살아왔다.

"순리대로 가는 것이 최선이야. 적어도 나는 그렇게 생각하네."

남궁민은 힘 빠진 목소리로 중얼거렸다. 무영은 남궁민의 잔에 술을 채워주며 말을 받았다.

"죽는다는 경험… 나에게는 먼 세계의 이야기일 뿐이야."

무영은 술을 털어 넣었다.

"순리대로 살다가 죽을 수 있다는 것이 얼마나 큰 축복일까. 지금의 나로서는 모르겠어."

무영의 쓴 미소를 지었다.

"그런데 웃기지? 가끔씩 이런 내 몸에 안도감을 느끼기도 한다네. 웃기는 일이지."

얼마 전 일랑과 마주쳤을 때였다. 손목이 잘려 나간 소령. 하지만 제대로 접합만 하면 말끔히 낫는다. 가끔씩 그런 생각을 하고는 한다.

"쉽게 생각해."

"……?"

무영이 고개를 갸웃거리자 남궁민은 빙그레 미소를 지었다.

"나는 아직도 자네에 대해 몰라. 하지만 이것 하나는 확신해. 나보다 몇 배의 삶을 살아왔다는 것."

남궁민은 술잔을 슬슬 돌리며 말을 이어갔다.

"자네가 여태껏 살아온 것, 이 자체가 순리였다고 생각해 버려."

"이 삶 자체가 순리?"

무영의 눈망울이 커졌다.

"이 삶이 순리라고……?"

무영은 말끝을 흐렸다. 왠지 마음이 포근하게 가라앉는 느낌이다. 남들과 다른 삶이었다.

그것이 무영이 감내해야 할 순리였다.

"그런가? 그렇게 생각해도 되는 건가?"

"그래."

"나는 남들을 속이며 살아왔어. 그래도?"

무영은 남궁민을 바라보았다.

'이제는 너도 이용하려 하고 있어.'

하지만 입 밖으로 내지는 않았다.

왠지 가슴 한편이 저릿하게 아려왔다. 자신을 진심으로 대해주는 남궁민을 이용해야 한다. 하지만 그것을 모르는 남궁민은 인자하게 웃으며 고개를 끄덕여 줄 뿐이었다.

"그래."

남궁민은 무영의 손을 잡아주었다. 주름진 손의 감촉이 무영의 마음을 보듬어주었다.

"고마워."

무영은 입가에 희미한 미소가 걸렸다. 남궁민 역시 평온한 표정으로 미소를 지었다.

"아, 깜박했는데 너희 가문에 남궁창이란 아이가 있나?"

무영의 갑작스런 물음에 남궁민은 고개를 갸웃거렸다. 손주인 남궁창을 말하는 것이었다.

"그 아이를 자네가 어찌 아는가?"

"저번에 광주에 가는 길에 잠시 인연을 맺었어."

"그러고 보니 또래 아이들끼리 무슨 모임이 있다고 했던 것 같군. 그래, 어떻던가?"

남궁민이 은근하게 물었다.

"재능있는 아이더군."

무영의 말에 남궁민의 얼굴에 모처럼 화색이 돌았다. 아무리 한 시대를 풍미한 검제 남궁민이라도 손주 일에 있어서는 어쩔 수 없는 모양이었다.

"자네가 재능이 있다고 할 정도면 기대를 가져 봐도 되겠어."

"지금부터가 중요해. 자네가 오 년 정도 붙잡고 가르쳐."

"여기서 오 년이나 더 살라고?"

남궁민은 씩 웃었다. 무영 역시 마주 미소를 지었다. 그렇게 둘은 술잔을 주고받았다. 어느 정도 시간이 흘렀을 무렵, 남궁민이 무영에게 시선을 주며 말문을 열었다.

"자네 혹시 요즘 무림의 정세가 어떤지 아는가?"

"응?"

술잔을 들던 무영이 고개를 갸웃거렸다. 그런 모습에 남궁민이 희미한 미소를 지으며 말문을 열었다.

"몸이 이렇다 보니 바깥일에 대해 아는 것이 아무것도 없다네. 아이들도 나에게 말해주려 하지 않아. 그러니 혹시 조금이라도 아는 것이 있다면 말해주게."

무영은 순간 탁자 밑에 숨겨져 있던 주먹을 움켜쥐었다.

이제야 본론으로 넘어갈 수 있게 된 것이다.

"한 가지 의문점이 있다네."

"응?"

무영의 말에 남궁민이 고개를 갸웃거렸다.

무영이 찻잔을 손끝으로 툭툭 치며 말했다.

"사도련의 이야기야."

"사도련?"

사도련이란 말에 남궁민의 눈이 크게 떠졌다. 현 무림을 양분하고 있는 정파가 무림맹이란 이름 아래 결속되어 있다면 사파는 사도련이었다.

사도련은 전통의 명문대파인 명교를 제외한 백련교와 백화교, 암흑신교 외에 여러 사도 방파의 연합 조직을 일컫는 호칭이었다.

오십 년 전 정사대전 이후로 무림맹은 씻을 수 없는 치욕을 입었다.

당시 남궁세가를 이끌고 있던 남궁민 역시 그 대전에 참가했었다.
"그 당시… 뭔가 이상하다고 생각하지 않았나?"
"응? 뭐가 말인가?"
"당시 황실의 움직임 말이야."
남궁민은 아직 이해가 되지 않는지 고개를 갸웃거렸다. 그런 모습에 무영이 혀를 끌끌 차며 말을 이어갔다.
"생각해 봐. 사도련을 이루고 있는 백련교나 백화교… 암흑신교 등등을."
"그거야 물론… 설마?"
무영은 살며시 고개를 끄덕였다.
"그래, 분명 사도련의 문파들은 황실에 반하는 무리들이지."
사파를 이루고 있는 문파들은 파사국(波斯國:페르시아)에서 들어온 종교인 조로아스터교를 바탕으로 모인 무리들이었다.
이들은 그 교리에 따라 종교와 왕권을 떼려야 뗄 수 없는 관계라고 주장했다. 종교는 왕권의 토대가 되고, 왕권은 종교의 보호자 위치에 있다는 것이 그들의 말이었다.
왕권이 사도련의 교리에 굳건히 기초를 세우고, 왕이 종교를 적극적으로 보호해야만 왕권이 번성하고, 일반 백성들은 삶의 두려움에서 벗어나 행복한 삶을 누릴 수 있을 것이라고 주장했다.
하지만 반대로 왕이 나라를 잘 다스리지 못하면 왕권이 바로 서지 못해서 정의가 무너지고, 나라에 발전이 없으며 백성들은 자연스럽게 악의 대변자가 된다고 생각했다.
그러므로 악한 왕 밑에 있는 백성들은 끊임없이 투쟁해야 한다고 말했다. 이렇듯 늘 혁명의 가능성이 잠재된 것이 사도련이었다.
무영은 비릿한 미소를 지으며 남궁민과 시선을 맞췄다.

"하지만 정사대전 때 어땠지? 정파가 그토록 밀릴 때 황실은 수수방관… 더욱이 요 근래 황실에서 사도련을 토벌한 적이 있던가? 예전에는 어떻게든 말살하지 못해 안달하던 놈들이?"

남궁민은 심각한 표정으로 고개를 끄덕였다. 그것은 맞는 말이었기 때문이다.

남궁민은 눈을 동그랗게 뜨며 무영을 바라보았다.

"자네의 말을 요약해 보자면……."

무영은 고개를 끄덕였다.

"모종의 이유로 황실과 사도련이 손을 잡고 있다는 말이야."

남궁민은 침음성을 흘렸다. 분명 그럴듯한 말이었다.

"하지만… 너무 앞서 나간 것이 아닐까?"

남궁민의 말에 무영은 미소를 지었다.

"물론 그럴 수도 있어. 하지만 한번 조사해 볼 만은 하지 않겠나?"

"끄응……."

남궁민은 상당히 고심하는 표정이었다. 황실과 사도련이 모종의 협약을 맺었다?

추호도 그런 생각은 해보지 않았다. 무영은 짐짓 굳은 표정으로 남궁민을 몰아쳤다.

"요즘 젊은 후기지수들을 중심으로 현 무림맹의 행정에 대해 불만을 가지는 무리들이 늘고 있다 하더군."

무영은 예전 남궁창과 청월이 나누던 이야기가 생각나 얼른 말을 덧붙였다.

"불만?"

"너무 저자세라는 거지."

"흐음……."

남궁민은 천천히 고개를 갸웃거렸다. 왠지 가슴 한편이 답답해져 왔다. 바깥일을 알 수가 없으니 말이다.

"한번 바깥바람을 쐴 때도 되었지."

남궁민의 낮은 중얼거림에 무영의 눈가가 빛났다. 그 정도 되는 이가 흥미를 보였다면 파급 효과는 상당할 것이다.

다른 것은 필요없다. 정파를 대표하는 검제가 움직였다는 사실 하나만으로도 사도련과 황실에서 촉각을 곤두세울 것이 분명했다. 하물며 오십 년 전의 정사대전 문제니 말이다.

'미안하네.'

턱가를 매만지며 생각을 정리하는 남궁민을 바라보며 무영은 씁쓸한 표정을 지었다.

춘예는 쪼그리고 앉아 나물을 캐고 있었다. 자그마한 손은 흙으로 더러워져 있었지만 개의치 않았다. 오늘 저녁의 찬거리였다.

"귀찮아."

춘예는 불을 부풀리며 투덜거렸다. 남자 아이들은 마음껏 놀러 다니지만 여자인 자신은 그러지 못했다.

매일 이렇게 산에서 나물을 캐어야 하는 현실이 싫었다.

"쳇! 나도 놀고 싶은데."

춘예는 손에 쥔 나물을 바구니에 내팽개치며 바닥에 털썩 주저앉았.

청량한 바람이 앞머리를 간지럽혔다. 춘예는 다리를 모아 가슴팍으로 가져갔다.

"날씨 좋다."

춘예의 입가에 살포시 미소가 걸렸다.

"빨리 끝내고 내려가야겠어."

춘예는 마저 나물을 캐기 위해 몸을 일으켰다. 그리고 왕자님을 만났다.
"아……!"
춘예가 어려서부터 꿈꿔오던 왕자님이었다.
찰랑거리는 흑단의 머리와 너무도 흰 피부, 그리고 너무도 귀티나는 외모.
마을에서 가장 잘난 방앗간 임호는 왕자님에 비하면 개구리였다. 아니, 그보다도 못한 벌레라고 생각했다.
춘예는 자신의 손을 들어 보았다. 왕자님과는 다르게 햇빛에 탄 구릿빛 피부다.
춘예는 입술을 삐죽이며 고개를 들었다. 그리고 왕자님과 눈이 마주쳤다.
"에……?"
순간 춘예는 바닥에 털썩 주저앉았다. 온몸의 힘이 쭉 빠지는 것 같았다.
왕자님은 그런 춘예를 바라보며 한차례 빙긋 웃어주었다.
"어마!"
춘예는 재빠르게 치맛자락을 추슬러 훤하게 드러난 다리를 가렸다. 왕자님은 그런 춘예를 향해 손짓으로 인사를 한 뒤 걸음을 옮겼다.
"너, 너무 잘생겼다!"
춘예는 꺅꺅거리며 양 볼을 손으로 가렸다.
"애들한테 자랑해야지."
춘예는 얼른 바구니를 옆구리에 들고 일어섰다. 어서 내려가서 마을 아이들에게 알려줄 요량이었다.

한편 춘예에게 왕자라고 오인받은 무영은 쓴 미소를 지으며 산길을 걷고 있었다.

너무도 시일이 흘러 이제는 낯선 느낌마저 주고 있었다.

"도대체 얼마 만이지?"

자신에게 죽음이 무엇인지 뼈아픈 가르침을 주었던 소화. 이제야 찾아올 수 있었다.

"기억이 확실하다면… 이쯤일 텐데."

무영은 현재 소화의 무덤을 찾고 있었다. 그 후로 장원을 지켰던 지인이 어떻게 되었는지도 모른다.

소화가 죽은 뒤 무영은 이곳을 찾지 않았기 때문이다. 의식적으로 피했다는 것이 맞는 표현일 것이다.

'나를 원망했겠지?'

떠나기 전 언제까지고 기다리고 있겠다 했다. 하지만 갈 수가 없었다. 지인이 죽는 모습까지 볼 용기가 없었다.

무영의 표정이 침중하게 가라앉았다.

"하아……."

무영은 긴 한숨을 내쉬며 바닥에 주저앉았다.

분명 소화가 묻힌 곳은 이 근처였다. 하지만 삼백 년이 넘는 시간이 흘러서일까. 예전의 흔적을 찾을 수 없었다.

문득 옛 기억에 자신을 맡겼다. 사실 소화가 죽은 직후 무영은 고심했다.

어떻게 살아가야 할 것인가.

무영은 많은 문제점들을 안고 있었다. 동생인 현을 찾는 것은 둘째 치더라도 우선 일랑에게서 숨어야 했다. 그렇다면 대놓고 바깥으로 활동하는 것은 좋지 않다.

그렇게 한참을 고민하며 무영은 십 년 동안 전국을 방랑했다.

한곳에서 오래 머물 수는 없었다. 누가 어린아이의 외모를 일일이 신경 쓰겠냐는 혹시 있을 불확실한 미래를 대비해야 했기 때문이다.
 우연히 낙양에서 머무를 무렵이었다. 그때 무영은 한 중년 여인을 만났다. 몇 번 우연찮게 마주치게 되자 맛난 음식도 얻을 수 있었다.
 여인은 홀로 길거리를 방황하는 무영을 불쌍하게 봤다.
 그렇게 시간이 지나고 무영은 어느새 그 중년 여인의 양자가 되어 있었다.
 추악스런 감언이설로 중년 여인을 즐겁게 해주며 착한 아들이 되어주었다.
 무영은 살기를 원했다.
 그렇게 오 년 정도의 시간이 흐르자 무영에 대해 수군거리는 시비들이 하나둘씩 생겨나기 시작하자 무영은 미련없이 떠났다.
 굶지 않고 따뜻한 잠자리가 필요했다. 한곳에서 정착했을 때의 안도감에 맛을 들이니 거리로 나설 수 없었다. 그것보다는 자신을 향해 웃어주고 보듬어 안아줄 수 있는 또 다른 어미가 필요했다.
 그래서 생각한 것이 이번처럼 미망인의 양자로 들어가는 것이었다. 부모란 모름지기 자식에 대해 끊임없이 애정을 쏟고 보호해 주는 존재가 아니던가.
 더욱이 무영의 외모가 빼어나게 귀엽다는 것도 장점이었다.
 무영은 앞으로 늘어진 머리를 쓸어 넘겼다.
 살아가기 위해.
 이기적이라 욕해도 상관없다.
 자신을 합리화시키자 모든 것은 쉬웠다.
 이번에 남궁민을 떠나오면서 문득 생각난 것이 소화였다.
 "하지만……"
 세월의 풍파 앞에 소화의 묘는 흔적조차 남아 있지 않았다.

"어리석은 아이였어."
끝까지 무영을 걱정하며 죽어간 소화.
무영은 들고 온 술병을 따 숲 이곳저곳에 고루 뿌렸다.
"해줄 수 있는 것이 이 정도뿐이구나."
무영은 빈 호리병을 소중히 혁낭에 넣은 뒤 등에 걸쳤다.
실없이 웃던 소화의 주름진 노안이 뇌리를 스쳤다.
"즐겁게 살아가기에는 내가 너무 더러워."
이번에도 그랬다. 자신의 이득을 위해 남궁민을 속였다.
'용서하지 마.'
무영은 짧게 한숨을 내쉬며 걸음을 옮겼다.
산길을 내려오는 도중 갑작스레 느껴지는 인기척에 무영이 발걸음을 멈췄다.
'다섯?'
무영은 감각을 최대한 개방시켰다. 어지러운 발걸음 소리. 보폭음으로 보아 어린아이들이었다. 그리고 이내 그 모습이 드러났다.
"있다! 있어!"
저 앞에서 걸어오고 있던 여아가 무영을 향해 소리쳤다. 하지만 부끄러웠는지 쪼르르 나무 뒤로 숨는다.
'아까… 그 아이로군.'
산으로 올라오는 도중 무영과 마주쳤던 여자 아이였다.
"춘예의 말이 진짜였네?"
"그래그래, 왕자님이다."
'왕자님?'
무영은 고개를 갸웃거렸다.
"얘들아!"

무영의 외침에 아이들이 화들짝 놀라는 표정이다. 무영은 상냥한 어조로 말문을 열었다.

"무슨 말이니?"

무영의 물음에 까무잡잡한 피부에 옹골차게 생긴 사내아이가 앞으로 나섰다.

"뭐가요?"

"왕자님이라니?"

그제야 사내아이 역시 무언가 이상하다고 느꼈는지 춘예를 힐끗 쳐다보았다.

"춘예, 이 바보야! 왕자님 아니잖아."

"그럴 리가?"

춘예는 그럴 리 없다는 표정으로 고개를 세차게 저었다.

'아, 그런 거군.'

무영은 이제야 모든 상황이 이해되었다. 무영은 천천히 걸음을 옮겼다.

움찔.

아이들은 쭈뼛거렸다. 무영은 이내 춘예에게 다가가서 쪼그리고 앉아 시선을 맞췄다.

춘예는 움찔거리면서도 얼굴을 붉혔다.

"네가 착각했나 보구나. 나는 왕자님이 아니란다."

"예? 예."

무영은 피식 웃으며 춘예의 머리를 가볍게 쓰다듬어 주었다.

"아……."

순간 춘예의 얼굴이 더욱 빨갛게 달아올랐다. 정신이 아득해지고 다리에 힘이 쭉 빠졌다.

털썩.

결국 춘예는 바닥에 주저앉았다.

"어? 춘예야!"

춘예가 힘없이 바닥이 주저앉자 아이들이 다급하게 외쳤다. 무영은 짧게 한숨을 내쉬며 춘예를 품에 안았다. 그리고 아이들을 향해 부드러운 미소를 지어 보였다.

"마을로 가자."

무영의 말에 아이들은 주저하는 기색이었다. 하지만 먼저 말을 걸어왔던 사내아이가 고개를 끄덕였다.

"따라오세요."

사내아이가 앞서 달리자 아이들이 뒤따랐다. 무영 역시 걸음을 옮기기 시작했다. 그렇게 일각 정도를 걷자 마을이 나타났다. 무영은 주위를 둘러보았다.

'결국 마을까지 와버리고 말았네.'

옛 추억의 거리는 많이 변해 있었다. 언제나 장원으로 가기 위해 거닐던 길터에는 집이 들어서 있었다.

'많이 변했어.'

무영의 표정이 굳어졌다. 시간이 지나면 변하기 마련이다. 그것이 순리였다. 하지만 왠지 마음이 답답했다.

잠시 상념에 빠져 있던 무영은 주위를 둘러보았다.

마을 사람들은 낯선 이방인으로 소란스러워져 있었다. 더욱이 이런 촌에서는 보기 드문 준수한 외모의 젊은 사내였다.

누가 보더라도 명문가의 자제로 볼 것임에 틀림없었다.

"형, 여기예요, 여기!"

어느새 앞서 나간 사내아이가 자그마한 돌담 집 앞에 서서 무영을 부르고 있었다.

"아, 그래."

무영이 살며시 미소를 지으며 걸음을 옮길 때였다. 순간 무영의 시야에 들어온 것이 있었다.

저 멀리 고풍스러워 보이는 장원. 자세히 보면 다 쓰러져 가는 모양새였지만 너무도 익숙한 풍경이었다.

"아……!"

분명 셋이 살았던 장원이었다. 그제야 무영의 얼굴에 안도의 미소가 머금어졌다.

"저곳만큼은 변하지 않았구나."

"형! 여기요, 여기!"

사내아이의 부름에 무영은 마음을 다잡으며 걸음을 옮겼다. 어느새 한 아낙이 집 밖으로 나와 있었다. 아마도 춘예의 어미일 것이다.

그녀는 준수한 외모를 가진 젊은 사내의 품에 안겨 있는 춘예를 보고 화들짝 놀라 다가왔다.

"춘예야!"

"어, 엄마?"

춘예는 재빨리 무영의 품에서 폴짝 뛰어내리더니 어미에게 가 안겼다.

"이게 어떻게 된 일이니?"

어미가 춘예를 품에 안고 어떻게 된 일인지 물었다. 그런 모습에 무영은 부드러운 미소를 머금으며 어미에게 말을 걸었다.

"아이가 갑자기 쓰러졌습니다. 마침 제가 근처를 지나는 길이었기에 데려왔습니다."

"아……."

그제야 안심한 어미가 애꿎은 춘예의 볼기짝을 사정없이 후려쳤다.

"아이구! 이 망할 년아! 내가 산 깊숙히는 가지 말라고 했어, 안 했어?"

"으앙! 엄마 미안해!"

춘예가 서럽게 울었다. 그런 모습에 무영이 손을 내저으며 어미를 달랬다.

"아이를 너무 탓하지 마십시오."

그제야 춘예의 어미는 무영에게 깍듯하게 감사의 인사를 올렸다.

"아이를 데려와 주셔서 감사합니다. 정말 이 은혜를 어떻게 보답해야 할지."

무영은 가볍게 손사래를 쳤다.

"아닙니다. 당연히 해야 할 일을 했을 뿐입니다."

무영은 말을 끝맺으며 다시금 장원 쪽으로 시선을 주었다. 멀리 보이는 장원의 기화가 푸른 빛을 띠고 있었다. 아마도 관리가 되질 않아 잡풀 같은 것들이 자랐을 것이다.

"저 장원은 아직 이곳에 있군요."

무영의 말에 어미가 고개를 끄덕였다.

"제가 어릴 때 저곳에서 많이 놀았지요. 제 또래한테는 거의 놀이터 같은 곳이었거든요."

무영은 미소를 지으며 고개를 끄덕였다.

"그렇군요."

"하지만 지금의 아이들은 저곳으로 가지 않아요."

"왜지요?"

무영의 물음에 어미가 피식 웃으며 춘예의 머리를 쓰다듬어 주었다.

"대개 그렇잖아요? 다 쓰러져 가는 집이다 보니 흉가네 뭐네 하면서 피하고 있거든요."

무영은 고개를 끄덕였다. 그런 모습에 춘예가 고개를 갸웃거렸다. 왠지 아는 것 같은 인상이 아니던가.

"…오빠, 여기가 고향이에요?"

춘예가 어미의 치맛자락을 부여잡은 채 눈을 빛내고 있었다. 무영은 미소를 지었다.

"예전에 여기서 산 적이 있단다."

그 모습을 바라보던 춘예가 무영에게 다가왔다.

"오빠… 되게 오래간만에 왔나 봐요?"

무영은 몸을 일으키며 고개를 끄덕였다.

"그래… 너무도 오래간만에 왔지."

돌아온 무영을 반갑게 맞이하는 소화와 지인의 환영이 눈앞에 아른거리는 것 같았다.

소화와 지인, 그리고 그간 겪어온 수많은 인연.

그저 스쳐 지나갈 뿐인 만남이었지만…….

"살아가기 위해서."

그들을 이용한다. 그것이 무영의 순리니까.

"돌아왔습니다."

무영은 초옥의 문을 열며 안을 기웃거렸다. 하지만 염무학은 보이지 않았다.

"없어?"

무영은 애꿎은 바닥을 발로 탁 쳤다.

"또 어디서 놀고 있는 거야?"

무영은 투덜거리며 마을 쪽으로 내달렸다.

어차피 염무학이 갈 곳이라고는 뻔했다. 객점에 자리 하나 잡고 앉아

술이나 마시면서 지나가는 처녀들 치마나 들추는 것이 일과가 아닌가.
　일단은 돌아와서 더 이야기를 해보자는 말을 들었기에 충실히 이행했건만, 정작 당사자가 보이지 않으니 한심하기도 하고 답답했다.
　마을로 내려온 무영은 여인들이 가장 많이 모이는 곳으로 갔다. 과연 염무학을 찾는 것은 어렵지 않았다.
　"꺄악!"
　바닥에 주저앉으며 있는 힘껏 비명을 지르는 여인네 하나.
　"역시 이 근처군."
　무영은 주위를 살피며 가장 가까이에 자리잡은 황룡각이란 객점에 들어갔다.
　"오오! 멋지군."
　염무학은 창가에 앉아 있었다. 무영은 대뜸 맞은편 의자를 빼 앉았다.
　"어라?"
　울고 있는 여인네를 바라보며 흐뭇한 미소를 짓고 있던 염무학이 황당하다는 표정으로 바라보았다.
　"딱 두 달 만에 다시 뵙는군요."
　무영은 숨을 몰아쉬며 염무학의 앞에 놓인 잔을 들어 한번에 털어 넣었다.
　"빨리 왔구나?"
　염무학은 피식 웃으며 고개를 끄덕였다.
　"호오! 과연… 참으려 해도 절로 눈물이 흐를 만큼 존경스러운 본좌의 고귀한 존안이 뇌리에서 잊혀지지 않더냐? 그래! 그럴 것이라 나도 짐작하고 있었느니라."
　천연덕스런 발언에 무영의 눈가가 일그러졌다.
　"농담할 기분이 아닙니다."

무영은 고개를 설레설레 내저었다. 하지만 염무학은 개의치 않았다. 아니, 이미 자신만의 세계에 빠져든 상태였다.

"본좌 역시 어쩔 수 없는 불가항력이니라. 어쩌겠니? 타고난 것을. 이제는 이런 내 자신이 두렵기까지 하구나."

이쯤 되면 본론을 꺼내기까지 상당한 시간이 걸릴 것 같았다. 결국 무영은 염무학의 말을 중간에 잘랐다.

"일이 잘될 것 같습니다."

무영의 말에 염무학은 눈살을 찌푸리며 말을 받았다.

"가, 감히……."

염무학은 대뜸 무영의 머리를 쥐어박았다.

"감히! 내 말을 중간에 잘라? 개념이 배 밖으로 나온 것이더냐?"

"이제는 장난 그만 치시지요!"

무영은 눈물이 찔끔 삼키며 화제를 바로잡기 위해 애썼다. 염무학 역시 눈치가 있는지라 더 이상 장난은 걸지 않았다.

"일이 어떻게 진행되었는지 알려주겠니?"

염무학의 물음에 무영은 남궁세가의 일을 알렸다.

"흐음……!"

염무학은 턱 주위를 매만지며 고개를 끄덕였다.

"일단 넘어간 것 같으니 다행이구나."

무영은 씁쓸한 표정으로 짧게 한숨을 내쉬었다.

"어찌하실 겁니까?"

"으음……."

무영의 물음에 염무학은 턱 주위를 매만지며 침음성을 흘렸다.

그들은 나름대로 세력을 구축했다. 일신의 무력이 무림인들을 뛰어넘고 불로불사(不老不死)라는 절대적인 우위점을 가지고 있었지만 소수였기 때문이다.

"음식 나왔습니다."

때마침 점소이가 주문했던 술과 음식을 내왔다. 무영은 술병을 받아 염무학의 잔에 따라주었다. 염무학은 잔을 받은 뒤 무영에게도 술을 따라주며 잠시 끊겼던 말을 이어나갔다.

"일단 문제는 각자 어디로 가는 것이냐인데……?"

염무학은 잠시 생각했다. 순간 무영이 눈을 동그랗게 떴다. 생각해 보니 소령을 잠시 잊고 있었기 때문이다.

"그러고 보니 소령이 보이질 않는군요?"

무영의 물음에 염무학은 눈살을 찌푸리며 혀를 끌끌 찼다.

"잠시 동태를 살핀다고 나간 것이 한 달 전이다. 때가 별로 좋지 못하건만… 에잉, 너나 그 녀석이나 제멋대로인 것은 어쩔 수 없구나."

무영은 피식 웃었다. 소령의 성격상 이런 곳에 처박혀 눌러앉아 있지는 않을 테니까.

"자, 이제 그럼 사도련과 황실. 두 곳 중 한 군데씩 정해야겠군요."

염무학은 고개를 끄덕였다. 어차피 둘이 찢어져야 하는 것이 맞았다. 위험 부담이 있기는 하지만 지금 상황에서는 어쩔 수 없는 일이었다.

"일단 네가 황실 쪽을 맡거라."

무영이 눈을 빛냈다.

"그렇다면 사도련 쪽을 영감님이?"

소령이가 없으니 어쩔 수 없는 일이었다. 하지만 염무학은 가만히 고개를 저었다.

"나중에 소령이 돌아오면 보내마. 난 늙어서 움직이기가 좀……."

"…이, 이봐요!"

"그럼 이 나이에 내가 하리?"

염무학은 잘나가다가 꼭 삼천포로 빠지는 경향이 있다.
"혹시 소령이 안 돌아오면 황실에 갔다가 사도련 쪽으로도 잠입하렴."
"아, 진짜!"
무영은 단번에 술을 목으로 털어 넣었다.

다음날 아침, 무영은 혁낭에 여행에 필요한 물품들을 차곡차곡 챙겨 넣고 있었다.
무영은 소매로 이맛가를 닦으며 침상에 털썩 주저앉았다.
"마시장에서 말만 구하면 여행 준비는 끝나는 것 같군."
염무학은 고개를 끄덕였다. 내력의 제약이라는 허물을 벗어던진 상태였지만 언제까지 줄기차게 경공을 시전할 수는 없는 일이었다.
"요즘 시세가 어떻게 되지요?"
"글쎄… 가봐야 알겠지."
염무학은 중얼거리며 몸을 일으켰다.
"가자."
"예."
무영 역시 마주 미소를 지어 보이며 염무학의 뒤를 따랐다.

성 외곽에 자리한 마시장은 새벽녘이었지만 많은 사람들로 붐비고 있었다.
그곳에서 괜찮은 말 한 필을 산 무영은 만족스런 표정을 지으며 비룡이란 이름도 지어주었다.
다행히 순박하고 착한 상인을 만난 덕에 많은 시간을 들이지 않아도 되었다.
무영은 비룡의 얼굴을 쓰다듬어 주었다.

"드디어 말도 샀군요."
염무학은 그런 모습을 바라보며 고개를 끄덕였다.
"여행 준비는 모두 끝났다."
"그렇군요. 이제 가기만 하면 되는군요."
무영은 말안장에 혁낭을 실으며 중얼거렸다.
"조심하거라."
염무학은 나직한 어조로 중얼거리며 무영의 어깨에 손을 얹었다.
"뭔가 또 하실 말씀이라도 있으십니까?"
"한 가지 충고를 해주마."
"예?"
사뭇 낮은 어조에 무영이 고개를 갸웃거렸다. 염무학은 잠시 머뭇거리다가 말문을 열었다.
"사사로운 감정에 치우치지 말거라."
무영은 피식 웃었다.
"겨우 그런 말씀이십니까?"
무영은 대수롭지 않은 표정이었다. 하지만 염무학의 눈가는 무겁게 가라앉았다.
"분명 우리는 무(武)에 있어서는 인간의 굴레에서 벗어났다. 하지만 심적으로는 그렇지가 못해. 알겠느냐? 살아간다는 것 자체가 그런 것이야."
"심적 굴레라······."
무영의 중얼거림에 염무학은 고개를 끄덕였다.
"그것이 가장 중요하다."
염무학은 입술 주위를 혀로 적셨다.
"뜻밖의 일이 닥칠 수도 있다. 그 불확실성을 네가 딛고 일어설 수 있겠느냐?"

"……."

무영은 아무런 말도 할 수 없었다. 그리고 그런 모습을 바라보는 염무학의 표정은 서글프기만 했다.

염무학이 걱정하는 것이 그런 점이다.

마시장을 막 나왔을 무렵, 무영이 앞서 가는 염무학을 향해 굳게 닫혀 있던 입을 열었다.

"어떻게 하시겠습니까?"

"무엇을?"

"여기서 헤어지도록 할까요?"

무영의 물음에 염무학은 피식 미소를 지었다.

"무언가 빠뜨린 것이 생각났나?"

무영은 고개를 저었다. 준비라면 어저께 모두 챙겨놓았다.

"그렇다면 이제 갈 길을 가야겠구나."

"그럼."

무영은 염무학에게 예를 취한 뒤 말에 올라탔다.

"안 돌아가십니까?"

"네놈 가는 것 보고 들어가마."

"제가 배웅해 드리겠습니다."

"아니다."

염무학의 말에 무영은 고개를 끄덕이며 비룡에 올라탔다.

"그럼 갑니다."

"그래."

"가자, 비룡."

무영은 비룡을 몰아 천천히 염무학에게서 멀어졌다.

"휴우… 가는구나."

염무학은 무영의 뒷모습을 근심스런 표정으로 바라보았다.
"심적 굴레라……."
무영은 불안정하다. 그것이 자꾸 마음에 걸렸다. 언제 폭발할지 모르기 때문이다.

제12장

꼬마 계집

꼬마 계집

 사람의 만남은 우연이란 이름으로 형성된다.
 무영이 봉양현(鳳陽縣)에 들어서 천화루란 객점에 들어가고, 또한 상단 사람들과 합석을 하게 된 것도 그러한 것이다.
 그리고 이 상단에서 일하고 있는 임충이란 중년 사내와 술잔을 나누게 된 것 역시 우연이었다.
 이틀 만에 마을에 들어왔다던 임충은 한껏 미소를 지으며 자신의 앞에 앉아 있는 사내에게 시선을 주었다.
 "자네, 말수가 없구만."
 무영은 임충에게 힐끗 시선을 주었다.
 "그런가요?"
 임충은 고개를 끄덕였다. 무영은 피식 웃으며 천천히 말을 붙였다.
 "아저씨는 이 일 하신 지 얼마나 됐나요?"
 무영의 물음에 임충은 잠시 연수를 헤아렸다.

"음… 올해 내 나이가 마흔이니… 그럭저럭 이십 년 가까이 됐군."
"오래 하셨네요?"
무영의 물음에 임충은 너털웃음을 터뜨리며 고개를 끄덕였다. 생각해 보니 처음 얻은 일자리가 이거였다. 그리고 이만큼의 세월이 흘렀다.
"농민의 자식으로 태어났는데 농사일은 맞지 않았거든."
"그래도 위험하잖아요."
"나야 배운 것도 없고, 그나마 마을에서는 힘 좀 썼거든. 나 같은 놈들… 의외로 할 것이 제한적이니까."
"결혼은 하셨어요?"
무영의 물음에 임충은 고개를 저었다.
"결혼은 무슨… 누가 나 같은 것을 좋다고 하겠나? 수입도 불안정하지… 더욱이 집에 있는 날도 거의 없잖나? 만약 했다 해도 서로에게 고통이야, 고통."
무영은 고개를 끄덕였다. 임충은 그런 무영을 잠시 바라보다가 말문을 열었다.
"그건 그렇고 자네는?"
"저요?"
무영은 손가락으로 자신을 가리켰다. 그러자 임충은 빙그레 웃으며 고개를 끄덕였다.
"자네 이야기도 좀 해봐."
"별로 할 이야기가 없네요."
"결혼은 했나?"
무영은 손을 휘휘 내저었다.
"안 했어요."
"왜? 자네 얼굴 정도면 좋다고 따라다닐 꾸냥들도 많을 것 같구만."

임충의 말에 무영은 얼굴을 매만졌다.
"잘생긴 얼굴인가요?"
임충은 그런 것도 모르고 있었냐는 표정으로 목소릴 높였다.
"잘생긴 정도가 아니야. 그 뭐시기냐? 반… 반 ….."
임충은 잘 생각이 안 나는지 애꿎은 뒷머리만 턱벅 긁어댔다.
"생각이 안 나는군."
무영은 고개를 끄덕이며 중얼거렸다.
"그렇군요. 그래서 저기 저 여자애가 자꾸 절 훔쳐봤군요?"
"응?"
무영의 말에 임충은 고개를 돌려 보았다. 과연 옆 자리에 앉아 있던 꼬마 계집아이가 계속해서 이쪽을 힐끔거리고 있었다.
많이 잡아도 열한 살 남짓 보이는 아이는 상당히 귀염성있는 외모를 가지고 있었다.
임충은 무영에게 시선을 주며 낮은 어조로 대답해 주었다.
"아가씨네."
"아가씨? 이 상단 주인의 딸인가요?"
무영의 말에 임충은 고개를 저으며 짐짓 나지막한 목소리로 속삭였다.
"그건 아니야. 남소혜라고… 친구의 딸이라고 하는 것 같던데? 예쁘게 생겼지?"
무영은 고개를 끄덕이며 턱 주위를 매만졌다.
"흠… 전혀 안 닮아서 그럴 것이라고 예상은 했어요."
무영의 말에 임충이 피식 웃었다. 푹 퍼진 찐만두 모양의 상단 주인이 생각났기 때문이다.
"그건 그렇고 아가씨가 자네한테 관심이 있나 본데?"
"그래요?"

무영이 고개를 갸웃거렸다. 임충은 비릿한 미소를 지었다.
"내가 말했잖나? 자네 잘생겼다고."
"흠……."
무영은 침음성을 흘렸다. 임충은 그런 무영을 바라보다가 혀를 끌끌 찼다.
"술이나 마시자고."
"그럴까요?"
무영의 말에 임충은 미소를 지으며 술병을 들었다. 얼마나 시간이 지났을까. 술기운이 오른 임충의 얼굴이 붉게 달아올랐다.
"너무 과음하시는 것 아닙니까?"
무영의 물음에 임충은 고개를 저었다.
"이럴 때 마음껏 마셔두는 게 좋아. 내일 떠나면 일주일 동안 노숙해야 하니까."
무영은 희미한 미소를 지었다.
혀가 살짝 꼬인 임충이 호기롭게 술잔을 들며 권했다. 무영은 가만히 그 모습을 바라보고 있다가 내심 혀를 끌끌 찼다.
'주사 부리는 꼴은 보기 싫은데.'
무영은 짧게 한숨을 내쉬었다.
'어쩔 수 없군.'
무영은 짐짓 손을 뻗어 임충의 수혈을 짚었다.
탕.
임충은 눈이 풀리며 그대로 탁자 위에 얼굴을 들이박았다. 그런 모습에 무영은 짐짓 놀란 표정으로 외쳤다.
"아저씨, 아저씨! 이런, 잠드셨네?"
"뭐야? 벌써 곯아떨어진 거야?"

임충을 바라보던 사람들이 혀를 끌끌 찼다. 무영은 임충을 들쳐 업고는 사람들에게 예를 취했다.

"먼저 올라가겠습니다."

다른 무사들 역시 이미 거나하게 취했는지 혀 꼬인 소리로 호기롭게 외쳤다.

"이보게, 임씨는 대충 침상에 던져 놓고 내려오라고!"

"그러고 싶은데, 저도 좀 피곤하네요."

"젊은 사람이 벌써부터 약한 소리야?"

"하하! 죄송합니다."

무영은 웃는 낯으로 사람들의 외침에 일일이 대꾸해 준 뒤 숙소로 발걸음을 옮겼다. 그러던 중 때마침 위로 올라가려던 남소혜와 마주쳤다.

"안녕, 귀여운 아가씨?"

무영은 짐짓 빙그레 미소를 지었다.

"에?"

순간 남소혜의 얼굴이 빨갛게 달아올랐다. 그러더니 양손으로 볼을 가리며 방으로 뛰어 올라갔다.

'꽤나 귀엽네.'

무영은 피식 미소를 지으며 임충이 배정받은 방으로 들어갔다.

"끙차."

무영은 임충을 침상에 눕히고는 이부자리를 봐주었다. 그리고 자신의 방으로 돌아와 창가 쪽 의자에 앉았다.

"달이 참 지랄맞게 밝구나."

보름달이 밤하늘에 자리하고 있었다.

무영은 품에서 육포를 하나 꺼내 물었다.

질겅질겅 씹자 짭짜름한 육즙이 혀에 감겨왔다. 무영은 육포를 찌익

뜯어냈다.

문득 얼마 되지 않는 시간이었지만 같이 여행을 했던 소요가 생각났다. 그간 살아오며 많은 여인을 만나보았지만 인상 깊었던 이들 중 한 명이었다.

"기회가 되면 다시 한 번 보고 싶구만."

왠지 멀지 않은 미래에 다시 만나게 될 것 같았다.

무영의 예감일 뿐이었지만.

여느 때와 다름없는 날이었다. 그리 덥지도 춥지도 않은 화창한 날씨였다.

"아, 머리야."

일층으로 내려온 임충은 머리를 부여잡으며 끙끙대고 있었다.

"일어나셨습니까?"

이미 반 시진 전에 일어난 무영은 세안까지 끝내고 의자에 앉아 있었다. 임충은 눈가를 찡그리며 고개를 끄덕였다.

"나 어제 어떻게 방에 갔지?"

무영은 물잔을 임충에게 건넸다.

"고마워."

입 안의 텁텁함을 물로 속아낸 임충은 머리를 이리저리 흔들었다.

"곯아떨어지셔서 제가 업고 왔습니다."

임충은 쓴 미소를 지으며 머리를 긁적였다.

"…폐를 끼쳤군. 미안하이."

무영은 희미한 미소를 지었다.

"별말씀을 다 하십니다. 어서 세안하시고 오세요. 제가 해장될 만한 것을 시켜놓을 테니."

"신경 써줘서 고맙네."

"그리고 출발은 반 시진 후랍니다. 시간이 빠듯하니 어서 준비하세요."

"알았네."

임충은 벌집이 된 머리를 손으로 누르며 욕실로 향했다.

잠시 후 헐레벌떡 세안을 마친 임충이 무영의 앞자리에 앉으며 물었다.

"뭐 시켰나?"

"얼큰한 국 종류로 달라고 했습니다."

"고맙네."

임충은 부은 눈 주위를 매만지며 앓는 소리를 했다.

"아이고! 이번 일 끝내면 당분간 쉬어야겠어. 아니면 이참에 이 바닥을 뜨던지."

"그만두시게요?"

무영의 물음에 임충은 고개를 끄덕였다.

"세안하면서 곰곰이 생각해 봤는데… 그래야 될 것 같아."

임충은 짧게 한숨을 내쉬며 말을 이어갔다.

"예전에는 술 한 독을 마셔도 다음날 거뜬했는데, 이제는 그렇지가 않네. 속이 쑤셔 죽겠어. 확실히 늙었나 봐."

임충의 입가에 씁쓸한 미소가 걸렸다.

"다행히 내가 헤프게 돈을 쓰는 편이 아니라 모아둔 돈이 꽤 되거든."

"…그렇군요."

임충은 고개를 설레설레 저으며 말을 이었다.

"이제는 정착해야지. 언제까지고 밤이슬 맞아가며 살아갈 수는 없잖아?"
무영은 고개를 끄덕였다.
"그러세요."
"주문하신 음식 나왔습니다."
때마침 점소이가 무영이 주문한 음식을 내왔다.
"드세요."
"그래."
무영과 임충은 각기 음식을 먹기 시작했다.

반 시진 후 상단은 예정대로 길을 떠나기 위한 준비를 끝냈다. 무영은 미소를 지은 채 말에 올라타는 임충을 바라보았다.
"자네는 안 떠나나?"
임충은 가만히 서 있는 무영을 보며 물었다. 무영은 희미한 미소를 지으며 고개를 끄덕였다.
"아, 식료품을 좀 사서 가야 합니다."
무영의 말에 임충의 얼굴에 서운한 기색이 스쳤다.
"짧은 시간이지만 고마웠네."
"저야말로."
때마침 상단이 움직이기 시작했다. 임충은 무영을 바라보며 손을 흔들었다.
"여행 잘하게."
"예."
무영은 살며시 미소를 짓다가 몸을 돌려 곧바로 식료품 가게로 가 말린 고기 등 간단하게 요기할 거리를 샀다.
"이제 나도 떠나야겠군."

무영은 객점에서 비룡을 찾아 혁낭을 멘 후 말에 올라타 마을을 나섰다. 그렇게 얼마나 걸었을까.

후두둑!

갑작스럽게 비가 내리기 시작했다. 한두 방울씩 떨어지던 빗줄기가 점차 굵어지기 시작했다. 그리고 이내 맹렬한 기세로 땅바닥을 후려쳤다.

"날을 잘못 잡았나 보군."

무영은 우의를 꺼내 두르며 중얼거렸다. 그러다 눈가가 가늘어졌다. 어느새 땅이 질퍽이고 있었다. 지나가는 소나기 수준이 아니었다.

"들이붓는군!"

엄청난 폭우에 눈앞이 흐릴 지경이었다.

"이대로 마을로 돌아가?"

무영은 짧게 한숨을 내쉬며 고개를 설레설레 저었다.

어느새 산길로 접어들었다. 양옆으로는 흙으로 벽이 형성되어 있는데다 숲까지 우거져 있었다. 더욱이 시선과 청각을 방해하는 엄청난 폭우.

만약 기습을 한다면 이런 날이 제격이다. 악천우로 인해 무영의 감각 역시 평소만 못했다.

"좋지 않아……."

첨벙!

갑작스레 들린 소리에 무영이 고개를 돌려 내려다보니 수통이 진흙탕에 떨어졌다. 매듭이 헐거웠던 모양이다.

"젠장."

무영은 말을 멈추고는 내렸다. 빗물과 진흙에 수통의 상태는 엉망이었다.

"재수가 없군."

허리를 숙여 손을 뻗으려는 그 순간 한줄기 끈적끈적한 느낌이 무영의 등골을 스치고 지나갔다.
"……!"
어느새 근육이 팽팽하게 당겨졌다. 무영은 사방을 향해 감각을 개방했다. 비 때문에 방해를 받기는 했지만 기분 나쁜 끈적거림을 느낄 수 있었다.
'분명 살기다.'
무영은 재빨리 몸을 일으켰다. 뒤이어 미약하지만 혈향이 콧가를 간지럽혔다.
"귀찮은 일에 말려드는 것은 싫으니까."
무영은 잠시 고심하다가 마을 쪽으로 방향을 틀려 했다. 그 순간,
"아악!"
예민해진 청각을 파고드는 한줄기 비명성.
"아저씨?"
무영의 손이 멈칫거렸다.
"비룡! 뒤따라와라!"
무영은 말 등을 박차고 날아올랐다.

무영은 바닥에 널브러진 임충의 시신을 내려다보았다. 아직도 죽음을 믿지 못하겠다는 듯 임충의 눈은 부릅떠져 있었다.
히히힝!
피비빗!
사방에서 화살이 쏟아지고 있었다.
"아악!"
시야와 청각이 봉쇄당한 상단의 호위무사들과 인부들은 허둥대다가 화살을 맞고 진흙탕을 뒹굴었다.
"경계해라! 경계… 아악!"

선두에 섰던 호야가 칼을 빼 들고 어지러이 외치다가 화살을 맞고 말에서 굴러 떨어졌다.

푸히힝!

"으아악!"

놀란 말들이 날뛰었다. 그중 한 명은 말발굽에 얼굴을 찍혔다.

퍼석!

무언가 깨지는 소리와 함께 인부는 잠시간 몸을 사시나무처럼 떨더니 이내 잠잠해졌다.

찢어지는 비명 소리가 길을 울리는 가운데 무영은 무표정한 얼굴을 유지하고 있었다.

"맨 처음 당했군."

무영은 굳은 어조로 중얼거렸다. 문득 임충의 딸이 생각났다.

"아이고! 이번 일 끝내면 당분간 쉬어야겠어. 아니면 이참에 이 바닥에서 뜨던지."

"이제는 정착해야지. 언제까지고 밤이슬 맞아가며 살아갈 수는 없잖아?"

무영은 나직한 어조로 말문을 열었다.

"이번 일만 끝나면 정착하신다면서요."

너무도 조근조근한 어조였다. 말을 내뱉고 있는 무영 자신도 놀랄 정도였다. 무영은 가만히 무릎을 꿇고 앉으며 손을 뻗어 임충의 눈을 감겨주었다.

"보통 이런 경우에는 화가 나야 정상인데……."

사람을 죽이게 되면 보통의 경우 정신적으로 공황 상태에 빠진다고 한다. 하지만 사람은 적응의 동물이다. 그것이 반복되면 점차 감정적인 고

저가 무뎌지게 된다.
　무영 역시 마찬가지였다.
　육백 년이란 짧지 않은 세월이었다.
　"생각보다 슬프지가 않네요."
　그동안 살아오면서 죽음을 너무 많이 봐버렸다.
　무영은 자조적인 미소를 얼굴에 섞었다.
　"자그마한 성의지만……."
　무영의 손이 간 곳은 옆구리에 자리잡고 있는 검집이었다.
　"가시는 길 외롭지 않게는 해드릴 수 있습니다."
　무영은 천천히 몸을 일으켰다. 영특하게도 주인의 뒤를 따라온 비룡은 살짝 떨기만 할 뿐 비교적 차분하게 서 있었다. 무영은 고개도 돌리지 않은 채 차분한 어조로 말문을 열었다.
　"비룡… 잠시만 기다려라."
　파밧!
　무영이 몸을 날렸다.
　휙휙!
　무영은 숲 사이를 휘저으며 나아갔다.
　"크하하! 죽어라! 죽어!"
　무영의 무심한 시야에 들어온 사람 하나. 미친 듯이 웃으며 화살을 날리고 있는 모습에 무영의 손이 움직였다.
　파바밧!
　산적의 목이 허공으로 치솟았다.
　"일단 하나."
　무영은 혀로 입 주위를 적셨다.
　매복하고 있는 산적들의 위치를 파악하는 데 걸린 시간은 찰나였다.

무영은 망설임없이 몸을 날리며 산적들을 하나씩 처리해 나갔다. 지형지물을 이용해 매복하고 혹시 모를 돌발 상황에 대비해 활을 사용한 것까지 나름대로는 수를 잘 썼다. 하지만 이번에는 그 상대가 좋지 못했다.

털썩!

그렇게 일 다경 정도의 시간이 지났을 무렵 무영은 마지막 산적의 목을 꺾었다.

찰팍!

산적의 얼굴이 빗물에 고인 진흙탕에 처박혔다.

"끝났나?"

무영은 나지막이 중얼거리며 축 늘어진 산적의 시신을 내려다보았다.

"고작 스물도 채 되지 않는 인원에게……."

무영은 이를 꾹 다물었다. 악천우만 아니었어도 이렇듯 허무하게 당하지는 않았을 것이다.

하지만 후회해 봤자 이미 일은 벌어진 후였다.

"쳇!"

숲에서 나온 무영의 시야에 여기저기 널브러져 있는 시신들이 한가득 잡혔다.

"아!"

그리고 저 멀리 바닥에 떨어져 있는 수통이 보였다.

"제길."

무영은 수통을 냅다 차버렸다.

찰팍! 찰팍!

주인이 무사히 돌아오자 비룡이 맞이했다. 기다리란 명을 알아듣기라도 했는지 그 자리에서 발을 구르고 서 있었다. 무영은 비룡의 얼굴을 쓰다듬어 주었다.

"착하구나."

푸히힝!

무영의 칭찬에 비룡은 팔자 좋게 콧바람을 내뿜는다.

무영은 씁쓸한 표정을 지으며 주위를 둘러보았다. 두 발을 딛고 대지에 서 있는 이는 존재하지 않았다. 무영의 시선이 반쯤 기울어진 마차에 닿았다.

"흑흑······."

때마침 들려온 계집아이의 흐느낌.

무영은 젖은 앞머리를 뒤로 쓸어 넘기며 걸음을 옮겼다.

바퀴가 빠진 마차의 앞쪽이 진흙에 처박혀 있었다. 그리고 상당수의 화살이 마차 벽에 박혀 있었다.

마차에 다가온 무영이 안으로 고개를 들이밀자 발악적인 비명성이 터져 나왔다.

"까아악!"

마차 구석에 움츠리고 있던 남소혜는 거칠게 고개를 양 무릎 사이로 파묻었다.

"살아 있었나?"

무영은 중얼거리며 마차 안을 둘러보았다.

그녀의 반대편에는 상단의 주인인 공손월이 널브러져 있었다. 등 한복판에 깊게 박혀 있는 화살이 무영의 눈살을 찌푸리게 했다.

"죽었나?"

무영은 눈가를 찡그리며 손을 뻗어 공손월의 맥을 짚어보았다. 역시나 이미 불귀의 객이 되어버린 상태였다.

무영은 침음성을 흘리며 남소혜에게 시선을 주었다.

"꼬마야, 괜찮니?"

무영이 살며시 손을 뻗어 남소혜의 어깨에 손을 얹었다.

"꺄아악!"

남소혜는 울부짖으며 벽에 찰싹 달라붙었다. 무영은 고개를 설레설레 저으며 마차 문을 열었다.

"끙차."

무영은 공손월의 시신을 밖으로 끄집어 바닥에 내동댕이쳤다. 그리고 최대한 부드러운 음성으로 말을 걸었다.

"이봐."

"으아아악!"

무영은 쓴 미소를 지으며 한숨을 내쉬었다.

"곤란하군."

무영은 잠시 고심하다 마차 안으로 들어갔다. 그리고 남소혜의 어깨를 짚었다.

"꺄아악!"

남소혜는 실성한 사람처럼 몸을 휘저었다. 무영은 그런 남소혜를 바라보다가 손을 들었다.

짜악!

날카로운 소리와 함께 남소혜의 고개가 돌아갔다.

"아……."

남소혜는 멍한 표정으로 무영을 바라보았다.

"괜찮아?"

"에?"

"다 끝났어."

무영의 말에 남소혜는 멍한 표정으로 바닥에 주저앉았다. 긴장이 풀렸는지 남소혜의 몸이 축 늘어졌다.

"일단 나와."

"……."

"계속 이러고 있을 테냐?"

남소혜는 대답이 없었다. 무영은 고개를 저었다.

"어쩔 수 없군."

무영은 남소혜를 안아 들었다.

"내 가슴에 얼굴 묻어."

"에?"

"시키는 대로 해!"

무영이 짐짓 위압적인 어조로 윽박질렀다. 그러자 남소혜는 바들바들 떨며 무영의 가슴에 얼굴을 묻었다.

그런 모습에 무영은 쓴 미소를 지었다.

'그때와 똑같아.'

예전 흑살회를 나올 때의 소화와 지인의 모습이 뇌리를 스쳤다.

"나간다."

무영은 남소혜를 안아 들고 마차 밖으로 나왔다.

"자, 잠깐만……."

"응?"

남소혜의 말에 무영이 고개를 갸웃거렸다. 남소혜는 침을 꿀꺽 삼키며 주검으로 변한 공손월을 잠시 바라보았다.

"펫!"

남소혜는 공손월의 시체에 침을 뱉으며 차가운 표정을 지었다. 그런 상황에 무영의 눈이 살짝 커졌다.

"가요."

남소혜는 무영의 품에 얼굴을 묻으며 재촉했다. 아까의 차가운 태도와는 달리 몸은 버드나무처럼 떨리고 있었다.
'무슨 사연이 있나 보군.'
무영은 일단 남소혜의 뒷머리를 손으로 눌렀다.
그녀에게 더 이상 시신을 보여줄 수는 없었다. 구영은 빠른 걸음으로 비룡에게 다가가 그녀를 말안장 위에 올렸다. 이제 주위를 정리해야 했다.
"기다리고 있어."
무영은 말안장에 얼굴을 묻고 있는 남소혜를 바라보다가 몸을 돌렸다. 그 순간 남소혜가 소매를 잡아챘다.
"가, 가지 마요."
떨리는 목소리로 애원했다. 무영은 남소혜를 바라보며 말문을 열었다.
"가지 않으면?"
"……."
"시신들은 어찌하니? 저리 버려두자는 말이니?"
무영의 반문에 남소혜는 아무런 대꾸도 하지 못했다. 무영은 소매를 움켜쥐고 있는 남소혜의 손을 풀었다.
"얼마 걸리지 않아."
무영은 걸음을 옮겼다. 남소혜는 무영을 막을 수 없었다.
"으으……."
무영이 시신들 사이를 거닐 때 저 앞에서 한줄기 신음 소리가 들려왔다.
'또 살아 있는 사람이?'
무영은 서둘러 그곳으로 가보았다.
'호야라고 했던가?'
"괜찮습니까?"

무영이 도착해 보니 어제 객점에서 몇 마디 나누었던 무사였다. 서둘러 그의 상세를 살폈다.

등과 다리에 화살이 맞았다. 그의 주위로 붉은 피가 진흙과 섞여 어지러이 퍼져 있었다. 업친 데 덮친 격이라고, 출혈 과다에 비를 맞아 체온이 떨어졌는지 입술이 시퍼렇게 죽어 있었다.

'힘들겠군.'

무영은 호야를 내려다보며 고개를 저었다. 그때 호야가 힘겹게 말문을 열었다.

"자네는… 사… 살았군……."

"운이 좋았습니다."

호야는 힘겨운 시선으로 무영을 바라보았다.

"살… 아남은 자는?"

"저와 아가씨… 둘입니다."

"그런… 가……? 하아! 하아!"

호야의 숨소리가 점점 거칠어졌다. 고통스러워하는 기색이 역력했다. 무영은 입술을 살짝 배어 물었다.

"곧 편안하게 해드리겠습니다."

무영은 호야의 사혈에 손을 가져갔다. 호야 역시 그런 무영의 의도를 알아챘다.

"나, 난… 죽지… 않아……."

무영은 굳은 표정으로 간단히 고개를 끄덕여 주었다.

"예, 아직은 죽지 않았습니다."

"…살려줘."

호야의 목소리에 습기가 찼다. 하지만 무영은 고개를 저었다.

"이미 늦었음을 아시지 않습니까?"

"…살려줘."

"고통은 없을 겁니다."

호야의 눈가에서 눈물이 차 올라왔다.

"개자식… 살려달란 말이야……."

"짐이 될 뿐입니다."

무영은 호야의 사혈을 짚었다. 그와 동시에 호야의 몸이 축 늘어졌다. 무영은 한숨을 내쉬며 호야의 몸을 끌었다.

짧지 않은 시간이 흐르고 무영은 모든 시신을 수습할 수 있었다. 구덩이를 파고 모두 한곳에 밀어 넣었다. 제대로 묻어주고 싶었지만 점점 거세지는 비 때문에 어쩔 수 없었다.

돌들을 주워다 묻은 곳 위에 올려놓았다. 혹시라도 야생 동물들이 파먹을 수 없도록 한 것이고, 죽은 이들의 가족들이 시신을 찾아 재수습하기도 한결 용이할 것이다.

지금으로서는 무영이 해줄 수 있는 최선의 방법이었다.

"향도 피워줄 수 없군요. 죄송합니다."

무영은 예를 표한 뒤 비룡에게 다가갔다.

"다 끝났다."

남소혜는 핏기없는 얼굴로 무영을 바라보고 있었다.

"가자."

"……."

남소혜는 천천히 고개를 끄덕였다. 침착하려 애쓰는 모습이 역력했지만 떨리는 몸은 그녀의 의지에서 벗어나 있었다. 문득 아까 공손월의 시신에 침을 뱉던 모습이 생각났다.

"…네 아버지의 친구가 아니었나?"

무영의 물음에 남소혜의 눈썹이 치켜 올라갔다.

"친구였다고 하더군요."

"그럼?"

"아버지의 상단을 망하게 했어요. 아, 아버지는… 충격을 이기지 못하고 자살하셨어요. 어머니 역시… 화병으로… 돌아가셨고요."

"너는?"

"첩으로 삼으려는 심보… 였어요."

그제야 남소혜가 보인 차가운 태도에 수긍이 갔다.

"부모님의 원수가 죽었으니 이제 여한은 없어요. 하지만 저는… 저는 이제 어떡하지요?"

남소혜의 볼을 타고 눈물이 흘러내렸다.

"이제… 이제 우리 어떻게 해요?"

무영을 바라보며 처연하게 울먹이던 소화.

"빌어먹을……."

갑작스런 무영의 욕설에 남소혜의 어깨가 살짝 떨렸다.

"휴우……."

무영은 심호흡을 고르며 남소혜와 시선을 맞췄다.

"일단은 같이 가자."

"예?"

남소혜의 눈이 동그랗게 떠졌다.

"여기서 이러고 있을 수는 없잖아."

무영은 어쩔 수 없다는 표정으로 비룡의 말고삐를 쥐고 걷기 시작했다.

그 후로 며칠이 지났다.
"아아악!"
남소혜는 비명을 지르며 눈을 떴다.
"허억! 허억!"
거칠게 숨을 몰아쉬는 남소혜의 이마에는 식은땀이 송골송골 맺혀 있었다.
남소혜는 눈에 띄게 수척해져 있었다. 입술은 흉하게 갈라지고 눈 밑은 거멓게 죽어가고 있었다. 그녀는 불안스런 눈동자로 주위를 살폈다. 이윽고 나뭇가에 앉아 있는 무영을 발견한 남소혜는 튕기듯 일어섰다.
남소혜는 눈물을 그렁그렁 매단 채 무영에게 달려와 안겼다.
"으아앙!"
남소혜는 새끼 고양이처럼 바들바들 떨며 무영의 품에 매달려 울었다. 그리고 무영은 익숙한 손길로 남소혜의 등을 토닥여 주었다.
"또 악몽을 꿨니?"
"으, 응."
남소혜는 고개를 끄덕이며 눈물을 흘렸다.
"나 무서워요."
남소혜는 울먹이며 무영의 품에 깊숙이 안겨왔다.
"후우……."
무영은 시름 어린 한숨을 내쉬며 고개를 떨궜다. 어떻게 일이 이렇게 되어버린 것인지 알 수가 없었다.
'재수가 없으면 뒤로 넘어져도 코가 깨진다더니.'
시간이 지나고 긴장이 풀어지며 억눌렀던 정신적 충격이 한 번에 밀려왔다.
거듭되는 끔찍한 악몽이 남소혜의 정신을 피폐하게 만들고 있었다. 남소혜는 애처롭게 울부짖으며 고개를 저었다.
"이제 싫어… 싫어……."
아직은 어린 나이. 그녀는 끊임없이 보호를 요한다. 제 손으로는 무엇 하나 할 수 없다. 더욱이 현재 의지할 사람이라고는 무영이 유일했다.
무영도 지쳤다. 차라리 버리고 갈까도 몇 번 생각해 봤지만 할 수 없었다.
살기 위한 이용이었다. 수많은 어미가 무영에 의해 눈물지었다. 남궁민 역시 마찬가지일 것이다. 하지만 결과적으로 생각해 보자면 무영은 어미들에게 보호를 받았다.
하지만 이제는 반대 입장이 되어버렸다. 자신이 보호를 해줘야 한다.
"죄를 받는 건가?"
무영은 자조 섞인 목소리로 중얼거렸다.
"이제는 좀 나아졌어요."
"응?"
남소혜의 말에 무영은 상념에서 벗어날 수 있었다.
무영은 최대한 부드러운 미소를 지으며 남소혜의 머리를 쓰다듬어 주었다.
"더 자도록 해."
무영의 말에 남소혜는 울상을 지으며 고개를 가로저었다. 아까의 그 끔찍했던 악몽이 생각난 탓이었다.
"무서워. 무섭단 말이야."
충격은 정신 깊숙이 박혀 있었다. 무영은 쓴 미소를 지으며 물었다.
"그럼 어쩌고 싶은데?"
무영의 제안에 남소혜는 잠시 생각하다가 고개를 떨구며 중얼거렸다.
"…안고 있을래."

무영은 피식 웃었다.

"그래."

허락이 떨어지기가 무섭게 남소혜는 무영을 더욱 힘주어 안으며 얼굴을 부볐다.

"어쩔 수 없나?"

무영은 허탈한 미소를 지으며 남소혜의 등을 토닥여 주었다.

잠시 후 고른 숨소리가 무영의 귓가에 들려왔다.

이번에는 악몽을 꾸지 않는 것 같았다.

"그나저나 걱정이구만… 결국 데리고 가는 수밖에 없나?"

이제부터 어떻게 해야 할지 걱정이 앞선 무영은 한숨을 내쉬었다.

그 수밖에 없다.

"후우."

무영은 미간 사이를 손으로 누르며 한탄하며 품 안에서 곤히 잠들어 있는 남소혜를 바라보았다. 엄밀히 말하자면 무영에게 있어서는 짐덩어리나 마찬가지였다. 가뜩이나 위험천만한 일이지 않은가.

"골치 아프게 됐어."

아무리 생각해 보아도 결론은 한 가지. 일단은 데리고 간다. 당분간은 남소혜가 떨어지려 하지 않을 것이 분명하니까.

"하암."

무영은 문득 피곤하다는 것을 깨달았다. 그럴 수밖에 없었다. 하루 종일 칭얼거리는 어린아이와 함께하는 여행은 곤혹 그 자체였다. 하나부터 열까지 신경 쓰이는 일밖에 없었다.

"일단 자자."

무영은 눈을 감았다.

*   *   *

"저 왔어요."

나지막한 중얼거림.

흐릿했던 현의 눈빛이 목소리의 주인공을 훑었다. 귀엽게 생긴 소요가 서 있었다.

"아아… 왔나?"

현은 자신의 흐트러진 머리를 매만지며 힘없는 어조로 중얼거렸다. 그녀는 고개를 갸웃거렸다.

"몰골이 말이 아니군요."

"그런가?"

현은 자신의 얼굴을 매만지며 반문했다. 그녀는 쓴 미소를 지으며 현의 옆에 앉았다.

"머리가 이게 뭐예요?"

그녀는 현의 머리를 빗어주며 질책했다.

"별일 아니야."

"그런 것 같지 않은데요?"

그녀는 상냥하게 미소를 지었다. 그리고 주위를 살피다가 반문했다.

"시비가 보이지 않는군요."

"…그만 하자."

현은 살짝 눈을 감으며 짜증스런 어조로 중얼거렸다. 그녀는 쓰게 웃었다. 어떻게 된 일인지 알 것 같았다.

"그것 때문에 이런 꼴이 되신 건가요?"

"…그만."

"감히 당신을 두려워했군요."

그녀는 평온한 어조를 이어가며 현의 머리칼을 매만졌다.

"그리고 그걸 용납할 수 없었던 당신은 두려움에 휩싸인 시비를 처리해 버렸고."

"이제 그만둬."

현의 목소리가 조금씩 커졌다. 하지만 그녀는 조금의 머뭇거림도 없이 말을 이어나갔다.

"당신은 언제나 그랬어요. 쓸모없어지면 가차없이 버려놓고 후회… 꺄악!"

그녀의 가녀린 몸이 바닥에 나뒹굴었다. 현은 흉험한 눈빛으로 그녀를 내려다봤다.

"너는 늘 나를 비꼬는구나?"

"…그런 것 아니에요."

그녀는 몸을 일으키며 더러워진 옷을 털었다. 차분한 몸동작과는 달리 얼굴은 가볍게 상기되어 있었다.

"다만……."

"감히 나를 가르치려 드는 거냐?"

"죄송합니다."

현의 엄한 어조에 그녀는 고개를 떨궜다. 현은 단정하게 손질된 머리를 흐트러뜨렸다.

"들었나?"

"예?"

현의 물음에 그녀가 고개를 갸웃거렸다. 현은 피식 웃으며 말문을 열었다.

"…너 때문에 황제가 난리를 쳤다고 하더군."

현은 침상 벽에 몸을 비스듬히 기댔다.

"그랬나요?"

소요의 입가에 어느새 미소가 머금어져 있었다. 현은 턱 주위를 매만지며 고개를 저었다. 어쩔 수 없는 여인이었다.

"그러고 보니 묻지 않았구나?"

"아……!"

소요는 현이 말하고자 하는 것을 눈치채고 탄성을 터뜨렸다.

"만났나?"

"예."

"어떻더냐?"

현의 물음에 소요는 고개를 살짝 저었다.

"말씀하신 것이랑 다를 바 없던데요."

소요는 차분한 표정으로 답했다. 현은 씁쓸한 표정으로 소요와 시선을 피했다.

여전한 것은 당연한 일이지 않은가? 그것은 언제까지고 불변하는 사실이었다.

"아, 그리고 얼마 전부터 흑에게 따라붙으라고 명해놨어요."

"그래? 하지만 그 아이로 될까?"

현의 물음에 소요는 잠시 고심하다가 미소를 지었다.

"두고 봐야지요."

"아마도 쉽지 않을 거야, 녀석 정도면."

현은 잠시 입을 다물고 있다가 화제를 돌렸다.

"…그건 그렇고, 황제가 후궁을 선발한다고?"

현의 물음에 소요는 고개를 끄덕였다. 현은 비웃음 섞인 표정으로 머리를 쓸어 넘겼다.

"점점 도가 심해져 가는구만."

소요는 피식 웃었다.
"당신이 의도한 바가 아니던가요?"
"그래, 그랬기에 너를 황제에게 붙여준 거고."
현은 손으로 얼굴의 반을 가리며 말을 이어나갔다.
"꼭두각시는 똑똑할 필요가 없지."
"당신은 정말 욕심이 많은 사람이에요."
소요는 어깨를 으쓱였다. 현의 입가에 비릿한 미소가 피어났다.
"자신있겠지?"
"예?"
"후궁들 말이야."
현의 말에 소요는 고개를 살짝 치켜들며 자신만만한 모습으로 말문을 열었다.
"그런 것들이 저에게 상대가 되리라 생각하나요?"
"노파심이라 생각해."
현의 말에 소요는 실소했다. 저런 귀여운 외모로 노파심이라니, 이질적이었다.
소요는 현을 바라보며 입을 열었다.
"걱정 마세요. 추려내고 있으니까."
"추려내?"
소요는 고개를 끄덕였다.
"꼭두각시는 똑똑할 필요가 없지요. 모두 마찬가지잖아요?"
이내 그녀의 말뜻을 알아챈 현의 입가에 잔인한 미소가 흘러나왔다.
"그거 알아? 너도 참 욕심이 많다는 거."
현의 말에 소요는 잔잔한 미소로 답했다.
"이만 가봐야겠어요."

"그래."

현이 고개를 끄덕이자 소요는 방 안을 훑어보았다. 아무래도 손이 안 가서 그런지 칙칙한 분위기였다.

"시비는 구하셨어요?"

"지금 구하는 중이다."

현은 무뚝뚝하게 소요의 말을 받았다. 그러자 소요는 고개를 설레설레 내저으며 말문을 열었다.

"구해질 때까지 제가 올까요?"

"필요없어."

현은 딱 잘라 거절했다. 언제나 이런 식이었.

일정한 벽을 만들어놓고 거부한다. 자신이 다가가지도 않고 타인이 다가올 여지도 주지 않는 것이 현이었다.

소요는 쓴 미소를 지었다.

"조만간 또 한 번 찾아뵐게요. 아, 그리고……."

"응?"

현이 고개를 갸웃거리며 반문했다.

소요는 몸을 일으켜 잠시 현을 응시하다가 주저하듯 말문을 열었다.

"보고 싶지 않으세요?"

"누굴?"

현은 어깨를 으쓱이며 쏘아붙이듯 반문했다.

소요의 눈가에 서글픈 빛이 감돌았다. 하지만 더는 뭐라 하지 않았다.

소요는 현에게 예를 취한 뒤 방을 나섰다.

햇빛은 두터운 구름 속에서 끊어질 듯 희미하게 비추고 있었다. 소요는 방문에 기대 공허한 눈빛으로 잿빛 하늘을 올려다보며 중얼거렸다.

"그럼 왜 살펴보고 오라고 하셨어요?"
소요는 천천히 걸음을 옮겼다.
"바보."

제13장

살수, 그리고 속죄

살수, 그리고 속죄

흑은 가슴팍을 매만졌다.

쿵! 쿵!

아직 심장이 뛰고 있었다. 그는 침을 꿀꺽 삼키며 나무 기둥에 누워 있는 한 사내와 계집아이를 바라보았다. 그중에서도 흑의 눈동자는 사내에게 집중되어 있었다.

마음이 진정되지 않았다.

'저 얼굴이다.'

다시금 심장이 격렬히 요동치는 것을 느꼈다.

'저 얼굴만 보면 주체할 수가 없다.'

벌써 십수 년간 살수로서 살아온 흑이었다. 누구보다 심기를 다스리는 데는 자신이 있었다.

'그런데 왜?'

어느새 쥐어져 있는 자신의 주먹을 보았다.

부르르 떨리는 주먹을 다른 손으로 움켜잡았다. 그는 자신을 느끼지 못하고 있었다. 하지만,

'무어냐, 이 찜찜한 느낌은… 그리고…….'

흑은 천천히 얼굴을 풀 속으로 내려뜨렸다.

'이 소름 끼치도록 느껴지는 위압감은…….'

흑은 애써 고개를 저었다. 자신에게 이렇듯 위압감을 줄 수 있는 인물은 없었다. 아니, 이 세상에 단 하나뿐이었다. 흑도 최고의 고수 중 하나라는 도존(刀尊) 광협(廣狹)과 마주쳤을 때도 전혀 위축감을 느끼지 못했던 흑이다.

진실된 실력이라면 도존에게 채 백 초 지적도 되지 못한다.

하지만 흑은 살수였다. 자신보다 두어 수 위 정도의 고수라면 해할 수 있다. 정면으로 맞서는 법은 모른다. 숨어들어서 암습을 하고 정보를 빼내는 것이 전문 분야였다.

그런 존재가 살수였다.

하지만 자신이 모시고 있는 그녀는 달랐다. 감히 범접할 수 없는 느낌, 언제나 웃는 낯이었지만 그러했다.

어떤 암습을 펼치더라도 들킬 것 같았다. 마치 발가벗겨진 채 거리로 내몰린 느낌이랄까.

'왠지…….'

흑은 다시금 침을 삼켰다.

'저자도 그녀와 같은 느낌이다.'

문득 흑은 입술을 꽉 배어 물었다. 시큼한 액체가 혀 끝에 닿았다.

'그는 나의 존재를 알고 있다. 하지만 어째서……?'

그것은 추측이 아닌 확신이었다. 무영은 이미 흑에 대한 존재를 알고 있었다.

'나를 놀리는 건가?'
흑의 눈이 더욱 까맣게 물들었다.

"죽지 마. 위험하면 도망쳐. 내 말 알겠지?"

흑이 떠나오기 전 주군이 근심 어린 목소리로 당부했다. 문득 흑의 근육이 팽팽하게 당겨졌다.
끈적끈적하던 위화감이 조금씩 잦아들었다.
흑의 눈이 이제는 가늘어졌다.
'주군과 동급, 아니면 그 이상의 존재라…….'
흑은 의식적으로 고개를 저었다. 이 빌어먹을 찝찝한 느낌을 지워 버려야 했다.
주어진 임무가 있었다. 더욱이 주군이 내린 명이었다.
하지만 흑은 명령에 불복할 결심을 굳혔다.
'이렇게 된 이상 조금이라도 그에게 피해를 입혀야…….'
주군의 위험이 조금이라도 줄어들 수 있다면 흑은 수단 방법을 가리지 않을 생각이었다.
"설사, 죽을지라도."
흑은 낮고 음습한 어조로 중얼거리며 구부리고 있던 무릎을 폈다.
'한번 시도해 보겠다.'
흑의 몸이 은밀하게 움직이기 시작했다.
그와 동시에 무영의 눈이 떠졌다.
"젠장… 잠 좀 자자."
무영은 투덜거리며 조심히 남소혜의 수혈을 짚었다. 깨면 곤란했기 때문이다.

"자, 이제 그 정체불명의 실수를 보러 가보실까."

무영은 굳은 근육을 풀며 몸을 일으켰다.

얼마 전부터 무영에게 느껴지던 시선.

무척이나 미약했지만 전투로 예민해진 감각은 전에 없이 촘촘했다.

그는 혼자였다. 그렇다면 대응은 간단했다.

"잡아 족치면 그만이지."

무영은 손을 구부리며 굳은 뼈를 이완시켰다.

피웅!

순간 숲 저편에서 무언가가 날아왔다.

무영의 눈초리가 올라가며 손이 뻗어 나왔다.

턱!

무영의 두 손가락에 잡힌 것은 비도(飛刀)였다. 온통 검정색으로 칠해져 있었다. 혹시라도 달빛에 빛이 반사될 것을 염려한 처사였다.

뿌득.

무영은 이를 으득 갈았다.

"가뜩이나 짜증스러운데……!"

순간 무영의 몸이 자리에서 사라졌다.

다만, 바닥에 두 치 깊이로 찍혀 있는 두 개의 발자국만이 외로이 자리 잡고 있었다.

획!

무영이 발끝으로 땅을 차올렸다. 그의 신형이 앞으로 쭉 나아갔다.

무영의 입가가 굳게 닫혔다. 매우 미약한 기운이지만 조금씩 짙어지는 것으로 보아 방향은 제대로 잡은 듯했다.

상대가 먼저 이빨을 들이댔다.

무영은 걸어오는 싸움을 피할 만큼 자비심이 충분치 않았다.

더욱이 쥐새끼처럼 숨어서 암습을 펼치는 이런 방식을 좋아하지 않는다.

'하나, 이제 그것도 잠시다.'

조금만 있으면 놈과 마주하게 될 것이다. 그리그 무영은 그에게 최대한의 고통을 맛보여 줄 생각이었다.

감히 무영에게 이빨을 드러낸 이상 대가를 치러야 한다.

"한번 보여봐라."

무영은 음습한 어조로 중얼거리며 발걸음에 속도를 더욱 붙여 나갔다.

그렇게 한참을 달리던 무영의 발걸음이 순간 멈췄다. 갑작스레 기척이 끊어진 탓이다.

'귀여운 수를 쓰는군.'

무영은 주위를 둘러보았다. 사방으로 빼곡히 들어차 있는 나무가 음습하다.

달빛조차 이 어두움에 스며들지 못하고 있었다.

서늘한 바람이 한곳이 아닌 사방에서 불어오고 있었다.

무영은 비릿한 미소를 지었다. 적에게 있어서는 최적의 장소였다.

"살수라……."

무영은 좌중을 향해 자신의 오감을 최대한 넓혀 살폈다. 나름대로 고도의 훈련을 받은 자임에는 틀림없었다. 하지만 그는 한 가지를 잊고 있었다.

"숲이 방해라면……."

입가의 걸린 미소가 짙어졌다.

"다 밀어버리면 그만이지."

무영의 손에 들린 검이 수직으로 땅에 박혔다.

콰지직!

순간 검날에 서린 기운이 땅에 처박히며 사방으로 터져 나가기 시작했다.

콰콰콰!

지축을 흔드는 폭음과 함께 땅이 뒤집혔다. 커다란 고목 또한 마찬가지로 뿌리부터 뽑혀 나갔다.

고오오!

어마어마한 흙먼지가 무영의 몸을 삼켰다.

순간 먼지를 뚫고 파공음이 다가왔고, 무영은 순간적으로 몸을 횡으로 틀었다.

피웃!

무영의 눈가 바로 앞으로 단도가 스쳐 지나갔다. 상상을 초월한 속도였지만 무영의 눈동자는 차분하게 단도가 날아온 방향으로 향했다.

"훙!"

무영은 한 발을 들어 바닥을 찍으며 단도가 날아온 방향을 향해 일장을 날렸다.

투학!

격한 파공음과 함께 무영이 일장을 뻗은 방향이 터져 나갔다.

파박! 탁!

뒤이어 공중으로 터져 나간 나뭇가지나 흙더미가 땅바닥을 흉하게 굴렀다.

"끝나지 않은 것을 안다!"

무영의 노호성은 주위가 쩌렁쩌렁 울릴 정도로 컸다. 하지만 대답 대신 두 개의 단도가 무영을 향해 날아들었다.

"건방진!"

무영의 양 눈썹이 위로 치켜 올라갔다.

팟!

무영이 땅을 박차며 날아오는 단도를 향해 정면으로 달려들었다. 순식간에 무영과 단도의 거리가 지척에 이르렀을 때였다. 무영은 손을 뻗었다.

티딩!

이번에도 역시 두 개의 단도는 힘없이 바닥에 떨어졌다. 무영은 더욱 속도를 올리며 커다란 바위를 향해 달려들었다.

후웅!

무영의 몸이 바위를 뛰어넘었다.

그리고 바위에 찰싹 붙어 비도를 꼬나 들고 있는 살수, 흑을 볼 수 있었다.

무영은 공중에 뜬 상태, 하지만 흑은 바닥에 앉아 비도를 꼬나 들고 있는 상황이었다. 누가 보기에도 무영에게 절대적으로 불리한 상황이었다. 공중에서 방향을 바꾸기란 불가능한 일이었으니 말이다.

흑 역시 그 점을 잘 알고 있었다. 머리가 판단하기 전에 몸이 먼저 반응했다.

팟!!

흑은 섬전과 같은 속도로 몸을 일으키며 비도를 휘둘렀다.

후웅!

분명 무언가 베이거나 꽂히는 소리가 들려와야 했다. 하지만 허공을 가르는 허망한 소리뿐이었다.

무영의 발이 허공을 구르자 흑의 심장이 덜컥 내려앉았다.

'공중에서 다시 한 번 발을 굴렀다?'

무영은 공중에서 발을 굴러 흑의 공격에서 벗어났다. 흑의 눈이 크게 떠졌다. 이 경공의 경지를 알고 있었다.

"…허공답보?"
"잘 알고 있군."
무영은 자조적인 음성으로 대답해 주었다.
흑의 이마에 한 방울 식은땀이 뺨을 타고 흘러내렸다. 무영의 오만한 어조가 뜻하는 바를 본능적으로 깨달을 수 있었다. 더욱이 실수가 가진 승산이 모두 깨졌다.
압도적인 힘은 모든 기술을 깬다.
결론적으로 흑은 무영의 상대가 되지 못한다. 이 한 번의 경공으로 모든 것이 판가름났다.
"녀석들이 보냈나?"
무영의 물음에 흑은 검을 빼 들었다. 할 말은 없다. 후회 또한 없다.
구차해 보일 따름이다.
무영은 피식 미소를 지었다. 말할 리가 없다는 걸 알고 있었기 때문이다.
"그럴 줄 알았다."
"후우……."
흑은 짧은 한숨을 내쉬었다가 들이마셨다. 그리고 천천히 말을 이어나갔다.
"간다."
무영은 목을 비스듬히 세우는 것으로 답했다. 순간 흑의 몸이 무영을 향해 팅겨 들어왔다.
단번에 무영의 지척에 도달한 흑이 횡으로 검을 휘둘렀다. 간결한 검의 궤적은 먹이를 노리는 독사같이 무영의 허리를 휘감아갔다.
횡!
이번 역시 허공에 검을 휘둘렀을 따름이다. 단 한 번도 상대방에게 공격을 성공시키지 못하고 허공만을 휘둘렀다.

상당히 당황스러울 수 있는 상황이었다. 하지만 흑은 차분하게 재빨리 뒤로 한 걸음을 내빼며 자세를 잡았다.

"호오… 침착하군."

비아냥거리는 무영의 말투에도 흑은 말려들지 않았다. 하지만 그것은 겉으로만 그렇게 보일 뿐이었다.

'틈이… 없다.'

축 늘어뜨린 팔, 건들거리는 어조.

하지만 틈은 없었다. 솔직히 말하자면 치고 들어가기가 겁이 났다. 단 일합에 머리가 쪼개질 것 같은 느낌에 입 주위가 급격히 말라붙고 있었다.

'제기랄……'

내심 욕지거리가 터져 나왔다. 하지만 밖으로 내뱉을 수는 없었다. 동요는 살수에게 있어 최대의 적이다.

하지만 동요는 모든 인간에게 있어 평등하게 부여된 것인 만큼 그 폭에 있어 차이가 있을 수는 있겠지만 완전히 억누를 수는 없다.

무영의 표정이 살짝 굳어졌다. 그리고 동시에 무영의 몸에서 슬금슬금 분노를 머금은 위압감이 흘러나오기 시작했다.

"세상에는 결코 건드려서는 안 되는 상대가 있는 법이야. 그런데……"

무영이 흑을 향해 한 팔을 뻗었다.

빠악!

"어억!"

동시에 두 번의 소리가 숲을 울렸다. 첫 번째는 타격음이었고, 두 번째는 흑의 입가에서 터져 나온 짧은 비명성이었다.

"……?"

흑은 입술을 꽉 배어 물었다. 갑자기 오른발에 힘이 쭉 빠지는 느낌과 함께 어느새 바닥에 널브러져 있는 자신을 발견했다. 뒤이어 끔찍한 고통이 자신의 무릎팍을 지배하기 시작했다. 절로 얼굴이 찡그러졌다.

상처 부위를 소금물로 부은 것마냥 저릿저릿한 고통이었다. 고개를 돌려 통증 부위를 쳐다보고 싶었지만 그럴 수가 없었다. 다른 곳으로 시선을 돌림과 동시에 죽을 것만 같은 절망감이 전신을 엄습하고 있었다.

그때 무영이 잠시 멈췄던 말을 이어나갔다.

"그런데 건드렸지. 그렇다면 결과가 어떨 것 같아?"

흑은 검으로 지탱하여 몸을 일으켰다. 그러면서 오른쪽 무릎을 힐끗 쳐다보았다. 바람에 이리저리 흩날리는 풀잎마냥 덜렁거리고 있었다.

'부러졌나?'

흑은 눈가를 찡그리며 무영에게 시선을 주었다. 무영은 흑을 바라보며 냉소를 짓고 있었다.

흑의 눈이 가늘어졌다.

'해보자.'

분명 흑은 무영에 비해 약자였다. 인정하고 싶지는 않았지만 피할 수 없는 사실이다.

'어쩔 수 없다.'

흑이 혀를 날름 내밀어 입 주위를 적셨다. 그리고 검을 비스듬히 세웠다. 한 발로 몸을 지탱하는 것쯤이야 흑에게는 쉬운 일이었다.

'주군에게 피해가 가면 안 돼.'

흑은 이를 악다물었다.

"이 한 수로 너와 나의 운명이 갈린다."

결연한 흑의 어조에 무영은 비릿한 미소를 흘렸다.

무영은 흑에게 손을 까닥였다.

"와라."

"타핫!"

동시에 흑이 강렬한 기합성을 터뜨리며 한 발로 땅을 박찼다. 무영 역시 한쪽 다리를 뒤쪽으로 뺐다. 그리고 오른 주먹을 말아 쥐며 허리 뒤쪽까지 끌어당겼다.

우웅… 우웅……!

흑의 검이 미세하게 떨리며 깊은 공명음을 흘렸다. 꽉 문 이 사이로 붉은 피가 흘러나왔다.

이 한 수였다.

쏴아아!

흑의 검신에 미세하지만 붉은색 기운이 감돌기 시작했다. 무영의 입가에 미소가 드리워졌다.

'검기…….'

무영은 내력을 끌어올리며 공격을 대비했다. 하지만 뜻밖에도 흑은 검을 쥔 오른손 대신에 왼쪽 손을 뻗었다.

화악!

꼭 쥐어져 있던 흑의 손이 펼쳐지자 희뿌연 가투가 무영의 시야에 한가득 들어왔다.

'됐다!'

흑은 속으로 쾌재를 부르짖었다. 하지만 몸은 여전한 기세로 무영을 향해 달려들고 있었다.

쐐애액!

흑이 일신의 모든 내력을 쏟아 부으며 검을 찔러 들어갔다. 하지만 이내 무언가에 검이 막혔다.

"……?"

무언가 이상했다. 살을 꿰뚫을 때의 감촉이 아니었다. 말 그대로 어딘가 벽에 막힌 느낌이었다.

'성공? 아니면 실패?'

흑의 의문은 오래지 않아 풀렸다. 희뿌연 안개 속에서 한줄기 목소리가 들려왔다.

"끝까지 치졸하군."

순간 흑의 눈이 부릅떠졌다. 아무렇지도 않게 내뱉는 이 어조. 목소리에 떨림조차 없었다.

'역시 실패… 인가?'

온몸의 힘이 쭉 빠졌다. 혼신을 다한 일격이었다.

"……."

흰 분말 가루가 공기 중으로 흩어지며 무영의 모습이 드러났다. 너무도 간단하게 검을 손으로 쥐고 있는 그 모습에 흑은 허탈한 웃음을 흘렸다.

"하… 하하… 하하하……!"

"뭐가 그리 웃기지?"

무영이 한쪽 눈썹을 찡그리며 물었다. 하지만 흑은 답하지 않았다. 그렇게 잠시 웃음을 흘리던 흑은 무영을 바라보다가 입을 열었다.

"다행이야."

"……?"

무영이 고개를 갸웃거렸다. 그때 흑이 눈썹을 꿈틀거렸다.

잠시 후 흑의 몸을 감싸고 있던 옷에서 붉은 피가 배어 나오기 시작했다. 흑은 무영을 바라보며 미소를 지었다.

"…자살이냐? 처음부터 그럴 생각이었구나."

무영의 차가운 음성에 혹은 고개를 끄덕이며 승자의 미소를 지었다.
털썩!
혹의 무릎이 땅에 닿았다.
뚝! 뚝뚝뚝!
혹의 가슴에는 비도가 박혀 있었다. 그리고 비도를 따라 피가 흘러내렸다.
혹의 눈이 천천히 감겼다.
무영은 잠시 그 모습을 바라보다가 한숨을 내쉬었다. 그리고 천천히 몸을 돌려 숲에서 걸어나갔다.
그렇게 얼마나 시간이 지났을까.
삐익!
문득 한줄기 소리와 함께 하늘에서 한 마리의 잘빠진 매가 날아왔다.
푸드득!
날갯짓과 함께 혹의 팔뚝에 매가 내려앉았다. 매는 부리로 혹의 품을 뒤졌다.
고개를 든 매의 부리에 물린 것은 붉은색 종이였다.
삐이익!
주인의 죽음에 매가 서글프게 울부짖으며 하늘로 날아올랐다.

"일어나요. 응? 일어나요."
곤히 잠을 자던 무영은 눈을 떴다.
"일어났다!"
남소혜는 무영을 흔들다가 환호했다. 아직 잠이 덜 깬 무영은 멍한 표정으로 남소혜를 응시했다.
"아침이에요! 빨리 일어나."

"응?"

무영은 부스스한 뒷머리를 쓰다듬으며 주위를 살폈다. 이제 막 해가 뜨려는 중이었다.

"새벽이잖아?"

무영은 하품을 하며 남소혜를 내려다보았다. 무영의 품에 안겨 천진난만한 얼굴로 고개를 갸웃거리고 있었다.

"잘 잤니?"

"응."

남소혜는 뭐가 그리 좋은지 활기차게 대답했다. 무영은 피곤한 얼굴로 짧게 한숨을 쉬었다.

새벽녘에 정체 모를 살수와 싸움을 벌이고 돌아왔다. 조금이나마 잠을 청해보려 했지만 끊임없이 뒤척거리는 남소혜로 인해 자다 깨기를 반복했다.

'오늘부터는 수혈을 짚어놔야겠군.'

무영은 내심 결심하며 말문을 열었다.

"너 정말 아침잠이 없구나?"

"응?"

"아니다. 자, 이제 일어나. 나도 일어나게."

"응."

무영의 말에 남소혜가 벌떡 일어섰다. 무영은 모포를 접어 혁낭 앞에다 넣었다. 그런 모습을 바라보던 남소혜가 얼굴을 찡그리며 무영의 옷소매를 잡아끌었다.

"배고파요."

"응? 그래. 잠시만 기다리렴."

무영의 말에 남소혜가 다시 칭얼거리기 시작했다. 무영은 어쩔 수 없다는 표정으로 말안장 옆에 매단 짐 꾸러미에서 건량을 꺼내 건넸다.

"자, 먹어."

순간 남소혜의 얼굴이 일그러졌다.

"그거 맛없어요. 먹기 싫어요!"

"…끄응."

남소혜는 건량을 보자마자 대뜸 빽 소리를 질렀다.

'완전 소령이군…….'

무영은 곤혹스러운 표정으로 머리를 긁적였다. 며칠째 건량만 먹고 있으니 질릴 만도 했다. 지금이야 어찌 되었든 잘살던 집 아가씨가 아닌가. 이런 음식을 먹어봤을 리 만무했다.

"그럼 어쩐다……."

무영은 잠시 고심하다가 고개를 끄덕였다. 오래간만에 사냥을 해야 할 것 같았다.

"결국 아침부터 고기를 먹어야 되나?"

무영은 단도 하나를 쥐고는 걸음을 옮기기 시작했다. 하지만 이번에도 문제는 남소혜였다. 그 일이 있고 난 후 혼자 있는 것을 극도로 싫어했다.

"어디 가요?"

"건량 싫다며."

"같이 가요."

악다구니를 쓰는 남소혜를 바라보며 무영은 쓴 미소를 지었다. 왠지 짜증이 확 치솟아올랐지만 꾹 누르며 말문을 열었다.

"조금만 기다려."

하지만 남소혜는 무영의 옷소매에 매달려 악다구니를 쓴다.

"싫어요!"

"자꾸 그러면 버리고 간다?"

결국 무영이 한마디 쏘아붙였다. 그러자 남소혜가 고개를 팍 떨궜다.

"…흐흑!"

급기야 남소혜가 눈물을 흘리기 시작했다. 무영은 눈을 감으며 손으로 이마를 짚었다.

잠시 후 남소혜는 무영의 손을 꼭 잡은 채 숲 속을 거닐고 있었다.

"헤헤헤."

뭐가 그리 좋은지 실실 웃으며 무영을 바라보는 남소혜였다. 무영은 힘 빠진 목소리로 중얼거렸다.

"너도 정말 어쩔 수 없다."

무영은 고개를 설레설레 저으며 남소혜를 이끌었다.

"조용히 해야 한다?"

남소혜는 크게 고개를 끄덕였다.

"응!"

"쉿!"

"쉿."

무영이 조용히 하라는 표시를 취하자 남소혜가 따라 했다. 하지만 생글거리는 눈가에는 장난기가 묻어 나오고 있었다.

"잡을 수 있을까?"

무영은 시무룩한 어조로 중얼거렸다. 그때 숲 저편에서 부스럭거리는 소리가 났다. 무영은 걸음을 멈추고 예리한 눈매로 주위를 살폈다.

이윽고 그의 시야에 잡힌 것은 자그마한 토끼였다. 조금 질기기는 하지만 둘이 먹기에 저만한 것은 없었다.

'저놈으로 해야겠다.'

무영이 단도를 꺼내 들며 정신을 집중시켰다. 그깟 토끼 한 마리 정도는 가벼우리라는 생각이었다.

'좋아.'

"어머? 귀여운 토끼!"

갑자기 터져 나온 남소혜의 외침.

사사삭!

경계심 많은 토끼가 숲 속으로 사라졌다.

"……."

휘이잉.

청량한 바람에 무영의 머리칼이 흩날렸다. 무영은 허탈한 표정으로 남소혜를 내려다보았다.

"……."

"토끼 잡아줘요. 너무 귀여워. 한번 만져 보고 싶어."

남소혜는 무영의 소매를 흔들며 토끼를 잡아달라 조르고 있었다.

"……."

"응? 토끼 잡아줘요."

"훗."

무영은 피식 웃으며 남소혜를 바라보았다. 그리고 잠시 후.

"그냥 건량이나 처먹어!"

"흐흑!"

분노에 찬 무영의 일갈성과 동시에 남소혜가 또다시 눈물을 보였다. 순간 무영의 얼굴이 굳어졌다.

'또 울렸다.'

서늘한 땀 한줄기가 이마를 타고 흘러내렸다.

'빽 하면 울어, 이 계집애는.'

우는 여자 앞에 장사 없는 법이다. 어떻게든 이 사태를 벗어나야 했다.

"내가 미안했다."

그 후로 갖은 방법을 모두 동원해 달래봤지만 소용없었다.

'피곤해.'

무영은 한숨을 내쉬었다. 결국 궁극의 방법을 써야 할 때가 왔음을 깨달았다. 무영은 쪼그리고 앉았다.

"업혀라."

남소혜가 어깨를 움찔거리며 눈물 섞인 눈망울로 무영을 바라보았다.

"흑?"

"업혀."

무영의 제안에 남소혜는 얼굴을 붉히며 몸을 꼬았다.

"싫어요. 창피해."

"싫으면 말고."

무영의 말에 남소혜가 주춤거렸다. 무영은 피식 웃었다.

"괜찮아. 보는 사람 없잖아?"

무영의 말에 남소혜가 배시시 웃으며 업혀왔다. 무영은 고개를 저으며 몸을 일으켰다.

"다 큰 처녀가 운다고 업어주는 나나… 덥썩덥썩 남정네에게 업히는 너나… 참 잘하는 짓이다."

남소혜는 무영의 등에 붉게 달아오른 얼굴을 묻었다.

그렇게 얼마나 지났을까.

"이봐."

문득 숲가를 거닐던 무영이 남소혜를 불렀지만 대답이 없어 고개를 돌려보았다.

"응?"

잠들어 있는 남소혜를 본 무영은 피식 미소를 지었다. 행동거지가 이러하니 귀여운 생각도 들었다.

"녀석."

무영은 남소혜가 깨기라도 할까 조심스레 걸음을 옮겼다. 그렇게 잠시 걸음을 걸어 숲 밖으로 나왔을 무렵이었다.

후르륵.

"응?"

갑작스레 들린 소리에 무영은 고개를 갸웃거렸다. 그리고 잠시 후 남소혜가 얼굴을 대고 있던 부위가 따뜻해지기 시작했다. 무영은 다시 한 번 고개를 돌려 보았다.

침.

조금 고상한 단어로는 타액이라고도 하는 그것.

살짝 벌려진 남소혜의 입술에서 흘러나온 끈적끈적한 침이 무영의 등판을 사정없이 적시고 있었다.

"……."

무영은 눈을 감아버렸다.

*　　　*　　　*

그 시각, 객점에 앉아 창밖을 보고 있던 염무학이 중얼거렸다.

"녀석, 잘 가고 있으려나?"

염무학은 피식 웃었다.

"여자랑 꼬여서 고생하는 건 아닐는지 모르겠군."

"외상값은 언제 주실 겁니까?"

때마침 점소이가 술병을 자리에 놓으며 물었다. 염무학은 피식 웃었다.

"내가 떼어먹는 것 봤느냐? 술이나 놓고 가."

염무학의 말에 점소이는 한숨을 내쉬며 고개를 설레설레 저었다. 염무학은 시무룩한 표정으로 고개를 떨궜다.

하지만 그것도 잠시. 문득 염무학의 시야에 아리따운 아가씨가 보였다.

"오오! 이번에도 쭉쭉빵빵? 속곳은 무슨 색일는지……."

염무학은 정신을 집중하며 내기를 끌어올렸다.

"꺄악! 엄마야!"

"오오오!"

염무학은 주먹을 불끈 쥐었다.

*　　　*　　　*

마을로 들어선 것은 저녁 무렵이었다.

무영은 미소를 지었다. 오백 호 정도가 살고 있는 이곳은 마을이라기에는 상당한 규모를 자랑하고 있었다. 이 정도면 객점도 있을 것이니 오늘은 침상에서 편히 잘 수 있을 것이다.

'하지만…….'

자신의 허리를 으스러져라 부둥켜안고 있는 남소혜를 바라보는 순간 꿈같은 휴식의 단꿈은 저 멀리로 사라졌다.

"헤에?"

"……."

무영과 시선이 마주치자 남소혜는 방긋 웃는다. 무영은 울상을 지으며 한숨을 내쉬었다.

'요즘 들어 한숨이 늘었어.'

무영은 어쩔 수 없다는 표정으로 말을 몰았다. 남소혜와 함께한 지도 열흘이 지났다. 이제는 어느 정도 안정을 찾았고, 악몽도 꾸지 않게 되었다. 하지만 무영에게 엉겨 붙어 떨어지지 않으려 하는 것이 문제였다.

"일단은… 어디 보자… 객점이?"

마을 안은 활기가 넘쳤다. 규모는 작지만 시장도 형성되어 있었다. 그곳에서 쉽게 객점을 찾을 수 있었다. 마을의 규모에 걸맞지 않게 이층으로 되어 있는 목조 건물이었다.

"좋군."

무영은 객점을 향해 말을 몰았다.

"어서 오십시오!"

객점에 들어가자 제일 먼저 맞아준 것은 점소이였다. 말에서 내린 무영이 남소혜를 받아 내려주었고, 점소이가 말을 인수받았다.

"식사하실 건가요?"

점소이의 물음에 무영은 고개를 끄덕였다.

"남은 방이 있나?"

"당연하지요."

무영은 고개를 끄덕였다.

"그럼 일인실로 두 개… 아니, 이인실로 하나 주게."

무영은 내려오자마자 자신의 소매를 꼭 쥐고 있는 남소혜를 바라보며 주문했다. 점소이는 선선히 고개를 끄덕이며 둘을 객점 안으로 이끌었다.

저녁 무렵이라 그런지 객점 안에선 많은 이들이 마주 앉아 술잔을 기울이고 있었다. 손님들 대부분은 마을 사람들로 보였다.

"식대를 제외하고 이인실은 하루에 닷 냥입니다."

"식대 포함은?"

"일곱 냥입니다. 하지만 음식은 기본 식인데… 어떻게, 괜찮으시겠습니까?"

"그래."

무영은 고개를 끄덕이며 계산을 치렀다.

"가시지요."

객점 주인에게 열쇠를 받아온 점소이가 이층으로 올랐다.

"편히 쉬십시오."

점소이가 무영에게 열쇠를 건네주며 물었다.

"저녁은 언제쯤 준비해 드릴까요?"

"반 시진 있다가 먹도록 하지."

무영은 남소혜를 이끌었다.

널찍한 방은 아니었지만 전체적으로 아늑했다. 중앙에는 자그마한 탁자가 놓여 있었고, 일인용 침상이 두 개 놓여 있었다.

무영은 탁자 위에 혁낭을 올려놓고 침상에 털썩 주저앉았다. 그러자 자동적으로 남소혜가 옆에 섰다. 무영은 침상을 탁탁 쳤다.

"여기 앉아."

"예, 오라버니."

무영의 허락이 떨어지기가 무섭게 남소혜가 옆에 앉았다. 그리고 팔짱을 끼며 무영의 어깨에 얼굴을 기댔다.

그동안 또 하나의 변화라면 남소혜가 무영에게 오라버니란 호칭을 붙이기 시작했다는 점이다.

"배 안 고파?"

"응? 아직은요."

"그래? 다행이다."

무영은 안도하며 침상에 앉아 숨을 골랐다.

"하늘에 계신 네 부모님이 아시면 난리나겠다."
"응? 무슨 소리예요?"
남소혜가 고개를 갸웃거렸다. 무영은 피식 웃으며 말문을 열었다.
"꼼짝없이 나한테 시집와야 된다는 소리야. 외간 남자랑 꼭 껴안고 자잖아."
무영의 말에 남소혜의 얼굴이 붉어졌다. 그녀는 고개를 푹 떨구고 있다가 조그만 목소리로 답했다.
"…그럼 오라버니한테 시집가면 되잖아."
"그래, 그렇지… 응?"
넉살맞게 고개를 끄덕이던 무영의 눈이 커졌다.
"아하하! 내가 지금 이상한 소리를 들은 것 같은데?"
무영은 머리를 긁적이며 남소혜를 바라보았다. 하지만,
'자, 장난이 아니잖아?'
남소혜는 진지한 표정으로 무영을 마주 보고 있었다.
"오라버니 말대로니까… 어쩔 수 없지."
남소혜는 붉게 물든 얼굴로 힘있게 고개를 끄덕였다. 이미 결심을 굳힌 모양이다.
"오라버니한테 시집갈게요."
"너, 나랑 나이 차가 몇인지는 알고 하는 소리냐?"
무영의 말에 남소혜가 잠시 셈하더니 고개를 갸웃거렸다.
"오라버니가 스물다섯이라고 했으니 열네 살 차이네."
"이, 임마! 우린 안 돼!"
"어째서?"
"그게 말이야. 일단 우리 사이에는 아무런 일도 없었으니까. 괜찮아. 걱정 안 해도 돼."

"아무 일? 무슨 일?"

"그, 그건……."

결국 많은 시간이 흘러서야 남소혜를 일단 진정시킬 수 있었다. 물론 한시적이기는 했지만 말이다.

하지만 밑으로 내려오자 또 한 가지 문제점이 무영을 압박해 들어왔다.

"안 내려오셔서 식는 바람에 강아지 밥으로 줬는데요?"

"어떻게 안 되나?"

무영은 주린 배를 움켜쥐고 물었다. 하지만 돌아오는 대답은 냉정했다.

"시간을 안 맞춰주신 것은 손님 책임입니다. 주문을 따로 하셔야겠는데요?"

"이런 젠장."

무영은 한숨을 내쉬며 의자에 주저앉았다.

"내가 지었던 죗값을 받는 거야. 속죄라고 생각하자. 속죄다, 속죄야… 이런 빌어먹을!"

제14장
그녀

"나른해 죽겠다."

무영은 몸을 일으키며 중얼거리며 안광을 빛냈다.

"으음……."

침음성을 삼키며 잠들어 있는 남소혜를 향한 시선이었다. 한시도 떨어지지 않는 남소혜 덕분에 좁은 침상에서 같이 잘 수밖에 없었다.

"잔 것 같지가 않아."

무영은 부스스한 머리를 손으로 매만지며 투덜거렸다.

"깨워야겠지?"

무영은 고개를 이리저리 돌리며 정신을 차린 후 남소혜를 흔들었다.

"일어나."

"으음……."

"아침이다. 일어나야지."

"으응?"

남소혜가 손등으로 눈 주위를 부비며 몸을 일으켰다. 무영은 살며시 미소 지으며 남소혜의 머리를 쓰다듬어 주었다.

"잘 잤니?"

남소혜는 입이 찢어져라 하품하며 침상에 얼굴을 처박았다.

"더 잘래요."

"안 돼."

무영은 짐짓 단호한 표정으로 잘랐다. 아직 잠이 덜 깬 남소혜는 울상을 지었지만 이내 몸을 일으켰다.

"왜 이리 아침잠이 많아?"

무영은 투덜거리며 침상을 정리하다가 무언가 이상한 냄새가 난다는 것을 깨달았다.

"이게 무슨 냄새지?"

무영은 짐짓 코를 벌렁거리다가 눈가를 찡그렸다. 그 진원지가 남소혜였기 때문이다.

남소혜는 무영이 자신의 몸에 코를 대고 킁킁거리자 얼굴을 붉히며 외쳤다.

"어머! 여자 몸에다가 코를 벌렁거리다니… 실례예요."

"지랄하네."

무영은 한마디 해준 뒤 잠시 턱 주위를 매만지다가 손뼉을 마주쳤다.

"그러고 보니……."

남소혜는 옷을 갈아입지 않고 있었다. 그제야 무영은 이마를 손으로 탁 치며 한탄했다. 미처 생각지 못했기 때문이다. 지금 그녀는 이런 것에 대한 자각이 없었다. 해주는 것에만 익숙해져 있기 때문이었다.

"이런……."

무영은 고개를 저으며 침음성을 터뜨렸다. 옷이야 사서 갈아입히면 되는 일, 생각해 보자면 단순한 문제였다.
"이걸 어쩐담."
무영은 잠시 고심하며 남소혜를 바라보았다. 남소혜는 고개를 갸웃거리며 동그란 눈을 깜빡거리고 있었다.
"필요한 것이 있으면 말을 해."
"예?"
"옷에서 냄새나잖아."
순간 남소혜의 얼굴이 붉게 달아올랐다.
"밥 먹고 나가서 옷 사자."
무영은 한숨을 내쉬며 남소혜를 이끌고 일층으로 내려왔다.
"편히 쉬셨습니까?"
처음 무영과 남소혜를 맞이한 점소이가 예를 표했다. 무영은 고개를 끄덕이며 주위를 살폈다.
"아침 식사 되겠지?"
"당연하지요."
무영은 고개를 끄덕이며 자리를 잡고 앉아 아침을 간단하게 먹고 밖으로 나왔다. 다행히 옷가게는 객점 바로 앞에 있었다.
때마침 가게 앞을 청소하던 여인네가 무영의 눈에 띄었다.
"옳지."
무영은 내심 미소를 지으며 여인에게 다가갔다.
"저기요."
"네?"
청소하던 여인은 웬 절세미남이 말을 걸어오자 깜짝 놀라며 몸을 일으켰다.
"이 가게 점원이십니까?"

"예? 예."

얼굴까지 살짝 붉어진 것이 부끄러운 모양이었다.

"이 아이 옷 때문에요."

"아……."

여인은 그제야 무영의 옆에 주춤거리며 서 있는 남소혜를 볼 수 있었다.

'뭐야? 애인인가?'

여인은 힘없는 표정으로 고개를 떨궜다. 하지만 그것도 잠시, 직업 의식을 발휘했다.

"어머, 예쁜 아가씨네요."

"이 아이 옷 좀 골라주십시오."

"이리 와요. 예쁜 옷으로 골라줄게요."

여인의 말에 남소혜는 기대 어린 표정이다. 그때 무영은 미소를 지으며 한 가지 당부를 잊지 않았다.

"아직 가야 할 길이 멀었고, 말도 타고 가야 하니 화려한 옷은 되도록 피해주십시오. 속곳 같은 것도 넉넉히 골라주시고요."

순간 남소혜의 얼굴이 시무룩해졌다. 하지만 이내 여행 중임을 인정했다.

"알겠습니다."

여인은 고개를 끄덕이며 남소혜를 이끌었다.

"오라버니도 가요."

"응?"

무영이 고개를 갸웃거리다 난감한 표정으로 손을 내저었다.

"여자 옷가게에 내가 왜 들어가?"

"나나 아줌마가 뭘 아나요? 오라버니가 여행에 적합한 옷으로 골라줘야지."

"어머, 그러네? 들어와요."

점원은 미소를 지었다.

"아니, 난……."

"자, 어서요!"

남소혜는 무영의 등을 떠밀었다.

잠시 후 무영은 여자 옷가게 안에 서 있었다.

"이제 만족하냐?"

무영은 남소혜를 힐끗 내려다보며 말문을 열었다. 무영에게 찰싹 붙어 있던 남소혜가 배시시 웃었다. 그런 모습에 무영은 고개를 설레설레 저었다.

계속해서 이런 식이면 곤란했다. 여행 중에는 어떤 일이 벌어질지 모른다. 하지만 남소혜는 무영에게서 떨어지는 것을 극도로 싫어했다.

"고생 많으시겠네요."

여인은 무영에게 측은한 시선을 보냈다. 무영은 쓴 미소를 지으며 어깨를 으쓱였다.

"어쩔 수 없지 않습니까?"

"하긴. 그런데… 애인? 아직 어린 것 같은데."

여인의 물음에 무영은 고개를 저었다.

"그냥 동생입니다."

"호오!"

순간 여인의 안광이 번뜩이는 것을 무영은 알아차리지 못했다. 아무것도 모르는 무영은 여인을 재촉했다.

"빨리 좀 해주십시오."

여인은 고개를 끄덕였다. 무영은 남소혜를 살짝 떼어놓으며 말문을 열었다.
"점원 누나랑 가서 옷 골라."
"같이 가서 골라주면 어디 덧나요?"
"어쩌다 보니 끌려 들어오기는 했다만 여기까지야."
무영의 단호한 말에 남소혜는 볼을 부풀렸다.
"예쁜 옷 입은 모습 보여주고 싶었는데."
"응?"
"아니에요."
남소혜는 투덜거리며 여인의 손에 이끌려 옷가게 안을 헤집기 시작했다.
"휴우."
무영은 안도했다. 그러던 중 주위에서 옷을 고르던 여인네들이 힐끔거리며 쳐다보고 있음을 느꼈다. 여성용 옷가게 안에 서 있는 무영을 향한 시선이었다.
"흐음."
무영은 턱 주위를 매만지며 가게 안을 둘러봤다.
그렇게 얼마간의 시간이 흐르고 여인이 남소혜를 이끌고 돌아왔다.
"많이 기다리셨죠."
여인은 여기저기 둘러보고 있는 무영을 향해 말문을 열었다.
"별로요. 어디 보자."
남소혜는 군청색 경장을 입고 있었다. 먼지가 타도 잘 보이지 않을 색감이었다.
"한결 낫다."
무영은 부드러운 미소로 남소혜와 여인을 맞이했다.
"옴마나!"

무영의 매력적인 미소에 심장 나쁜 여편네 하나가 숨을 헐떡이며 주저앉았다.

그것을 모르는 무영은 여인에게 시선을 줬다.

"그것보다 다른 옷은?"

무영의 물음에 여인이 짐 보따리를 들어 보였다.

"넉넉하게 골랐어요. 당분간은 걱정없을 거예요."

"감사합니다."

무영은 고개를 끄덕였다.

"주세요. 제가 들겠습니다."

무영은 옷이 든 짐을 건네받았다. 그리고 남소혜는 여느 때와 마찬가지로 무영에게 쪼르르 달려와 찰싹 붙었다.

"충분히 샀냐?"

"예."

"그럼 여행 물자도 좀 사야겠군."

무영은 중얼거리다가 남소혜를 바라보며 물었다.

"아참, 너 목욕도 해야지?"

"예."

"솔직히 말해봐. 너 혼자 목욕한 적 없지?"

남소혜는 얼굴을 붉히며 무영의 옆구리를 꼬집었다.

"못됐어. 실례잖아요."

"난 그런 거 모른다. 빨리 말해."

무영의 재촉에 남소혜는 조그맣게 고개를 끄덕이는 것으로 대답을 대신했다. 비록 부모들이 모두 죽고 망하기는 했지만 한때는 꽤나 잘사는 집의 영애였으니 홀로 목욕을 해봤을 리 만무했다.

무영은 여인에게 시선을 주었다.

"혹시 일은 언제 끝나시죠?"

"예?"

무영의 은근한 물음에 여인의 얼굴이 발그레해졌다.

'이 남자… 날 유혹하는 건가?'

내심 세차게 뛰는 가슴팍을 부여잡으며 조심스럽게 물었다.

"저녁 시간이 끝나면요."

"그럼 언제 시간이 나시나요?"

무영의 물음에 여인은 확신했다.

'봉 잡았다!'

서른 살 노처녀의 겨울에도 봄이 오려는 모양이다. 더욱이 겉보기에도 자신보다 훨씬 어려 보인다.

'거기다가 영계!'

여인은 최대한 인내하며 일단은 한 번 튕겨주기로 결심했다.

"이러시면 안 돼요… 동생 분이 이렇게 보고 있는데……."

"예?"

무영은 의아한 표정으로 고개를 갸웃거렸다. 하지만 그런 모습 또한 눈에 콩깍지가 씌인 여인에게는 매력적으로 보일 따름이었다.

결국 여인은 본능에 충실하기로 했다.

"하지만 저라도 괜찮다면… 동생 분을 재우고……."

"무슨 소리를 하시는 건지……?"

잠시 후 여인은 빨갛게 달아오른 얼굴을 감추기 위해 고개를 떨구고 있었다.

"그러니까, 이 녀석 목욕을 좀 부탁드립니다. 객점은 이 앞에 있는 곳입니다. 약간이지만 수고비는 드릴 수 있습니다."

"…점심 시간이 끝나면 한 시진 정도 여유가 돼요."

"부탁드립니다."

여인은 무영의 말에 조근조근한 어조로 말하며 고개를 끄덕였다. 무영은 그런 여인을 잠시 바라보다가 남소혜에게 시선을 주며 머리를 쓰다듬었다.

"그럼 우리도 다음 집으로 갈까?"

"응!"

무영은 남소혜와 잡화점을 향해 걸음을 옮겼다.

문밖까지 그들을 배웅한 후 옷가게 안으로 들어온 여인은 한숨을 내쉬었다.

"으휴! 그러면 그렇지… 내 주제에 무슨……."

"호호호! 차였나 봐?"

다른 점원들은 터져 나오려는 웃음을 참고 있었다.

"우씨!"

여인은 다른 점원들을 향해 일갈성을 터뜨렸다.

"옷 주름 쫙쫙 펴라고 했지!"

여태껏 그 광경을 보던 다른 점원들이 후다닥 옷을 정리하며 투덜거렸다.

"저 언니 또 시작했어."

"별꼴이야. 저러니 시집을 못 가지."

조잘조잘.

남소혜는 무영의 옆에 찰싹 붙어 쉴 새 없이 수다를 늘어놓고 있었다.

"오라버니."

"응?"

"저거 귀엽지 않아요?"

"그러네."

"오라버니."

"응?"

"저거 정말 귀엽다고요."

"그래그래."

무영은 천천히 고개를 끄덕여 주었다.

남소혜의 볼이 볼록 부풀어 올랐다. 그녀는 괜히 무영의 소매를 잡아 흔들며 훌쩍이기 시작했다.

"사줘요."

결국 남소혜는 본심을 드러냈다. 무영은 한숨을 쉬며 고개를 설레설레 저었다.

예정대로 잡화점을 들러 객점에 돌아왔을 때 무영과 남소혜의 손가락에는 예쁜 옥가락지가 껴져 있었다.

"헤헤헤."

남소혜는 뭐가 그리 좋은지 방글방글 웃고 있었다. 무영은 그런 남소혜를 바라보며 어쩔 수 없다는 표정으로 입을 열었다.

"좋냐?"

"네."

남소혜는 힘차게 고개를 끄덕이며 만족감을 표했다.

무영은 자신의 손가락에 껴져 있는 가락지를 들어 보았다.

"그런데 왜 굳이 한 쌍이야? 네 것만 사면 됐잖아. 이게 하나에 얼마짜린 줄 알아?"

무영의 물음에 남소혜는 화들짝 놀라며 손을 내저었다.

"예, 예쁘잖아요."

"흐흠?"

"지, 진짜라니까요."

남소혜의 변명에 무영은 피식 웃으며 고개를 끄덕였다.

"뭐, 됐어. 잊어버리지나 마라."

"잊어버릴 리가 있어요?"

남소혜는 고개를 떨구며 자신에게만 들릴 정도의 조그만 목소리로 말을 이어갔다.

"…사랑의 증표인데."

무영은 그런 남소혜를 바라보며 혀를 끌끌 찼다. 그녀의 얄팍한 속셈을 모를 리 없었다.

'언제까지 이렇게 맞장구쳐 줘야 하는지…….'

본래 예정대로라면 지금쯤 호북성에는 들어서야 했다. 한시가 급한데 일이 이렇게 되어버렸으니 자꾸 초조해져 갔다. 더욱이 남소혜 덕분에 신경 써야 될 일이 한두 가지가 아니었다.

"어디 보자."

아직 점심 시간이 끝나지 않은 탓인지 사람들이 붐볐다.

옷가게 여인이 말했던 시간까지는 아직 좀 남아 있었다. 마음 같아서는 당장이라도 씻기고 싶지만 그럴 수는 없었다.

"잠깐 올라가서 쉬자."

무영이 남소혜의 손을 잡아 이끌고 이층으로 올라가려는 찰나, 무사 복장을 한 인원들이 객점 안으로 들어왔다. 순간 객점 안의 분위기가 싸늘해졌다. 이런 마을에서 검을 찬 무사들을 보기란 흔히 있는 일이 아니었다.

호위무사들은 그런 객점 안의 분위기에 아랑곳하지 않은 채 잔뜩 경계 어린 눈초리로 주위를 살폈다. 그리고 잠시 후 한 여인이 무사들의 호위를 받으며 안으로 들어왔다. 그 뒤를 따라 시비로 보이는 여인도 객점 안으로 들어섰다.

면사로 얼굴을 가린 여인이었다. 하지만 척 보기에도 기품있는 걸음걸이가 귀한 집 여식임을 알리고 있었다.

"어이! 거기!"

"예?"

무영은 고개를 갸웃거렸다. 호위무사가 자신을 가리키고 있었기 때문이다.

"어딜 빤히 쳐다보고 있는 거야!"

무영의 눈가가 찡그러졌다.

'기분 나쁘네.'

요즘 들어 계속 골치 아픈 일이 끊이질 않았다.

'들이받아 버려?'

무영이 입술을 살짝 배어 물었다. 그때 면사 여인이 호위무사를 향해 뭐라고 말했다. 호위무사는 대번에 굽신거리며 뒤로 한 걸음 물러섰다. 면사 여인은 무영을 향해 시선을 주며 말문을 열었다.

"저희가 무례했습니다. 부디 기분 나빠하지 마세요."

보통이라면 수긍하고 물러날 수 있는 상황이었다.

"수하들 관리 좀 하셔야겠군요."

골이 잔뜩 난 무영이 결국 한마디 쏘아붙였다.

"저런 건방진!"

방금 전의 호위무사가 분을 참지 못하고 앞으로 나서며 흉험하게 외쳤다. 무영 역시 지지 않았다.

"그건 도리어 당신들에게 하고 싶은 말이오. 윗사람이 말씀하시는데 감히 중간에 끼어들다니."

"…이, 이놈이!"

"그만두세요."

면사 여인이 손을 들어 제지했다. 그러자 호위무사는 얼굴을 붉히며 뒤로 물러섰다.

"다시 한 번 사죄드립니다."

기분 나쁠 만도 하건만 면사 여인은 차분한 표정으로 다시금 사죄를 구했다.

저렇게까지 저자세로 나오니 뭐라 더 해줄 수도 없었다. 여기서 괜히 더 나서면 일이 크게 번질 수도 있었다.

'끄응… 재미없군.'

무영은 고개를 한 번 끄덕여 주는 것으로 답변한 후 남소혜를 이끌고 방으로 돌아갔다.

"오라버니, 화났어요?"

방에 들어온 남소혜가 조심스런 표정으로 물었다. 무영은 고개를 저으며 남소혜의 머리를 쓰다듬어 주었다.

"화 안 났어."

"헤헤."

남소혜는 금세 배시시 웃으며 무영에게 안겨들었다. 무영은 남소혜의 어깨를 토닥여 주다가 눈살을 찌푸렸다.

"너 이따가 깨끗이 씻어."

"실례라니까요."

남소혜는 투덜거렸다.

"아까 옷 골라주셨던 누나 있지?"

"예."

"그 누나가 씻겨줄 거야."

무영의 말에 남소혜는 고개를 끄덕였다. 무영은 남소혜를 위에서 아래로 쭉 훑어보다가 중얼거렸다.
"꼬질꼬질하게."
"응?"
"아무것도 아니다."
무영은 고개를 설레설레 저었다. 그 모습을 바라보는 남소혜의 안광이 빛났다. 언젠가 집이 망하기 전 시비에게 들은 말이 불현듯 뇌리를 스쳤다.

"아가씨! 남자들은 목욕하고 나온 직후 여인의 젖은 머리카락을 보면 그렇게 예쁘게 보인데요."
"정말?"

남소혜는 결연한 눈빛으로 고개를 끄덕였다.
"오라버니, 나 목욕할 동안 밖에 있어줘요."
"응? 왜?"
무영이 고개를 갸웃거리자 남소혜가 떼를 쓰기 시작했다.
"제발! 이렇게 빌게요."
"…귀찮게시리."
"헤헤헤."
'아직 시간은 많아. 힘내자, 남소혜!'
남소혜는 내심 주먹을 불끈 쥐었다.
그렇게 얼마나 시간이 지났을까. 약속했던 시간이 되자 여인이 방으로 올라왔다.
"그럼 부탁 좀 드리겠습니다."
"…예."

여인은 왠지 시무룩한 표정이었다.
"갔다 와."
"예."
남소혜는 선선히 여인을 따라나서다가 무영을 바라보았다.
"앞에서 기다린다며?"
"응? 꼭 밖에서 기다려야 하니?"
무영의 곤혹스러운 표정에 남소혜는 단호한 표정이다.
"빨리 와."
"그래."
결국 무영은 남소혜에게 강제로 끌려 아래층으로 내려왔다.
"문 앞에서 기다려요. 내가 부르면 꼭 대답하고요."
"알았으니까 깨끗이 씻기나 해."
"꼭이에요! 꼭!"
남소혜는 문이 닫히는 그 순간까지도 무영에게 약조를 받아냈다.
"휴우."
문이 닫히자 무영은 의자를 끌고 와 문 옆에 앉았다. 만약 대답이 들리지 않으면 알몸으로 뛰쳐나올 수도 있었다. 분명히 그러고도 남을 꼬마 계집이었다.
"휴우……."
무영은 한숨을 내쉬며 의자 등받이에 몸을 축 기댔다.
"오라버니, 밖에 있어요?"
"있어."
이윽고 욕실 안에서 들려오는 남소혜의 부름에 무영은 심드렁한 표정으로 답해주었다.
첨벙첨벙!

"눈 매워!"

"가만히 좀 있어요. 어휴… 내가 어쩌다!"

욕실 안이 소란스러워졌다. 무영은 피식 미소를 지으며 눈을 감았다.

그렇게 얼마나 지났을까.

문득 무영의 입가에 미소가 머금어졌다. 같잖은 기운이 가까워져 오고 있었기 때문이다.

'후후후… 그래, 이렇게 끝날 리가 없지.'

"어이."

"응?"

뒤이어 들려온 목소리에 무영이 눈을 살며시 떴다.

거칠게 생긴 사내가 무영을 내려다보고 있었다.

아까의 그 호위무사였다. 더욱이 패거리들까지 몇 명 끼고 있었다.

'숫자로 밀어붙이겠다 이건가?'

무영은 능글맞은 웃음을 지으며 다리를 꼬고 앉았다.

"할 말 있나?"

"너, 밖으로 잠깐 따라 나와."

하지만 무영은 내심 이 상황을 즐기고 있었다.

"여기서 말해."

"이 자식이!"

호위무사는 주먹을 꽉 쥐었다. 하지만 섣불리 휘두르지는 못했다. 아마도 이층에서 휴식을 취하고 있을 면사 여인의 지시 때문이리라.

'그럼 나야 좋지.'

무영은 한쪽 눈을 찡긋하며 말을 이었다.

"저리 가라."

무영이 건들거리며 손짓했다. 그때 뒤에서 보고 있던 다른 무사가 비릿하게 웃으며 말문을 열었다.
"네 애인이냐?"
"그건 아닌데?"
무영이 고개를 저으며 답하자 무사가 능글맞게 웃으며 말문을 열었다.
"이거 변태 아니야? 여자가 목욕하는데 앞에 서서."
무영은 고개를 설레설레 저으며 한심하다는 표정으로 무사를 바라보았다.
"참네… 살다 살다가 별 잡스런 소리를 다 듣겠군. 그래서?"
너무도 담담한 무영의 반응에 호위무사들은 멍한 표정이다. 무영은 한쪽 눈을 찡긋하며 이죽거렸다.
"할 말 없지? 이제 그만 재수없는 면상들 치우시지?"
"이 자식이!"
도리어 면박당한 호위무사가 주먹을 내뻗었다. 일순 보기에도 허약해 보이는 서생이었다. 쥐도 새도 모르게 처리하면 그만이었다.
무영은 고개를 살짝 옆으로 틀며 주먹을 피했다. 무영의 입가에 비릿한 미소가 피어올랐다. 이것을 바라고 있었다.
"너희가 먼저 시작한 거다!"
무영은 의자를 손으로 짚으며 몸을 훌쩍 날렸다.
빠악!
방금 전 무영에게 변태네 뭐네 운운한 호위무사가 뒤로 나가떨어졌다.
탁!
무영이 바닥으로 내려앉으며 미소를 짓고 있었다. 예상과는 다른 전개에 호위무사들의 얼굴이 구겨졌다.
"죽여!"
험한 욕설과 함께 무사들이 무영을 향해 달려들었다.

"느려느려!"

무영은 쉴 새 없이 쏟아지는 주먹과 발을 여유롭게 피하며 보법을 밟았다. 그리고 처음 시비를 걸었던 무사의 품 안으로 파고들었다.

"턱 보이는데?"

무영은 싱긋 웃으며 손바닥을 올려쳤다.

빠각!

"크헉!"

순간 무사의 얼굴이 뒤로 꺾이며 탁자에 처박혔다.

콰작!

탁자가 박살나며 무영에게 일격을 당한 무사의 몸이 꿈틀거렸다.

"아이고, 무사님들! 안에서 싸우시면 곤란합니다!"

점소이는 흉흉한 기세에 어쩌지도 못하고 안타깝게 발만 동동 구르고 있었다. 하지만 시작한 싸움판이다. 멈추고 싶지 않았다.

"몸 한번 풀어보자!"

"이 새끼!"

순식간에 동료 둘이 나가떨어지자 무사들의 눈썹이 위로 치켜 올라갔다. 하지만 여전히 무영의 입가에 걸린 미소는 사라지지 않았다.

휘잉!

무영은 손을 뻗어 무사의 팔뚝을 잡아채 꺾었다.

콰드득!

"끄아악!"

무사가 기이한 각도로 꺾인 팔뚝을 부여잡으며 주저앉았다.

"덤벼!"

무영은 생기 어린 눈빛으로 외쳤다. 무사들은 서로 눈빛을 주고받았다. 예상을 훨씬 뛰어넘는 무영의 몸놀림은 충분히 위협적이었다.

"안 오면 내가 간다?"

챙! 챙!

안 되겠다고 생각했는지 무사들이 검을 뽑아 들었다.

"…흐이익!"

결국 칼까지 보게 되자 점소이는 주방 쪽으로 도망쳤다. 괜스레 곁에 있다가 해를 당할 수는 없었다.

식당을 메우고 있던 손님들 역시 부랴부랴 도망치기 시작했다. 괜히 개죽음당하기는 싫었기 때문이다.

드디어 검까지 나오자 무영의 눈꼬리가 꿈틀거렸다.

"갈 때까지 가보자 이거지?"

무영의 어조가 낮아졌다. 그때 한줄기 다급한 음성이 터져 나왔다.

"이게 무슨 짓이죠?"

그 목소리의 주인공은 면사 여인이었다. 계단의 난간을 부여잡은 채 호위무사들을 노려보고 있었다.

"아, 아가씨."

그제야 상황을 깨달은 호위무사들이 주춤거렸다. 철저히 당부를 받았다. 명령에 불복한 상황이 된 것이다.

"이게 무슨 짓들이지요?"

면사 여인은 위엄있는 목소리로 말문을 열었다. 그러자 호위무사들이 고개를 떨구며 웅얼웅얼 변명을 늘어놓기 시작했다.

"아니, 저놈이……."

"그만두세요! 여러 명이 한 명을, 그것도 무기도 가지지 않은 분을 핍박하다니요."

"아니, 그게……."

무사들은 말까지 더듬으며 하소연했지만 여인의 표정은 냉랭했다.

"변명은 듣지 않겠어요. 올라들 가서서 자중하고 계세요."
"…예, 아가씨."
호위무사들은 어깨를 축 늘어뜨린 채 널브러진 동료들을 수습했다. 면사 여인은 무영을 바라보며 허리를 숙였다.
"정말 죄송합니다."
무영은 허탈한 표정으로 힘없이 방으로 돌아가는 무사들의 뒷모습을 바라보았다. 간만에 몸이나 풀어볼까 했건만 저 면사 여인으로 인해 흥이 깨져 버렸다.
"됐소이다."
"예?"
빈정거리는 어투.
여인은 망치로 머리를 한 대 맞은 듯 멍한 표정이었다. 누가 그녀에게 이런 말을 할 수 있겠는가.
"가서 밥이나 드시오."
무영은 의자에 털썩 주저앉으며 눈을 감았다. 면사 여인은 멍한 표정으로 그 자리에 얼어붙어 있었다.
"오라버니, 무슨 일이에요?"
때마침 욕실 안에서 남소혜가 물어왔다. 무영은 피식 웃으며 욕실 문을 탕탕 두들겼다.
"아무 일도 아니다. 그래, 잘 씻고 있냐?"
"히잉… 눈 매워요."
"참아. 가락지도 사줬잖니."
"알았어요."
다시금 욕실 안에서 물을 끼얹는 소리가 들려왔다. 무영이 피식 웃으며 눈을 감으려는 순간이었다.

"저, 저기요."

"응?"

무영이 눈을 부라리며 반문했다. 이번에는 점소이였다.

"무슨 일이야?"

점소이는 벌벌 떨고 있었다.

"……."

무영은 객점 밖에 서 있었다. 옆에는 남소혜가 강아지처럼 머리를 흔들며 물기를 털어내고 있었다.

무영은 멍한 표정으로 서 있는 면사 여인 일행을 향해 말문을 열었다.

"이걸 어쩔… 아, 차가워. 머리 그렇게 털면 안 되잖니? 혼자 머리 말려본 적도 없어?"

"없는데요."

무영은 눈가를 찡그리며 수건으로 남소혜의 머리를 조심스레 닦아주었다. 그리고 다시금 면사 여인을 향해 방금 전 하지 못했던 말을 끝맺었다.

"이걸 어쩔 거요?"

"예?"

면사 여인이 움찔했다.

"당신들 때문에 객점에서 쫓겨났잖소."

"저런 건방진!"

팔에 붕대를 동여맨 무사가 노기를 터뜨렸다. 무영은 싸늘한 미소를 지었다.

"왼팔도 부러뜨려 줄까?"

"크윽……!"

아까 당한 탓인지 금방 기세가 움츠러들었다. 하지만 꾹 억누르고 있을 따름이었다.
무영은 수건으로 남소혜의 머리를 문지르며 한마디 더 덧붙였다.
"꼬리 내린 강아지 새끼들."
"용서할 수 없다!"
호위무사들이 결연한 목소리로 외치며 검을 뽑아 들 자세를 취했다.
"그만들 해요!"
면사 여인도 이제는 짜증스런 목소리로 외쳤다. 그런 모습에 무영은 피식 웃었다.
"당신도 잘한 것은 없지 않나요?"
면사 여인은 무영을 바라보며 눈을 흘겼다. 악착같이 감정을 억누르고는 있지만 실상 그녀는 자존심이 상한 상태였다.
무영은 어깨를 으쓱거리며 반문했다.
"내가 뭘 말이오?"
"하아!"
여인은 기가 차지도 않는지 탄성을 터뜨렸다.
"자, 다 됐다."
무영은 수건을 들었다. 본래 여자의 머리란 결대로 잘 닦아줘야 한다. 하지만 그것을 모르는 무영은 남자들 식으로 벅벅 문질르는 바람에 남소혜의 머리는 까치집이 되어버렸다. 무영은 눈살을 찌푸리며 잠시 주위를 살피다가 면사 여인의 뒤에 부복하고 있는 시비를 불렀다.
"어이, 이봐요!"
"예?"
"빗 가지고 있나요?"
"예?"

"빚 가지고 있냐고요?"

시비는 멍한 표정으로 고개를 끄덕였다. 무영은 빙그레 웃으며 남소혜의 머리를 가리켰다.

"이 아이 머리 좀 빗겨줄래요?"

"에? 하지만······."

"거, 쩨쩨하게 머리 하나 빗겨주는데 뭐 그리 어렵습니까?"

무영의 말에 시비는 불안한 표정으로 면사 여인을 바라보았다. 어찌해야겠냐는 물음이었다.

"빗겨주도록 해."

면사 여인의 허락이 떨어지자 시비가 남소혜에게 다가와 머리를 빗겨주었다. 면사 여인은 그런 시비를 잠시 바라보다가 무영을 향해 말문을 열었다.

"어째서 시비에게는 존칭이죠?"

"저분은 나한테 해를 끼치지 않았거든."

"······."

면사 여인은 황당한 얼굴이었다. 그녀가 언제 이런 대우를 받아보았겠는가.

한편 남소혜의 뒤에서 머리를 빗겨주고 있는 시비를 바라보던 무영의 입가에 미소가 떠올랐다.

'역시 여자가 있으니 좋구나.'

저런 시비만 있으면 자신이 식사 준비를 할 일도 없고, 여러 가지 면으로 한결 편할 것 같았다.

'하지만 내 형편에 그럴 수가 있나.'

남소혜 한 명도 버거운 지경이었다. 더 이상 짐을 늘릴 수는 없었다.

"저, 아가씨. 이제는 어쩌지요? 제대로 쉬지도 못하셨으니······."

그때 호위무사 중 한 명이 면사 여인에게 물었다. 면사 여인은 고심하다가 눈을 살짝 감으며 입을 열었다.

"어차피 잘되었어요. 수도까지는 가야 할 길이 멀었으니."

순간 무영의 눈이 번쩍 떠졌다. 목적지가 똑같지가 않은가. 그렇다는 소리는 시비 역시 수도까지 동행한다는 소리였다.

"이봐요."

"또 무슨 일이죠?"

면사 여인은 뾰족한 말투로 되물었다.

"수도로 가는 거요?"

"그런데요?"

무영은 능글능글 웃었다.

'이렇게 운이 좋을 데가.'

저 일행에는 남소혜를 돌봐줄 만한 시비가 있었다.

"나도 수도로 갑니다."

면사 여인의 눈이 잠시 커졌다. 하지만 이내 고개를 살짝 돌리며 차가운 목소리로 반문했다.

"그런데요?"

무영은 한결 부드러워진 어조로 말문을 열었다.

"마침 잘되었군요."

"예?"

"수도까지 동행해도 될까요?"

무영의 말에 면사 여인은 물론 호위무사들의 얼굴이 일시에 일그러졌다. 무영은 여유로운 표정으로 그들을 바라보며 어깨를 으쓱였다.

"아얏!"

그때 머리가 엉킨 탓인지 남소혜가 눈물을 찔끔 흘렸다.

"아파요!"

남소혜는 시비를 향해 빽 소리를 질렀다. 그러자 시비가 움찔하며 뒤로 한 걸음 물러섰다. 그 모습에 무영이 남소혜의 머리에 손을 얹으며 엄한 목소리로 꾸짖었다.

"버르장머리없게… 자꾸 그러면 가락지 뺏어서 저 언니 줘버린다?"

"싫어! 안 돼!"

남소혜는 가락지 낀 손을 가슴에 꼭 품으며 울부짖었다.

무영은 한쪽 눈을 찡긋거리며 남소혜의 머리를 쓰다듬었다.

"농담이야."

"깜짝 놀랐잖아요."

"그래."

그제야 남소혜가 배시시 웃었다. 무영은 면사 여인을 바라보며 입을 열었다.

"이 녀석은 저랑 동행하던 상단 주인의 딸이지요. 하지만 보시다시피 지금은 저랑 이 녀석, 둘밖에 남지 않았어요."

무영의 말에 남소혜가 고개를 갸웃거렸다. 일단 자신은 공손월의 자식이 아니었다.

무영은 남소혜에게 한쪽 눈을 찡긋 감았다.

"어쩌다가 저렇게 된 거지요?"

면사 여인의 물음에 무영은 최대한 비극적으로 포장해서 말해주었다.

"저런… 가엾게도……."

면사 여인은 연민 어린 눈빛으로 남소혜를 바라보았다. 하지만 그것도 잠시, 면사 여인은 뒤에 서 있는 호위무사를 힐끗 바라보았다.

호위무사는 가만히 고개를 저었다. 면사 여인은 짧게 한숨을 내쉬더니 무영에게 시선을 주며 말문을 열었다.

"마음 같아서는 도와드리고 싶지만 사정이 여의치가 않네요. 죄송하군요."

예의를 갖추면서도 분명한 거부의 뜻이었다. 무영은 씁쓸한 미소를 지었다. 선뜻 승낙할 리가 없지 않은가. 더욱이 첫인상이 최악이었다.

"식사나 이런 것은 신경 써주시지 않아도 됩니다. 그저 행렬 뒤에서 조용히 따라가게만 해주시면 됩니다."

"음……."

여인은 고심하는 눈치였다. 그런 모습을 놓칠 무영이 아니었다.

"저도 약간이지만 체술(體術)을 배웠습니다. 분명 도움이 될 겁니다."

면사 여인의 호위무사들이 손 한번 써보지 못하고 나가떨어졌다. 분명 구미가 당기는 제안이기는 했다.

"부탁드립니다."

무영의 간절한 부탁에 면사 여인의 눈이 흔들렸다. 그녀는 잠시 무영을 바라보다가 무겁게 고개를 끄덕였다.

"좋아요."

"아가씨!"

면사 여인의 허락이 떨어지자 뒤에 서 있던 호위무사들의 눈이 크게 떠졌다.

"어디서 저런 잡배를……?"

신원도 불확실한 사내였다. 더욱이 서로 간의 불미스런 일도 있었기에 호위무사들의 놀라움은 더욱 컸다. 하지만 면사 여인은 결심을 굳힌 듯했다.

"그런 잡배한테 손 한번 쓰지 못한 당신들이 아닌가요?"

냉랭하게 말하던 면사 여인은 무영을 향해 손을 내저었다.

"당신이 잡배라는 뜻은 아니에요."

"잡배라는 것 같은데요?"

무영은 히죽 웃었다. 하지만 더 이상 지난 일을 가지고 물고 늘어지지 않았다. 이렇게 되었으니 피차간에 좋게 지내는 것이 좋다.

"저는 무영이라고 합니다. 이 녀석은 남소혜고요. 잘 부탁드립니다."

무영의 말에 여인은 고개를 끄덕일 뿐 자신의 소개는 하지 않았다.

"아가씨는?"

"함부로 이름을 묻는 것은 실례지 않나요?"

면사 여인은 냉랭한 어조로 말했다. 무영은 피식 웃으며 뒷머리를 긁적였다.

"도도한 아가씨로군."

다행히 면사 여인은 무영의 마지막 말을 못 들은 것 같았다.

"자! 그만 떠나지요."

면사 여인은 마차에 올라타며 지시를 내렸다. 호위무사들은 바삐 말에 올라탔다.

"우리도 갈까?"

"예, 오라버니."

무영은 남소혜를 바라보며 싱긋 웃었다.

"자, 말에 타자."

무영은 남소혜를 안아 말 위에 태웠다. 그리고 출발하기 시작한 행렬 뒤로 따라붙었다.

그때 무영의 가장 가까운 곳에서 말을 몰던 호위무사가 고개를 돌리며 흉험한 목소리로 으르렁거렸다.

"두고 보자."

무영은 환한 미소를 띠며 상큼한 어조로 답해주었다.

"뒤질래?"

그날 저녁, 남소혜는 연례행사처럼 무영을 닦달하고 있었다. 식사에 관한 문제였다.

"나도 밥 먹고 싶어요."

"그러지 말고 맛있는 육포 먹자."

무영은 환한 표정으로 구운 육포를 남소혜에게 흔들어 보였다. 남소혜의 볼이 잔뜩 부풀어 올라 있었다.

"육포 맛없어요."

"휴우."

절로 한숨이 나왔다.

"밥 먹고 싶단 말이에요."

무영은 곤란한 표정으로 남소혜의 어깨를 토닥였다.

"쌀을 안 샀는데 어떡하니? 다음 마을에 도착하면 쌀도 사고 할 테니까 일단 좀 참으렴."

"그럼 저기 아저씨들이 먹는 건 뭔데요?"

남소혜가 손가락으로 가리킨 쪽에 자리잡고 있는 이들은 면사 여인의 호위무사들이었다. 그들 역시 한창 식사 중이었다. 하지만 육포 조각이나 붙잡고 있는 무영 쪽과는 분명 큰 차이점이 있었다.

"쌀밥이네."

"그래요. 쌀밥이에요."

남소혜는 고개를 끄덕였다.

"나도 쌀밥 먹고 싶단 말이에요."

무영은 뒷머리를 긁적였다. 모르는 바는 아니었다. 하지만 식사 같은 것은 일체 신경 써주지 않아도 된다는 조건 하에 동행을 허락받았다.

다른 것은 다 제쳐 두고서라도 남소혜를 돌봐줄 시비의 존재가 시급했기 때문이다. 그런데 이 철없는 것이 밥까지 먹고 싶단다.

물론 시간이 지나고 서먹했던 사이가 가까워지면 식사 문제는 자동적으로 해결될 것이다. 사람의 인정이라는 것이 있으니 말이다.

하지만 아직은 아니다.

'일개 호위무사들까지 쌀밥이라… 예상보다 훨씬 잘사는 집인가 보군.'

무영은 입맛을 다셨다.

"끄응."

무영은 침음성을 내뱉으며 애꿎은 뒷머리만 벅벅 긁었다.

"하긴 맛있게 보이기는 하구만."

"밥 먹는데 좀 조용하지?"

식사 중이던 호위무사 한 명이 심드렁한 표정으로 외쳤다.

"신경 끄는 것이 신상에 좋을 텐데?"

무영은 퉁명스럽게 맞받아쳤다. 가까워지더라도 저놈들은 예외였다. 무영이 공략할 자들은 면사 여인과 시비였다.

무영은 짧게 한숨을 내쉬었다.

"이 녀석아, 나 좀 그만 힘들게 해라."

무영은 남소혜의 머리를 살짝 쥐어박았다.

"저기요."

그때 들려온 자그마한 목소리에 무영은 고개를 들었다. 아까 마을에서 남소혜의 머리를 빗겨주었던 시비가 쟁반을 들고 서 있었다.

"무슨 일이죠?"

무영의 물음에 시비가 바닥에 쟁반을 내려놓았다.

"이걸……."

"예?"

두 개의 그릇에는 흰 쌀밥이 가득 담겨 있었다.

"쌀밥이다!"

언제 징징거렸냐는 듯 남소혜가 환호성을 질렀다.

무영은 그릇을 가리키며 고개를 갸웃거렸다. 시비는 얼굴을 살짝 붉히며 말문을 열었다.

"아가씨가 가져다 드리라고……."

아무래도 남소혜의 목소리가 좀 컸나 보다. 무영은 남소혜를 바라보며 눈살을 찌푸렸다.

"감사히 먹겠습니다. 이거 원, 폐만 끼치게 되는군요."

"아니요. 별말씀을. 저는 이만 가보겠습니다."

"감사합니다."

무영은 예를 표했다. 시비가 물러나자 무영은 피식 미소를 지었다. 좀 이르기는 했지만 좋은 징조였다.

"맛있어."

만족스러운 표정의 남소혜가 배시시 웃었다. 무영은 그런 남소혜의 머리를 쓰다듬어 주며 자신의 그릇을 밀어주었다.

"더 먹어라."

"오라버니는?"

"난 이거면 돼."

무영은 육포를 입에 물며 나무 기둥에 몸을 기댔다. 그렇게 얼마나 시간이 지났을까. 배가 빵빵해진 남소혜가 숨을 헐떡이고 있었다.

"못 움직이겠어요."

"그러니 적당히 먹어야지."

무영은 빈 밥그릇을 쟁반에 담으며 중얼거렸다.

"싸가지없는 것… 진짜 다 먹었네."
"응?"
"아무것도 아니야. 그릇 가져다주고 올게."
"같이 가요."
"움직일 수 있어?"
무영의 물음에 남소혜는 고개를 저었다.
무영은 남소혜를 뒤로하고 무사들 쪽을 향해 걸음을 옮겼다.
스윽.
무영이 다가오자 편히 쉬던 무사들의 얼굴이 싸늘하게 굳어졌다. 무영은 방금 전 시끄럽다고 윽박지르던 무사의 옆을 지나가며 쌀밥이 든 그릇을 슬며시 발로 툭 쳤다.
"으악! 내 밥!"
"미안하오."
무영은 비릿한 미소를 지으며 무사들을 지나쳤다 그리고 마차 밖에서 옷가지를 털고 있는 시비에게 다가갔다.
"잘 먹었습니다."
"아, 그러셨어요? 다행이네요."
"설거지라도 해다 드려야 예의인데 개울가가 없네요."
무영의 말에 시비는 웃으며 고개를 저었다.
"말씀만으로도 감사드려요."
무영은 웃는 낯으로 시비를 바라보다가 마차 안쪽을 향해 시선을 주었다.
"은혜를 베풀어주서서 감사합니다."
무영의 말이 끝나기가 무섭게 무심한 어조가 마차 바깥으로 흘러나왔다.

"아가씨가 가여워서 그랬을 뿐입니다."

무영은 쓴웃음을 지었다. 면사 여인은 무영을 좋아하지 않고 있었다. 그렇게 무례하게 굴었으니 당연한 일이었다.

제15장
차이점

차이점

커다란 석실 안은 서늘한 공기가 흐르고 있었다.

그곳에 자리잡고 있는 이들은 정확히 세 명의 노인이었다.

"모두들 오래간만이오."

석실의 맨 앞에 앉아 있던 남궁민이 몸을 일으키며 나머지 두 명의 노인에게 인사를 건넸다.

"아미타불! 검제께서도 그간 안녕하셨소이까?"

소림사의 전대 방장인 무학 대사가 온화한 미소를 지으며 인사를 건넸다. 남궁민은 고개를 끄덕이며 그간의 안부를 물었다.

"대사께서도 그간 안녕하셨소?"

"허허! 그렇소이다."

"검제께서는 여전히 정정하시군요."

뒤이어진 목소리에 남궁민이 시선을 돌려보니 이들 중 가장 연배가 어린 모용초호였다.

"모용세가주, 많이 늙으셨소?"

"세월이 지났으니까요."

모용초호는 너털웃음을 터뜨리며 손을 내저었다. 그런 모습에 무학 대사가 남궁민에게 시선을 주며 말문을 열었다.

"그래… 무슨 바람이 들어 쓸모없는 노인네들을 불러 모으셨소이까?"

무학 대사의 입가에는 가벼운 미소가 걸려 있었다. 남궁민과 마찬가지로 적적하기 그지없는 삶을 연명해 가고 있었다. 그러다 내심 옛 지인을 만나 반가운 마음을 드러내었다. 남궁민은 쓴 미소를 지으며 짧게 한숨을 내쉬었다.

"이렇게 만나 세상 돌아가는 이야기나 할 수 있었으면 얼마나 좋겠습니까마는… 실상 그렇지가 않소이다."

남궁민의 어조는 어두웠다. 무학 대사와 모용초호는 그런 분위기를 재빨리 깨닫고 고개를 갸웃거렸다.

남궁민은 살며시 고개를 들어 허공을 응시했다. 그리고 나직한 어조로 읊조렸다.

"그러고 보니… 오십 년 전 정사대전의 주축이었던 이들 중 아직까지 삶을 연명하고 있는 것은 우리 셋뿐이구려."

순간 무학 대사와 모용초호의 안색이 돌처럼 굳어졌다. 별로 기억하고 싶지 않은 것이었다.

"그 이야기는 그만 하시지요."

모용초호의 말에 남궁민은 고개를 저었다.

"크흠……."

"아미타불."

남궁민은 따뜻한 차를 한 모금 마시며 말을 이어갔다.

"요즘 들어 젊은 후기지수들을 중심으로 현 무림맹에 대해 성토하는 움직임이 확산되고 있다 들었소."

그 점에 있어서는 무학 대사와 모용초호도 고개를 끄덕였다.

"십룡회던가? 이번에 모임이 있었다고 하더군요."

오십 년 전 정사대전 이후 십 년간 봉문이라는 치욕스런 결과가 있었다. 그 후로 오십 년이란 세월이 지났지만 무림맹은 여전히 숨죽인 채 움직이지 않고 있었다.

"그런 모습이 그 아이들에게는 마음에 들지 않았던 거지요."

모용초호가 고개를 끄덕였다.

"혈기 넘치는 아이들이니까요."

남궁민은 희미하게 웃었다. 분명 그럴 수도 있다. 하지만 얼마 전 이야기를 나누었던 무영의 발언이 마음에 걸렸다.

"하지만 얼마 전 지인으로부터 어떤 말을 들었소."

"무슨 말씀을 말입니까?"

"사도련과 황실이 손잡고 있는 것이 아니냐는 그런 말이었소."

그 말의 파급 효과는 컸다. 꿈에도 생각해 보지 않은 엄청난 이야기였기에.

무학 대사는 불호도 잊은 채 동그랗게 떠진 눈으로 되물었다.

"사도련은 황실에 반하는 무리외다. 그런 일은 절대로 있을 수 없소."

남궁민은 냉정한 눈빛으로 그때의 상황을 이야기해 주었다.

"하지만 그때를 생각해 보시오. 관아에서는 도리어 우리 무림맹의 움직임을 제한했소. 또한 그 후도 생각해 보시오. 우리가 그런 치욕을 당하고 사도련이 마음대로 중원에 분파를 설립하여 고인들을 포섭할 때 역시 관아는 아무런 움직임을 보이지 않았소."

"……."

"현재의 상황은 어떻소? 사도련의 세는 날이 갈수록 확장되어 가고 있소이다. 언젠가 무림을 사파 무리들에게 빼앗기게 될 날이 오지 않으리라는 법도 없소."

무학 대사와 모용초호는 입을 꼭 다물고 있었다.

"물론 불확실한 가설인 것은 분명하오. 하지만 아무래도 좋소. 현재 무림맹이 사도련에게 밀리는 것은 사실이니까."

그렇게 얼마나 시간이 지났을까. 모용초호가 굳게 닫혔던 입을 힘겹게 열었다.

"그렇다면 어떻게 하자는 말씀이십니까?"

남궁민은 잠시 둘을 주시하다가 짧게 한숨을 내쉬었다.

"조사를 해보자 이거요. 더욱이 의기충천한 이들이 많지 않소? 때가 좋소."

십룡회의 후기지수들을 비롯한 많은 이들은 현 무림맹에 관해 불만을 가지고 있다.

"한번 조사를 해봅시다. 어차피 주도권을 찾아와야 하는 일이지 않소. 언젠가는 닥칠 일이었으니까."

남궁민의 말에 무학 대사와 모용초호는 천천히 고개를 끄덕였다.

*　　　*　　　*

"이거요."

여느 때처럼 옷가지를 털고 있던 시비는 고개를 갸웃거렸다. 무영의 손에는 자그마한 주머니 두 개가 들려 있었다.

"뭐지요?"

"녹차 잎이오. 비싸게 주고 산 상등품입니다. 아가씨에게 타드리십시오."

무영은 짐짓 시비에게 다가가며 자그마한 목소리로 속삭였다.
"하나는 당신 것입니다."
"아."
무영의 말에 시비는 눈을 동그랗게 떴다. 녹차에도 차등이 있다. 상등의 녹차 잎은 일반인들에게는 사치품이었다.
"이렇게 귀한 것을……."
"쉿."
무영은 입가로 손을 가져다 대며 한쪽 눈을 찡긋 감았다.
"가끔씩 우리 꼬마 아가씨를 부탁드려요. 알겠지요?"
"그래도 받을 수 없어요."
시비는 고개를 저으며 곤혹스러워하는 표정이다. 무영은 매력적인 미소를 머금으며 물러섰다. 시비는 멍한 표정으로 그 자리에 서 있었다.
"그 남자… 갔니?"
"예? 예, 아가씨."
갑작스런 물음에 시비가 화들짝 놀랐다. 면사 여인은 창가 밖으로 얼굴을 내밀었다.
"뭘 그리 놀라는 거야?"
"아닙니다."
시비는 대강 얼버무리며 화제를 돌렸다.
"그 무사님이 이걸."
"응?"
"녹차 잎이라고 하던데요. 아가씨 타드리라고……."
시비는 녹차 잎 두 봉을 들어 보였다. 면사 여인은 고개를 갸웃거리며 반문했다.
"하나는 너한테 준 거잖아."

"드, 들으셨어요?"

"어쩌다 보니. 괜찮으니 넣어둬."

"감사합니다."

시비는 얼굴을 붉히며 한 봉을 품에 넣었다.

"모처럼 받았으니 한번 타올래? 맛이나 보자."

면사 여인의 말에 시비가 신속하게 차를 타 마차 안으로 들어왔다.

면사 여인은 얼굴을 가리고 있던 면사를 걷었다. 잡티 하나 없는 깨끗한 피부에 조화를 이루고 있는 이목구비까지. 면사 여인의 외모는 완벽에 가까웠다.

"향이 좋네."

면사 여인은 차 내음을 맡으며 살짝 눈을 감았다. 그리고 조심스레 차를 한 모금 입에 머금었다.

"상등품이 확실하구나."

면사 여인의 얼굴에 미소가 떠올랐다.

"안목이 있구나."

"얼굴도 잘생겼어요."

대뜸 대답하던 시비가 얼굴을 붉혔다. 면사 여인은 눈살을 찌푸렸다.

"마음에 드니?"

시비가 과장스럽게 손을 내저었다.

"아, 아니요. 그런 뜻이 아니고······."

"괜찮다니까."

면사 여인의 재촉에 시비가 볼 주위를 매만지며 조심스레 말문을 열었다.

"첫인상은 안 좋았는데, 지내면 지낼수록 거친 무사들하고는 다른 것 같아요. 목소리도 나긋나긋하고."

면사 여인은 턱을 괸 채 중얼거렸다.
"흐음… 내가 보기에는 그냥 바람둥이 같은데?"
시비는 손을 내저으며 무영을 변호했다.
"실상 남이나 다름없는 아가씨를 목적지까지 데려다 주려는 게 책임감있어 보이잖아요."
면사 여인은 창가 밖으로 시선을 주며 중얼거렸다.
"다르다라……."
그녀의 눈이 살며시 감겼다.
입가에는 살며시 미소가 걸려 있었다.

"이제는 냄새도 안 나고 좋네?"
무영은 피식 웃으며 남소혜의 머리를 쓰다듬어 주었다. 오늘 아침 무렵 시비가 남소혜를 이끌고 목욕을 시킨 덕분인지 한결 좋은 냄새가 났다.
"이러니 얼마나 좋니?"
남소혜는 고개를 끄덕였다.
"한결 개운하기는 하네요."
"감사하다고 제대로 인사했지?"
"응. 시킨 대로 했어요."
"그래, 상으로 육포 줄까?"
"싫어요."
남소혜는 대번에 고개를 저었다. 무영은 떨떠름한 표정으로 육포를 입에 물었다.
"이 맛있는 것이 왜 싫을까?"
문득 무영의 입가에 미소가 떠올랐다. 육포 하니 생각나는 이가 있었기 때문이다.

　지독하게도 육포에 집착하던 여인. 친절하다고 본인은 주장하지만 전혀 그렇지 않았던 엉뚱한 아가씨였다.

"그러고 보니 보고 싶네."

"엉? 누구요?"

　남소혜가 고개를 갸웃거리며 물었다. 무영은 피식 웃으며 말문을 열었다.

"있어, 그런 여자가."

　남소혜의 눈이 동그래졌다.

"여자?"

"응."

"예뻐요?"

　남소혜의 말에 무영은 대번에 고개를 끄덕였다. 행동이 조금 엽기적이었을 뿐, 누구나 한 번은 돌아볼 만큼 빼어난 미모의 소유자였다.

"뭐, 그렇지."

"흥!"

　갑자기 남소혜의 입이 한 자나 튀어나왔다. 그러더니 뭔가 중얼거리며 고개를 휙 돌렸다. 갑자기 냉랭해진 분위기에 무영은 고개를 갸웃거렸다.

"왜 그래?"

　무영의 물음에 남소혜는 대답하지 않았다. 여전히 입을 한 자나 내밀고 뭐가 그리 불만인지 웅얼거렸다.

　무영은 식은땀을 닦으며 곤혹스런 표정을 지어 보였다. 하지만 이내 뇌리를 스치는 생각이 있었다.

　'이 녀석 설마?'

무영의 얼굴에 장난기가 솟았다.
"너 혹시 질투하는 거냐?"
남소혜의 어깨가 흠칫 떨렸다.
"내가 다른 아가씨 이야기해서 삐쳤지?"
"그런 것 아니에요!"
남소혜가 대뜸 소리를 질렀다.
"맞는데?"
"오라버니, 바보!"
눈물까지 그렁그렁 매달고 있는 모습에 무영은 화들짝 놀랐다. 아무래도 잘못 건드린 것 같았다.
"장난이야, 장난."
"흑… 훌쩍!"
남소혜는 소매로 눈가를 부비며 몸을 떨었다. 무영은 머리를 긁적이며 남소혜를 달래주었다. 때마침 시비가 쟁반을 들고 다가왔다.
"식사하세요."
무영은 내심 환호하며 그녀를 맞이했다.
"수고가 많으시네요."
시비는 미소를 지으며 쟁반을 바닥에 내려놓았다. 무영은 남소혜의 머리를 쓰다듬어 주었다. 하지만 남소혜는 거칠게 머리를 흔들며 무영의 손길을 거부했다.
"어머? 왜 심통이 나 있을까?"
시비는 남소혜를 바라보며 살포시 미소를 지었다.
"이거야 원, 말도 편하게 못하니."
무영은 혀를 끌끌 찼다. 시비는 쪼그려 앉으며 남소혜와 시선을 맞췄다.

"무슨 일인지는 모르겠지만 무영님이 곤란해하시잖니?"
"곤란해하든 말든."
단단히 심통이 난 남소혜가 뽀족하게 투덜거렸다.
무영은 어깨를 으쓱였다.
"일단 밥부터 먹자."
"싫어. 밥 안 먹어요."
무영은 곤란한 표정으로 머리를 긁적이더니 밥그릇을 남소혜의 앞으로 가져갔다.
"안 먹어요!"
탁!
덜그덕.
밥그릇이 넘어지며 흰 쌀밥이 바닥에 흩어졌다. 무영은 짧게 한숨을 내쉬었다.
"다음 마을에서 떨궈줄게."
심상치 않은 어조에 남소혜의 몸이 움찔거렸다.
"에?"
무영의 입가에 자조 섞인 미소가 머금어졌다.
"이제 나도 지쳤다. …네 마음대로 해."
처음 접해보는 차가운 목소리다. 남소혜의 몸이 부르르 떨렸다. 남소혜는 황급히 손을 뻗어 무영의 옷소매를 잡았다.
탁!
남소혜의 손이 허공에 날렸다. 순간 시야가 흐릿해졌다.
"…흐흑!"
"뭐라고 하기만 하면 우는구나."
무영은 냉랭한 표정으로 남소혜를 바라보았다.

"아, 아니, 저……."

시비는 둘 사이에서 안절부절못하고 있었다. 그때 무영이 한쪽 눈을 찡긋 감으며 미소를 지었다. 이번이 기회였다. 더 이상 이렇게 내버려 둘 수는 없었기 때문이다.

얼마나 시간이 지났을까.

"미안해요."

남소혜는 자그만 목소리로 중얼거렸다. 무영의 표정은 여전히 냉랭하게 굳어 있었지만 내심 미소를 짓고 있었다.

"네가 뭘 잘못했는데?"

"…버리지 말아요. 흐흑!"

결국 남소혜는 억누르던 울음을 터뜨렸다. 무영은 잠시간 남소혜를 내려다보다가 천천히 말문을 열었다.

"투정 안 부릴 거니?"

남소혜는 우는 도중에도 열심히 고개를 끄덕였다.

"말도 잘 들을 거지?"

"으응!"

"자, 이리 와."

무영이 손을 활짝 벌리자 남소혜가 단번에 품으로 안겨왔다.

"울지 말고."

"흐끅! 끅!"

"착하다."

남소혜의 울음이 점차 잦아들기 시작했다. 그리고 잠시 후 울다 지친 남소혜가 잠들었다.

무영은 남소혜의 등을 쓸어주며 시비를 올려다보았다.

"아직 어리니까… 이렇게 버릇을 고치는 방법이 통하는군요. 쯧쯧쯧!"

"풋."

시비는 입가를 가렸다.

"왜 웃지요?"

"아! 죄송해요."

시비는 손을 내저었다. 그리고 미소를 지은 채 말문을 열었다.

"무사님은 뭔가 다른 것 같아요."

무영은 남소혜의 머리를 살며시 쓰다듬어 주며 시비를 바라보았다.

"뭐가 말이죠?"

"너무 능숙해 보여요. 부녀지간이라고 해도 믿겠어요."

무영은 피식 웃으며 남소혜의 등을 토닥였다.

"총각한테 그런 소리를."

"호호호!"

결국 시비가 참지 못하고 크게 웃었다.

시비가 빈 밥그릇을 들고 돌아오자 그녀를 맞이한 것은 마차 밖으로 얼굴을 내밀고 있는 면사 여인이었다.

"식사 다 하셨어요?"

면사 여인은 고개를 끄덕였다. 시비는 배시시 웃으며 빈 그릇을 꺼내 들었다.

"기분 좋아 보이는구나?"

면사 여인은 문득 시비를 바라보다가 물었다.

"그래 보여요?"

면사 여인은 고개를 끄덕였다. 요즘 들어 시비의 얼굴이 한층 밝아졌다.

"그렇게 좋아?"

"예?"

"몰라서 물어?"

시비의 얼굴이 빨갛게 달아올랐다.

"무, 무슨 말씀을 하시는지 저는 통……."

"그렇잖아? 그 무사만 만나고 오면 실없이 웃기만 하고."

"……."

"좋아하는구나?"

시비는 두 볼을 손으로 감쌌다. 무언의 긍정이었다.

면사 여인은 턱을 괴며 시비를 잠시 바라보다가 혀를 찼다.

"그만두는 것이 좋을 거야."

"예?"

"괜히 마음 주어봤자 상처받는 건 너야."

이치에 맞는 이야기였다. 칼로 밥 벌어먹고 사는 자이니 이런 험한 세상에서 언제 죽을지 모른다. 가는 줄 위를 위태위태하게 걷는 광대와 같다.

"수도까지 가면 끝날 인연이야."

"…예."

시비가 시무룩하게 답했다.

면사 여인은 짧게 한숨을 내쉬며 마차 안으로 얼굴을 밀어 넣었다.

"그래… 끝날 인연이야."

면사 여인은 눈을 감았다.

"아가씨, 이제 떠나려 합니다."

잠시 상념에 빠져 있을 무렵, 호위무사 한 명이 다가와 물었다. 면사 여인은 선선히 고개를 끄덕였다. 그리고 마차가 앞으로 나가기 시작했다.

말을 몰아가던 무영은 주위를 살피며 미소를 지었다. 날씨는 맑았고 바람은 상쾌했다.
"이런 날에는 어디 놀러 가야 하는데."
"날씨도 화창하네요."
남소혜가 깜찍하게 웃으며 고개를 끄덕였다.
"꼼지락거리지 좀 마."
"쳇."
"어허!"
"헤헤헤."
잠시 투덜거리던 남소혜가 배시시 웃었다. 저번에 그 일이 있고 난 뒤 남소혜는 되도록 무영의 말에 고분고분 잘 따르고 있었다. 거기다 영특해졌다고나 할까. 이제는 무영의 눈치를 살피기까지 했다.
"여자는 여우라더니……."
"……?"
"혼잣말이야."
아무런 탈도 없는 평온한 여행길이었다. 그동안 남소혜에 관한 곤혹스러웠던 점들도 시비가 훌륭하게 메꿔주었다.
호위무사들과의 사이 역시 아직까지 어색했지만 별 탈은 없었다.
'그러고 보니 아직까지 그 아가씨 이름도 알지 못하고 있네.'
시비에게 몇 번 물었지만 면사 여인에 관해서만큼은 입을 다물었다. 무영이 알고 있는 것은 목적지가 수도라는 것과 상당한 명문가의 여식이라는 두 가지 사실뿐이었다.
더욱이 평소 호위무사들이 취하는 경계심으로 보아 아무 이유 없는 여행 또한 아니었다.

"궁금해지네."

무영은 턱 주위를 매만지다가 피식 웃었다.

"뭐, 상관없지."

어차피 수도까지만 동행하면 그만이었다. 긁어 부스럼 만들 이유가 없었다.

"우리 좀 달릴까?"

"네?"

남소혜의 반문에 무영은 씩 웃었다.

"날씨 좋다며."

말뜻을 알아들은 남소혜가 힘차게 고개를 끄덕였다.

"꽉 잡아라."

무영은 말고삐를 후려쳤다.

히이잉!

비룡이 힘차게 울며 앞으로 나아갔다.

"이봐, 조심해!"

무영이 갑작스레 속도를 올리며 옆으로 지나쳐 가자 호위무사들이 외쳤다.

"오라버니, 더 빨리!"

"그럴까?"

무영은 빙그레 웃었다. 바람에 두 사람의 머리가 흩날렸다.

"저런 쌍놈에 새끼가!"

호위무사들의 욕설이 저 멀리 나아가고 있는 무영을 향했다.

면사 여인은 창밖으로 고개를 내밀고 저 앞쪽으로 시선을 주었다. 조금씩 멀어지는 무영의 뒷모습이 보였다.

"아주 가버린 걸까요?"

시비는 거의 울먹이며 물었다. 면사 여인은 희미하게 웃으며 말문을 열었다.
"갔으면 어쩔 건데?"
"……."
시비는 말이 없다. 서운함이 가득 깃들은 얼굴이다.
"부러워."
"예?"
"전혀 얽매임이 없잖아."
면사 여인은 턱을 괴며 힘없는 목소리로 중얼거렸다.
"동경만으로 끝나겠지? 나는."
"아가씨."
"그런 표정 짓지 마."
면사 여인은 고개를 떨궜다.

무영이 돌아왔을 때는 땅거미가 내려앉을 무렵이었다.
무영은 남소혜를 말 아래로 내려주며 시원스레 웃었다. 남소혜는 바람에 날린 머리를 매만지며 탄성을 터뜨렸다.
"정말 재밌었어요."
"그래?"
"응. 내일도 해줘요."
"그건 좀……."
무영은 식은땀을 흘리며 노숙 준비를 하고 있는 무사들의 눈치를 봤다. 아까의 일 때문인지 흉흉한 눈길로 무영의 등을 뚫어져라 주시하고 있었다.
"아하하! 우리도 준비하자."

"예."

무영은 재빠른 손길로 나뭇가지를 주웠다.

"용케 찾아오셨네요?"

"에? 아, 당신이군요."

시비는 반가운 얼굴로 무영을 바라보고 있었다. 무영은 머리를 긁적였다.

"녀석 기분도 풀어줄 겸 한번 달렸지요."

무영이 남소혜의 머리를 쓰다듬어 주었다. 남소혜는 배시시 웃으며 무영의 품에 안겨 있었다. 그 와중에도 시비를 한 번 째려봐 주는 것을 잊지 않았다.

문득 창밖으로 면사 여인이 얼굴을 내밀며 물었다.

"즐겁던가요?"

"예?"

"전열이 흐트러지지 않았습니까?"

면사 여인의 나직한 한마디였다. 무영은 희미한 미소를 지으며 고개를 끄덕였다.

"미안합니다. 되도록 그러지 않도록 하지요. 아, 그리고."

무영은 말안장에 걸린 가죽 주머니를 뒤지더니 시비에게 내밀었다.

"뭐지요?"

"향고(표고버섯)입니다."

시비가 주머니를 끌러보니 과연 향고가 가득 담겨 있었다. 시비는 놀랍다는 기색으로 무영을 바라보았다.

"맛있어 보이지 않습니까?"

"어디서 이렇게 많이?"

무영은 남소혜의 머리를 매만져 주며 말을 이었다.

"이 녀석 덕분이에요."

"에헤헤!"

남소혜는 뭐가 그리 좋은지 배시시 웃었다. 무영은 시비에게 다가서며 은근한 어조로 속삭였다.

"혹시 유채(배추의 겉절이와 비슷한 채소) 있어요?"

"예, 있기는 있는데요?"

시비가 고개를 끄덕이자 무영은 손바닥을 탁 치며 환한 표정으로 말문을 열었다.

"좀 내주세요."

"예?"

"이 녀석 요리 좀 가르쳐 주게요. 많이도 필요없습니다."

"나 요리 못하는데?"

남소혜가 손가락을 물며 고개를 갸웃거렸다. 무영은 짧게 한숨을 내쉬었다.

"그래서야 어떻게 시집갈래? 이 기회에 신부 수업이다. 잘 배워둬."

시집과 신부 수업이란 단어에 남소혜의 눈빛이 초롱초롱하게 변했다. 연신 힘차게 고개를 끄덕이며 의기충천한 태도였다.

"어머? 요리도 할 줄 아세요?"

시비는 눈을 동그랗게 뜨며 반문했다. 무사들의 식량이란 구운 고기나 건량 정도로 생각해 왔기 때문이다. 무영은 미소를 지으며 말문을 열었다.

"네. 어떻습니까? 완성되면 좀 나눠 드리지요."

무영의 말에 시비가 면사 여인을 바라보았다. 어떻게 해야 되겠느냐는 물음이었다.

"내줘."

면사 여인의 허락이 떨어지자 시비가 유채와 기름을 내줬다.

"감사."

무영은 유채를 받아 들고 돌아갔다. 그 뒤를 남소혜가 총총히 따랐다.

"어떻게 하는지 봐야지?"

시비는 호기심 어린 표정으로 무영을 따라가려다가 멈칫거리며 면사 여인에게로 몸을 돌렸다.

면사 여인은 혀를 끌끌 차며 고개를 끄덕여 주었다.

"…가봐."

"감사합니다!"

면사 여인은 한숨을 내쉬며 허락했다.

시비는 잔뜩 기대에 찬 표정으로 총총히 걸음을 옮겼다.

무영은 이미 향고의 손질을 끝낸 뒤 유채를 썰고 있었다.

탁탁탁탁!

유채는 먹기 딱 알맞은 크기로 썬 후 무영은 판에 기름을 붓고 향고와 유채를 섞어 볶기 시작했다.

그 모습을 바라보던 시비가 감탄스런 표정을 지었다. 너무도 능수능란한 손길이었기 때문이다.

"와! 정말 잘하시네요?"

"사람이란 즐기기 위해 살아야 하는 법이지요. 미각의 즐거움도 훌륭한 유희 거리랍니다. 한눈팔지 말고 순서 잘 봐둬. 나중에 시험 볼 테니까."

"너무 어려워."

남소혜는 곤혹스러운 표정이었다.

잠시 후 훌륭한 향고유채가 접시 위에 올려졌다.

"맛있어!"

남소혜는 귀여운 미소를 지으며 환호했다.

"정말이야."

시비 역시 눈을 동그랗게 뜨며 무영을 바라보았다. 무영은 매력적인 미소를 지으며 한쪽 눈을 찡긋거렸다.

"그렇지요?"

무영은 남소혜에게 시선을 주었다.

"맛있어?"

"맛있어요! 정말 맛있어요! 오라버니 최고야."

남소혜는 쉬지 않고 젓가락을 놀렸다.

"잘 먹어야지. 닦아줄게."

무영은 손수건을 꺼내 남소혜의 입 주위를 닦아주었다.

'역시 다른 사람들하고는 달라…….'

시비는 그 모습을 바라보며 미소를 지었다.

"그럼 아가씨한테 조금 가져다 드릴게요."

"아, 그러세요."

시비가 음식 접시를 들고 마차로 돌아갔다. 그 모습을 잠시 바라보던 무영은 음흉한 미소를 지었다.

"오라버니, 나 입 닦아줘요."

눈치없는 남소혜가 입술을 내밀었다. 무영은 눈살을 찡그리며 손수건을 남소혜에게 건넸다.

"넌 손 없냐? 혼자 닦아."

남소혜는 입술을 한 자나 내밀었다.

무영은 턱 주위를 매만지며 비릿한 미소를 흘렸다.

"후후후! 원래 사람을 사귐에 있어서도 약간의 전략은 필요한 법이거든."

"응? 무슨 소리예요?"

"넌 몰라도 돼. 하하하!"

무영이 입 주위를 가리며 키득거렸다. 그 모습을 바라보던 남소혜는 고개를 갸웃거리다가 대뜸 한소리 내뱉었다.

"오라버니, 추해 보여요. 그렇게 웃지 마."

순간 무영의 표정이 굳어졌다.

한편 마차로 돌아온 시비는 창가에 얼굴을 기대고 있는 면사 여인에게 다가가 접시를 내밀었다.

"이건 뭐니?"

시비는 자신이 만든 것도 아니면서 자부심 가득한 얼굴이다.

"무영님이 만든 음식이요."

"그래?"

"맛있어요."

시비는 젓가락을 면사 여인에게 건넸다.

"흐음……."

면사 여인은 버섯을 집어 입 안에 넣고 오물거렸다. 한순간 그녀의 눈이 살짝 커졌다.

"괜찮네?"

"그렇지요?"

재료 다듬는 것부터 범상치 않았다. 더욱이 세심하게 남소혜를 배려해 주는 점까지, 시비는 신나서 무영에 관한 자랑을 늘어놓기 시작했다.

면사 여인은 짧게 한숨을 내쉰 뒤 뾰족한 어조로 쏘아붙였다.

"꼭 네 정인이라도 되는 듯이 말하는구나?"

순간 시비의 얼굴이 새빨갛게 달아올랐다.

"놀리시면 싫어요."
"그렇잖아? 입만 열면 무영님, 무영님!"
"…아가씨?"
갑작스레 차가워진 면사 여인의 반응에 시비는 깜짝 놀라 반문했다. 면사 여인은 짜증 섞인 목소리를 토해냈다.
"내가 저번에도 말했잖아? 어차피 잠시 스쳐 지나갈 인연일 뿐이라고."
시비는 말을 더듬었다.
"그, 그건……."
"마음줘봤자 너만 상처받을 뿐이야. 그 사람은 언제 어떻게 될지 모르는 무사고, 너는 일개 시비야! 알아? 넌 나와 같이 황실에 들어가서 평생을 살아야 해! 죽기 전에는 나올 수 없는 그런 곳이란 말이야!"
평소 냉정하고 차분하던 모습답지 않은 면모였다. 시비는 고개를 떨구며 웅얼거렸다.
"…죄송합니다."
씩씩거리며 눈을 흘기던 면사 여인은 아차 하는 심정으로 입가를 가렸다.
뚝뚝!
시비는 굵은 눈물을 바닥에 떨구고 있었다.
"……."
면사 여인은 뭐라 말문을 열려 했지만 한숨을 쉬며 창에서 멀어졌.
그 모습을 나무 위에서 바라보던 무영의 안광이 빛났다.
'이런 우연이? 황실에 들어가는 여인이었군.'
무영은 고개를 끄덕였다.
그러고 보니 현 황제가 후궁을 들이기 위해 양가집 규수들을 선별한다는 풍문을 들은 것 같았다.

'잘되었군.'

무영은 고개를 끄덕이며 비릿한 미소를 지었다.

'이용 가치가 있어.'

고개를 떨군 채 울고 있는 시비의 모습에 무영의 눈살이 찌푸려졌다.

"여자들이란……."

무영은 몸을 날렸다.

*　　　*　　　*

사내의 손길은 신중했다.

사각! 사각!

자그만 통나무가 조금씩 잘려 나가며 형상이 이루어지고 있었다.

문득 사내의 손이 멈췄다.

"나와."

진중한 어조가 흘러나오자 시커먼 인영이 바닥에 내려앉았다. 사내의 시선이 인영에게 향했다.

"가져왔나?"

사내의 물음에 인영은 품에서 서신 한 통을 꺼내 건넸다.

사흘 후 당도.

모두 척살할 것.

서신을 쭉 둘러보던 사내는 눈살을 찌푸렸다. 하지만 서신 뒷장에 써져 있는 글귀를 본 후 껄껄 웃었다.

"과연. 이것 때문에 날 끼워 넣었군?"

사내의 눈가에 찐득한 기대감이 머물렀다. 본래대로라면 사내가 이런 임무에 투입될 리 없었다. 처음에는 반발심이 들기도 했다. 하지만 한 가닥 깃드는 의구심 때문에 별말없이 수긍했다.

과연 이런 속셈이었다.

"아이들은? 모두 준비가 되었나?"

사내의 물음에 흑의 인영은 살짝 고개를 끄덕일 뿐이었다. 사내는 흐뭇한 표정으로 몸을 일으켰다.

"나는 이틀 후에 그곳으로 합류하겠다. 가서 준비해 놔."

사내의 말이 끝나기가 무섭게 인영이 공중으로 사라졌다.

서신은 바닥에서 뒹굴고 있었다.

추신:그림자가 붙어 있다.

"후후후… 간만에 재미있겠군."

사내는 깎던 통나무를 들며 읊조렸다.

제16장

그

그

털컹!

초옥의 문이 거칠게 열리자 술을 마시고 있던 염무학은 고개를 들었다.

"씩씩!"

문 앞에 서 있는 것은 절색의 미녀였다.

"어라? 소령이가 아니더냐?"

"들어보세요!"

소령은 씩씩거리며 초옥 안으로 들어오더니 자리에 털썩 주저앉았다.

"저 술 한잔 주세요."

"어? 그러렴."

염무학이 선선히 술잔을 건네자 소령은 단번에 벌컥벌컥 삼켰다.

평소 술에는 입을 대지 않던 소령이었다. 더욱이 염무학 앞에서는 좀처럼 흥분하는 모습도 보이지 않았다.

"별일이구나?"
염무학의 물음에 소령은 옷소매로 입 주위를 닦고는 손톱을 이로 물어뜯었다.
분을 참지 못하는 모습이 역력했다. 염무학은 짧게 한숨을 내쉬었다.
"나가서 무슨 일이라도 있었더냐?"
염무학의 물음에 소령은 고개를 끄덕였다.
"그것보다 영이는요?"
염무학은 턱 주위를 매만졌다.
'설마?'
염무학의 안색에 한 가닥 그늘이 깃들었다.
"영이는요?"
"떠났다."
"그렇군요."
"그보다 너는 무슨 일이냐?"
염무학의 물음과 동시에 소령은 눈을 매섭게 뜨며 말문을 열었다.
"할아버지, 들어보세요! 놈이에요!"
'역시……!'
염무학은 혀를 찼다.
"일랑이냐?"
염무학의 말에 소령은 고개를 저었다.
"그건 아니지만 그 수하가 왔어요."
"그랬구나. 그래, 몸은 괜찮고?"
염무학의 물음에 소령은 고개를 끄덕이며 한숨을 내쉬었다.
"다행히요."
염무학이 한숨을 내쉬었다. 그런 모습에 소령이 얼굴을 붉히며 쉴 새

없이 하소연을 늘어놨다.

"들어보세요! 제가 숨겨뒀던 패물들을 다 가지고 가버렸다니까요?"

염무학은 고개를 끄덕이며 양미간을 눌렀다. 결국 그녀가 가장 극렬하게 노기를 터뜨리는 이유는 그간 모아놨던 패물 때문이었다.

'돌겠군.'

하지만 입 밖으로 내지는 않았다.

"그래도 거의 잡을 뻔했어요! 이름이 뭐라고 하더라? 추소명 그년! 아예 얼굴이 회복이 안 될 정도로 곤죽으로 만들어줬어야 했는데……!"

소령은 주먹을 으스러져라 쥐며 이를 빠득 갈았다.

염무학은 한숨을 내쉬며 그간의 일을 늘어놓기 시작했다.

"그보다 영이는 수도로 갔다고요?"

염무학은 고개를 끄덕였다.

"그래, 너는 무림 쪽을 알아봐야 할 것 같구나."

염무학의 제안에 소령은 선선히 고개를 끄덕였다.

"영이랑 같이 가고 싶지만 어쩔 수 없지요."

"일단 제대로 알아봐야 대응책을 찾을 수 있으니까."

"사도련이라……."

소령은 잠시 침묵하며 고심하는 눈치였다.

"뭘 그리 걱정하느냐?"

"예?"

그 모습을 바라보던 염무학이 희미하게 웃었다.

"너에게는 필살의 무기가 있지 않느냐?"

"필살의 무기?"

염무학은 고개를 끄덕이며 소령의 얼굴을 가리켰다.

"이른바 미인계(美人計)라는 것이지. 이 세상에서 너만이 그런 계책을

행할 수 있을 것이다."

쉽게 말하면 얼굴빨로 밀고 들어가라는 뜻이었다. 소령은 손바닥을 딱 쳤다.

"그렇군요! 하긴, 저 말고 그 누가 할 수 있겠어요?"

재잘거리는 소령의 얼굴에는 자부심이 가득했다. 염무학은 고개를 살짝 돌리며 조그만 목소리로 중얼거렸다.

"보통의 여인이라면 상당히 거북스러워하는 것이 정상일 텐데……."

"예?"

"아니, 아무 말도 안 했다."

"호호호! 모두 제 발아래 굴복시키겠어요!"

소령은 양손을 허리에 대고 거만하게 웃기 시작했다.

"자, 그럼 너도 영이처럼 몸을 늘려야겠지?"

염무학의 말에 소령은 고개를 끄덕였다.

"하긴 어린아이의 외모로는 계책을 수행하는 것이 힘드니까요."

염무학은 잠시 소령을 바라보았다. 겉보기에도 애교가 흘러넘치는 귀여운 외모에 조금씩이지만 굴곡이 생겨가는 몸매.

"…다른 의미로는 그 편이 더욱 나을 듯도 싶은데……."

염무학의 중얼거림에 소령은 고개를 갸웃거렸다.

"예?"

"아무것도 아니다. 험험!"

　　　　＊　　　＊　　　＊

재잘재잘.

무영은 쉬지 않고 입을 놀리는 남소혜를 바라보며 질린 표정으로 고개를 설레설레 내저었다. 소령과 남소혜의 공통점 하나가 수다였다.

"좀 조용히 가자."

무영이 짐짓 엄하게 말하자 남소혜는 귀엽게 웃으며 무영의 등에 찰싹 붙었다. 무영은 한숨을 내쉬었다.

이제는 뭐라고 하기만 하면 애교를 부린다. 그러면 조금은 덜 혼난다는 것을 알아버린 탓이다.

"이걸 버리고 가지도 못하고. 에휴."

"헤헤헤."

예전 같으면 울먹일 만도 하건만 이제는 대수롭지 않게 넘기는 지경에 이르렀다. 무영이 말만 그러할 뿐이라는 것을 알아챘기 때문이다.

"그것보다……."

무영은 주위를 살폈다. 맑은 날씨, 여행하기에 딱 좋은 날씨였다.

여행길도 순조로웠다. 그 흔한 산적들조차 보이지 않는다. 거기다 먹을 것도 풍족했고 심심하지도 않았다.

'그래도… 이 녀석 덕분일 테지?'

무영은 뒤에 찰싹 붙어 있는 남소혜를 힐끗 돌아보았다.

방긋.

무영과 눈이 마주치자 남소혜는 뭐가 그리 좋은지 배시시 웃었다.

"웃지 마. 정든다."

"헤헤헤."

쐐아아.

무영은 바람에 흩날리는 머리를 귀 뒤로 넘겼다.

"여기서 쉬도록 합시다!"

때마침 선두에서 가던 무사가 손을 들며 외쳤다.

무영은 비룡을 멈춘 후 남소혜를 내려주고는 길가에 자리잡은 나무 밑에 앉았다.
"오라버니, 물 드세요."
남소혜가 비룡의 말안장에 걸려 있던 수통을 들고 와 무영에게 건넸다.
"간만에 예쁜 짓 하는구나."
무영은 남소혜의 머리를 쓰다듬어 주었다.
"혜야는 원래 예뻐요."
남소혜는 무영의 다리 위에 앉으며 조잘거렸다.
"눈 좀 붙일까?"
"예."
무영은 남소혜를 품에 안으며 나무 기둥에 몸을 기댔다.
그렇게 얼마나 시간이 지났을까.
남소혜는 곤히 잠들어 있었다. 무영의 입가에 절로 미소가 머금어졌다.
"어라?"
무영이 고개를 들었을 때 시비가 식사 그릇을 들고 다가오고 있었다.
시비는 잠들어 있던 무영이 눈을 뜨자 주춤거리는 모습이다. 무영은 짐짓 손으로 입가를 가리면서 자유로운 다른 손으로 잠들어 있는 남소혜를 가리켰다.
시비는 고개를 끄덕이며 무영에게 다가와 식사가 든 그릇을 조용히 내려놓았다.
"…식사하세요."
시비의 말투에는 힘이 없었다.
어제 시비와 면사 여인 간에 무슨 말이 오고 갔는지 알고 있는 무영은 짐짓 모른 척 걱정스런 표정을 지으며 물었다.

"어디 몸이라도 안 좋은가요?"

"예?"

시비는 볼을 쓰다듬으며 반문했다.

"얼굴이 안 좋아 보여요."

"아, 아니에요."

"아니긴? 혹시… 울었어요?"

이번 말은 결정타였다. 시비는 손으로 눈 주위를 가리며 당혹스러워하는 기색이 역력했다.

"무, 무슨 말씀을 하시는지 모르겠네요. 제가 왜 울어요?"

"이리 와봐요."

"예?"

무영의 갑작스러운 말에 시비는 뒤로 한 걸음 물러섰다.

"이리 와보라니까요. 꼬맹이 때문에 움직일 수가 없으니까."

무영이 거듭 말하자 시비가 주춤거리면서도 다가왔다. 시비는 쪼그리고 앉으며 무영과 시선을 맞췄다.

"운 것 맞군요?"

무영은 살며시 시비의 눈 밑에 손을 가져갔다.

움찔.

무영의 손길에 시비의 어깨가 흔들렸다.

"예쁜 눈이 퉁퉁 부었네."

무영의 입술이 부드럽게 곡선을 그렸다.

시비의 눈가에 머물던 무영의 손이 볼을 거쳐 흑단 같은 머리에 올라갔다.

"아……."

시비는 힘이 쭉 빠지는 것 같았다.

무영은 조심스럽게 시비의 머리칼을 매만지며 조근조근한 어조로 말문을 열었다.

"나에게 말해봐요. 들어주는 정도는 됩니다."

두근두근.

시비는 가슴 한편을 손으로 꼭 눌렀다. 심장이 터질 것 같은 느낌, 얼굴이 화끈거렸다.

아마도 이미 빨갛게 달아올랐을 것이 뻔했다.

무영의 흑요석(黑曜石) 같은 눈동자에 빠져들 것만 같았다.

'안 돼……!'

시비는 눈을 꼭 감으며 몸을 일으켰다.

"어?"

의아한 목소리가 시비의 귀에 들렸다.

"…하지 말아요."

"예?"

시비는 주먹을 꽉 쥐었다.

"당신… 너무해요."

그 말을 끝으로 시비가 몸을 돌려 마차 쪽으로 달려갔다. 그 와중에도 소매를 얼굴에 가져가는 것이, 울고 있었다.

'후훗.'

무영은 그 모습을 바라보며 히죽 미소를 지었다.

"…으음."

"깼니?"

"오라버니, 안녕?"

무영은 남소혜의 머리를 매만져 주었다.

"밥 왔다."

"예."

남소혜는 눈가를 부비며 몸을 일으키려다가 무영의 얼굴을 바라보며 물었다.

"무슨 일 있었어요?"

무영은 고개를 갸웃거렸다.

"응?"

"왜 그렇게 웃고 있어요?"

"여자들이란……."

무영은 피식 웃었다.

"여자가 왜?"

"너는 몰라도 돼."

"쳇, 나도 여자예요."

남소혜가 볼을 부풀리며 투덜거리자 무영은 짐짓 짓궂은 표정으로 되물었다.

"네가 여자였냐? 이 꼬맹아?"

순간 남소혜의 표정이 꾸겨졌다.

"꼬맹이 아니에요!"

"그래. 꼬맹이 아니야, 꼬맹아."

"여자라니까요!"

남소혜는 분한 표정으로 빽 소리쳤다. 무영은 남소혜의 양 볼을 잡아 옆으로 늘렸다.

"짝달막해 가지고."

"…흑! 흐흑!"

"어? 울려고?"

"흐흑!"

결국 남소혜는 눈물을 보였다.
'제, 제기랄!'
무영은 후회 막심한 표정으로 달래기 시작했다.
한편 마차로 돌아오는 시비를 발견한 면사 여인은 눈살을 찌푸렸다. 시비가 울면서 돌아왔기 때문이다.
"무슨 일이니?"
면사 여인의 물음에 시비는 얼른 눈가에 맺힌 눈물을 닦았다. 하지만 충혈된 것까지 지울 수는 없었다.
"아무것도 아니에요."
"…그래?"
뭔가 물어보고 싶었지만 그럴 수 없었다.
어려서부터 자신과 같이해 온 아이였다. 사랑이나 이런 것에 대해 아무것도 모른다. 한마디로 백지 같은 아이였다.
무영이란 무사는 처음 찾아온 첫사랑이나 마찬가지였다.
첫 경험은 강렬하다.
어려서부터 함께했던 시비는 이 이질적이며 달콤한, 그러나 빠져나올 수 없는 깊은 수렁에서 헤어나오지 못하고 있었다.
"하아……!"
면사 여인은 한숨을 지으며 말문을 열었다.
"울어도 돼."
"예?"
갑작스런 말에 시비는 고개를 갸웃거렸다. 하지만 이미 눈가에는 눈물이 차 오르고 있었다.
"잠시 세수 좀 하고 올게요."
시비는 재빨리 옷소매로 눈가를 부비며 몸을 돌렸다. 주인의 앞에서 꼴사납게 눈물을 보일 수는 없었다.

"답답하겠지."

달려가는 시비의 뒷모습을 바라보며 면사 여인은 눈 주위를 손으로 가렸다.

"차라리 보이지 않았으면 좋겠어."

면사 여인은 조용히 읊조리며 눈을 감았다.

"저기요."

문득 들려온 듣기 좋은 한줄기 목소리.

두근두근.

갑자기 심장이 요동쳤다.

면사 여인은 감았던 눈을 떴다. 창밖으로 한 사내가 서 있었다.

"무영… 님?"

면사 여인의 눈이 커졌다.

"눈을 감고 계셔서 잠드신 줄 알았어요."

"여기는 웬일이시지요?"

면사 여인의 물음은 빨랐다. 무영은 주위를 살피며 말문을 열었다.

"시비 아가씨는 어디로……?"

순간 면사 여인의 얼굴이 굳어졌다.

"그 아이는 왜 찾으시지요?"

면사 여인의 차가운 목소리에 무영은 머리를 긁적였다.

"왠지 울고 있기에 말이죠."

무영은 시비가 걱정된다는 표정이었다. 면사 여인은 왠지 짜증이 치솟았다.

"제가 심부름을 보냈습니다만."

"아, 그래요?"

무영은 고개를 끄덕이며 마차 쪽으로 한 걸음 다가섰다. 면사 여인의 눈이 다시금 커졌다.

"왜, 왜요?"

"그러고 보니 아가씨 이름도 여태껏 몰랐다 싶어서 말입니다. 뭔가 불공평하지 않아요? 당신은 내 이름을 알고 있는데."

"아, 알아서 뭐 하시려고요?"

면사 여인은 짐짓 날카로운 어조로 되물었다. 하지만 무영의 입가에 머금어져 있는 미소가 자꾸 눈에 밟혔다.

"별 뜻이 있는 것은 아닙니다. 그저……."

어느새 무영은 면사 여인의 눈앞에 서 있었다.

면사 여인의 눈은 더 이상 커질 수 없을 만큼 확대되었다. 어느새 면사 여인의 손은 자신의 가슴을 움켜쥐고 있었다.

"동행하는 입장에 조금이라도 친해지는 편이 좋을 것 같다는 생각이 들어서 말이죠."

무영의 목소리는 달콤하게 면사 여인의 귀에 감겼다. 면사 여인은 눈을 질끈 감았다.

면사 여인은 숨을 고르며 마음을 진정시킨 뒤 짐짓 굳은 표정을 지었다.

"당신… 언제나 이런 식인가요?"

면사 여인의 물음에 무영은 미소를 지었다.

잠시 후 감겨 있던 그녀의 눈이 살며시 열렸다.

무영은 면사 여인과 눈을 마주 보고 있었다. 입가에는 여유로운 미소가 걸린 채였다.

"그렇다면?"

"…순진한 아이예요."

면사 여인의 목소리는 떨림과 안타까움이 섞여 있었다.
"후후."
무영은 낮은 웃음을 흘리며 몸을 돌렸다. 면사 여인은 자기도 모르게 다급하게 물었다.
"내 이름을 알고 싶다고 하지 않았어요?"
"언젠가는 알게 되겠지요."
면사 여인의 물음에 무영은 손을 흔들며 걸음을 계속 옮겼다.
털썩.
무영의 모습이 완전히 보이지 않게 되었을 무렵, 면사 여인은 마차 등받이에 무너지듯 몸을 기댔다.
면사 여인은 숨을 고르며 양 볼을 손으로 가렸다.

무영이 돌아오자 남소혜가 날카로운 표정으로 서 있었다.
"오라버니, 어디 갔다 와요?"
볼일 보는 시간이 일각이나 걸릴 리 없었다.
"아직까지 혼자 있는 게 내키지 않아요."
"그래?"
무영은 남소혜를 안으며 자리에 앉았다.
"계속 이런 식이면 곤란하잖니? 언제까지고 같이할 수는 없는데."
"왜 같이할 수 없어요?"
남소혜는 구겨진 얼굴로 되물었다. 무영은 피식 웃었다.
지금의 남소혜에게 있어 무영과 헤어진다는 것은 상상조차 할 수 없는 큰일이었다.
'뭐, 당분간은 이렇게 내버려 두어도 좋겠지.'
무영은 남소혜의 머리를 쓱쓱 만져 주었다.

"그 밥 가져다주는 언니 보러 갔다 온 건가요?"
남소혜의 물음에 무영은 선선히 고개를 끄덕였다. 순간 남소혜가 입술을 살짝 배어 물었다.
"뭐, 가는 김에… 근데 어떻게 알았냐?"
무영의 물음에 남소혜는 한숨을 푹 내쉬며 중얼거렸다.
"정말이지… 힘들다니까."
"응?"
"이번에는 봐줄게요."
무영이 잠시 고개를 갸웃거렸다.
"무슨 소리야?"
"비밀."
남소혜는 배시시 웃었다.

무영은 눈을 떴다.
품에 안긴 남소혜가 고른 숨을 내뱉으며 잠들어 있었다. 주위 사람들 역시 모두 마찬가지였다.
경계를 맡고 있던 호위무사는 나무 기둥에 기대 졸고 있었다.
"깨면 곤란하지."
무영은 짐짓 남소혜의 수혈을 짚었다.
무영이 혈을 풀어주지 않는 한 잠에서 깰 일은 없었다.
"흐음."
무영은 몸을 일으키며 턱 주위를 매만졌다. 가만히 주위를 살폈다.
귀뚜라미 소리만이 숲을 울리고 있었다.
무영은 피식 입꼬리를 비틀며 몸을 날렸다. 그렇게 얼마의 시간이 지난 뒤 무영은 인적없는 숲 속에 서 있었다.

무영은 사방에 어지러이 솟은 나무를 쭉 둘러보다가 입을 열었다.

"나와라. 다 알고 있다."

하지만 숲은 정적뿐이었다.

"후후."

무영의 입가에서 무거운 웃음소리가 흘러나왔다.

"하긴… 말한다고 나타날 리 없겠지."

순간 무영의 몸이 사라졌다.

"그렇지?"

무영은 가느다란 나뭇가지 위에 내려앉으며 물었다.

나뭇가지 위에는 무영 이외에도 또 다른 한 명이 앉아 있었다. 눈가를 제외하고는 흑의로 몸을 가리고 있는 인영이었다.

"무슨 볼일이 있나?"

무영은 턱 주위를 매만지며 흑의 인영을 잠시 살피다가 손뼉을 탁 쳤다.

"설마… 너, 살수냐?"

"……."

흑의 인영은 무영을 잠시 바라보다가 고개를 떨궜다. 입에 물고 있는 독을 삼켜야 했다.

"이런, 안 되지."

순간 흑의 인영은 몸의 감각이 사라졌음을 깨달았다.

"죽어버리면 곤란해."

무영은 장난스럽게 웃으며 흑의 인영을 들쳐 메고 나무 아래로 내려왔다.

"실수를 반복할 만큼 난 멍청이가 아니야."

무영은 흑의 인영의 뺨을 툭툭 치며 이죽거렸다.

흑의 인영은 무영을 바라보다가 눈을 감았다.

아마도 끔찍한 고문을 가하며 알고 있는 바를 실토하라고 핍박할 것이다. 하지만 흑의 인영은 이미 마음의 준비가 되어 있었다. 살수에게 그 정도 마음가짐은 필수였다.

어떤 일이 일어날지 알 수 없기 때문이다.

"고문은 안 해."

무영은 흑의 인영을 내려다보며 말문을 열었다. 어차피 일반적인 방법으로는 불가능하리라 생각했다.

"내 눈만 쳐다봐."

흑의 인영은 눈을 뜨지 않았다. 무영은 잠시 바라보다가 다리를 들었다.

"괜찮아. 저절로 떠질 거야."

무영은 히죽 웃으며 흑의 인영의 낭심을 발로 밟았다.

"……!"

순간 흑의 인영의 눈이 부릅떠졌다.

"크윽!"

아무리 고통에 적응이 되었다 하여도 이것만큼은 참을 수 없었다. 숨이 턱 막히며 얼굴이 빨갛게 달아올랐다.

무영은 마치 자신의 고통인 양 얼굴을 구겼다.

"정말 아프겠다."

무영은 흑의 인영의 눈을 손가락을 벌리며 상큼한 미소를 지었다.

"거봐. 저절로 떠졌지?"

무영의 눈동자가 붉게 변했다. 그러자 흑의 인영의 눈이 풀리기 시작했다.

"네가 알고 있는 바를 다 말해."

무영의 물음에 흑의 인영은 몽롱한 얼굴로 고개를 끄덕이며 더듬더듬 말을 이어가기 시작했다.

"…연류진… 비롯… 모든 일행… 척살… 대규모… 산적들 소행… 위장할… 것."

무영은 고개를 끄덕이며 중얼거렸다.

"이름이 연류진이었군. 평범한 이름이구만 무슨 우세라고 안 가르쳐 줘? 그래… 지시한 자는 누구지?"

"…요……."

"요? 무슨 소리지?"

무영은 잠시 고심했다. 하지만 짚이는 바가 없었다. 결국 포기하고 적들의 규모나 위장 장소를 알아내기 위해 말문을 열려는 찰나,

"치잇!"

순간 무영의 신형이 앞으로 튀어나갔다. 보통 사람들의 눈에는 보이지도 않을 정도의 속도였다.

무영은 팔을 뻗어 나뭇가지 하나를 꺾어 날렸다.

"건방지게!"

나뭇가지가 섬광처럼 숲으로 모습을 감췄다.

피융!

곧바로 무영의 공격에 대한 반격이 왔다.

번뜩거리는 무언가가 무영을 향해 쏘아져 왔다.

"어딜 감히!"

무영은 재빨리 검을 뽑아 들고 허공에 휘두르기 시작했다.

차자자장!

무영의 검에 튕겨 바닥에 떨어진 것은 수십 개의 얇은 침이었다.

하지만 이것으로 끝이 아니었다. 절묘한 시간 차이로 뒤이어 붙어오는

마지막 침이 곧바로 무영의 가슴팍을 노렸다.

무영은 몸을 틀며 수평으로 검을 날렸다.

티잉!

초절한 쾌검에 침이 얇게 썰렸다. 순식간에 두 가닥으로 변한 침이 뒤로 쏘아져 갔다.

"치잇!"

무영은 입술을 배어 물었다. 이미 기척은 사라지고 없었다.

'지척까지 접근할 동안 알아차리지 못했다니… 초고수다.'

무영은 땅에 떨어진 침 하나를 들고 콧가에 가져갔다.

미약하지만 콧가를 간질이는 내음.

'독침이군.'

무영은 침음성을 흘리며 쓰러져 있는 흑의 인영에게 다가갔다. 이곳에서 취조를 계속하기는 위험했다.

무영이 흑의 인영의 몸을 들었다.

풀썩.

순간 흑의 인영의 고개가 푹 떨어졌다.

"어?"

무영은 재빨리 흑의 인영의 몸을 살폈다. 미간에 독침이 하나 박혀 있었다. 아까의 잘린 한 가닥의 침 중 하나였다.

'설마… 그것까지 계산에 넣고?'

무영은 입술을 꽉 물었다.

"빌어먹을."

절로 욕지기가 튀어나왔다.

소득이 없는 것은 아니었지만 너무 미약했다.

더욱이 지척까지 접근하도록 알아차리지 못할 정도의 고수가 적들 중에 있다는 사실이 무영의 마음을 무겁게 했다.
"도대체 누가?"
잠시 고심하던 무영의 뇌리에 스치는 것이 있었다.
"설마?"
무영의 표정이 싸늘하게 굳어졌다.

그 시각, 사내는 숲을 가르며 뻗어나가고 있었다.
쉬익! 쉬익!
바람 가르는 소리가 날카롭게 울리며 옷이 펄럭였다.
입가에 걸린 미소가 지워지지 않았다.
"후후후!"
사내의 입이 살짝 열리며 자조적인 웃음소리가 흘러나왔다.
"좋아! 좋아!"
사내는 만족스러운 표정으로 연신 고개를 끄덕였다. 오랜 시간 동안 보지 못했다.
하지만 그는 여전했다.
"무영이라……."
사내는 옆구리 쪽에 반쯤 박힌 나뭇가지를 힐끗 바라보았다. 섣불리 빼면 출혈이 커질 수 있다.
혹시라도 무영이 핏자국을 보고 추적해 들어오면 오랜만의 여흥이 깨질 염려가 있었다.
"내일이 기대되는군."
사내는 땅을 박차며 앞으로 쭉 뻗어나갔다.

다음날 아침이 밝았다.

여느 때와 같이 아침을 먹고 출발하기 위해 말 아래 서 있던 남소혜는 고개를 갸웃거렸다.

"오늘은 마차에서 가렴."

"왜요?"

남소혜는 당황스런 표정으로 무영에게 반문했다. 그런 모습에 무영은 짧게 한숨을 내쉬었다.

"오늘은 내 말을 들어."

남소혜는 입술을 삐죽 내밀었다.

"싫어요. 오라버니랑 갈 거예요."

"그러지 말고."

남소혜는 말고삐를 꽉 쥐었다. 절대 놓지 않겠다는 의지였다. 그런 모습에 무영은 고개를 설레설레 저었다.

하지만 오늘만큼은 양보할 수 없었다. 반드시 그래야 했다.

"말을 안 듣는군."

무영은 냉정한 시선으로 남소혜를 잠시 내려다보았다. 순간 남소혜는 움찔거렸다. 왠지 모르게 몸이 위축되는 것 같은 느낌이 전신을 압박했다.

무영은 순식간에 남소혜의 수혈을 짚었다.

풀썩.

남소혜의 자그마한 몸이 바닥에 널브러졌다.

"미안하구나."

무영은 한숨 섞인 목소리로 중얼거리며 남소혜를 들쳐 업고 걸음을 옮겼다.

마차 앞에는 시비가 짐을 꾸리고 있었다.

"무, 무영님?"

무영의 모습이 보이자 시비는 눈에 띄게 움츠리는 모양새로 맞이했다. 무영은 살짝 고개를 끄덕여 주는 것으로 인사를 대신했다.

"무슨……?"

언제나 매력적인 미소를 흘리던 모습은 간데없이 굳은 무영의 표정에 시비는 뒤로 한 걸음 물러섰다.

"아가씨를 뵙게 해주십시오."

무영은 시비를 바라보며 말문을 열었다.

"예? 예."

시비는 자신도 모르게 대답하며 마차로 다가가 물었다.

"아가씨, 무영님이 뵙기를 청하십니다."

무영의 목소리가 들리는 순간부터 밖의 동정을 살피던 면사 여인, 연류진은 화들짝 놀라 반대편으로 고개를 돌렸다.

도둑질하다 들킨 사람마냥 가슴이 콩닥거렸다.

"만나뵙고 싶지 않으니 지금은 돌아가시라 일러라."

이런 모습을 보여줄 수는 없었다.

"나중에 오시는 것이 어떻겠습니까?"

시비는 고개를 푹 숙인 채 무영과 시선도 맞추지 못하고 웅얼거렸다. 무영은 눈살을 찌푸렸다.

"에이… 귀찮군."

무영은 짜증스런 표정으로 마차 쪽으로 걸음을 옮겼다. 그런 모습에 시비가 화들짝 놀라 무영을 막아섰다.

"아, 안 돼요!"

"꼭 부탁드릴 일이 있습니다."

"안 된다고 했잖아요!"

시비는 양팔을 벌리며 무영을 막아섰다. 하지만 시선이 마주치자 황급히 고개를 떨궜다.

무영은 한숨을 내쉬며 마차 쪽을 향해 말문을 열었다.

"이 아이를 마차에 태워주십시오."

"하지만… 처음 행렬에 조용히 붙어 가게만 해달라고 제안한 것은 무영님이 아니던가요? 사정상 시비가 여러 가지를 챙겨 드리고는 있지만 이런 것까지는 허락할 수가 없군요."

미약하지만 떨림이 섞여 있는 연류진의 목소리가 흘러나왔다.

"그건 알고 있습니다."

무영은 담담한 목소리로 중얼거리며 잠시 뜸을 들였다.

"하지만 마차 안이 조금이라도 덜 위험하니까요."

"그게 무슨 소리지요?"

그제야 연류진이 고개를 내밀며 반문했다.

"일단 허락부터 해주시지요."

"그, 그건……!"

"허락해 주신 걸로 알지요."

무영은 거침없이 마차 문을 열었다. 순간 연류진이 뒤로 몸을 쭉 빼며 비명을 질렀다.

"꺄악!"

털썩.

무영은 남소혜를 안에 눕힌 후 시비에게도 시선을 주었다.

"당신도 오늘은 안에 있어요."

"에?"

시비는 고개를 갸웃거리며 반문했다. 보통 때에는 마부랑 앉아 가기 때문이었다. 고귀한 아가씨랑 한자리에 앉는다는 것은 상상도 할 수 없는 일이었다.

"그럴 수 없어요."

"그럴 수 없긴… 시키는 대로 해요."

무영은 시비를 밀어 마차 안으로 들였다.

"이게 무슨 짓이지요? 그리고 아까 말하다 만 것은 뭐예요? 끝을 맺어야지요."

이쯤 되자 연류진도 단호하게 맞받았다. 무영은 피식 웃었다.

"솔직히 말해봐요, 아가씨. 무슨 일로 수도로 가는 거지요?"

"…예?"

연류진은 사색이 된 얼굴로 무영을 바라보았다.

"그, 그건……!"

"솔직히 내가 참견할 바는 아닙니다. 하지만 한 가지 분명한 것은 우리를 죽이려는 자가 있다는 사실이지요. 그것도 아가씨 한 명 때문에."

연류진의 눈이 부릅떠졌다.

"죽여요? 우릴? 나 때문에?"

무영은 고개를 끄덕였다.

"내가 어제 살수들 중 한 명을 발견했습니다."

"살수……."

연류진은 힘 빠진 목소리로 마차 벽에 기댔다. 무영은 짧게 한숨을 내쉬며 말을 이어갔다.

"잡아오려 했지만 운 나쁘게도 죽는 바람에 깊이 알아내지는 못했습니다. 어때요? 이 정도면 설명이 되나요?"

무영은 애꿎은 머리카락을 부여잡으며 투덜거렸다.

"빌어먹게도 놈들이 나까지 봐버리는 바람에 휘말렸단 말입니다. 알겠어요? 이제는 한 배에 탄 거예요."

잠시 후, 출발하는 마차 주위에는 호위무사들이 이중으로 배치되어 있었다. 창문은 나무로 막아놓았기에 웬만한 화살에는 버텨줄 것이다.

호위무사들은 잔뜩 긴장한 표정으로 주위를 경계하며 말을 몰고 있었다.

'저래서야······.'

행렬의 중앙에서 말을 몰던 무영은 혀를 찼다.

허무하게 죽기는 했지만 어제의 실수도 고도의 훈련을 거친 자였고, 총 수가 몇 명인지조차 모른다.

어디서 매복하는지 알아내지도 못했으니 돌아갈 수도 없다.

'하긴 돌아가 봤자 쫓아오겠지. 결국 결론은 정면 돌파다.'

더욱이.

"그놈······."

한순간이지만 무영을 섬뜩하게 만들 정도의 초고수가 존재하고 있었다. 그 점이 크나큰 부담으로 작용했다.

연류진의 호위무사들이 낮은 수준은 아니었다. 꽤나 훌륭한 훈련을 거친 정예병으로 쳐줄 만했다.

무영은 어제 죽은 살수를 적의 평균 수준으로 놓고 생각해 보았다. 하지만 아득하기만 했다.

일단 무영이 미지의 초고수를 전담한다 하더라도 전세가 불리한 것은 변함이 없었다. 더욱이 그들은 기습에 능한 자들이 아닌가.

알고도 당할 여지가 있었다.

"사로잡기만 했더라도······."

옆에서 말을 몰던 무사가 무영을 노려보며 투덜거렸다. 처음 객점에서 시비를 걸던 자였다.

"알아채지도 못한 놈들에게 그런 소리를 듣게 되다니··· 참 독특한 기분이군."

"이 자식이!"

무사는 버럭 화를 냈다. 무영은 싸늘한 미소를 지어주었다.

"나한테 열 낼 시간 있으면 경계나 하시지?"

무영의 이죽거림에 무사는 헛기침을 내뱉으며 주위를 살폈다. 무거운 적막감이 일행을 휘감았다.

그렇게 얼마나 시간이 지났을까. 무영은 허탈한 웃음을 흘릴 수밖에 없었다.

"아하하하……!"

열 명의 흑의 인영이 대로 한가운데에 서 있었다.

"너희 얕보였구나?"

무영의 이죽거림에 호위무사들의 눈가에 노기가 치솟았다. 기습 따위는 필요도 없다는 뜻이었다. 정면으로 맞붙어도 승산이 있다는 자신감의 표시.

"놈은……?"

무영은 열 명의 흑의 인영을 쭉 살폈다.

어제의 초고수는 보이지 않았다.

"없나?"

"없기는 왜 없어?"

그때 허공에서 들려온 나직한 중저음의 목소리.

순간 무영을 비롯한 무사들의 시선이 위로 향했다.

"허, 허공답보(虛空踏步)……."

무사 중 한 명이 맥 빠진 목소리로 중얼거렸다.

그는 긴 흑발을 휘날리며 허공에서 걸어 내려오고 있었다.

제17장
불로불사(不老不死)

불로불사(不老不死)

"말도 안 돼."

무영에게 이죽거리던 무사가 고개를 저었다.

허공답보.

말 그대로 공중에서 걸음을 걷는다는 경공의 최상승 경지.

이백 년 전 마교의 절대고수 천마를 끝으로 허공답보는 무림에서 자취를 감추었다.

긴 무림의 역사에서도 허공답보를 시전했다는 인물은 손가락에 꼽을 정도의 극소수였다.

그 말은 무사들이 아무리 떼거지로 몰려들어도 흑발 사내에게는 아무런 소용이 없다는 뜻이었다.

더욱이 앞에 버티고 서 있는 열 명의 흑의 인영.

그들 하나하나가 내뿜는 기세조차 무사들에게는 버거웠다.

"너희 따위를 잡는 데 우리가 숨어 있을 이유가 없지."

흑발 사내는 땅에 내려서며 뒷짐을 쥐었다.

비꼬는 말투였지만 그 누구 하나 대꾸하지 못했다. 그만큼 흑발 사내의 등장은 충격적이었다.

싸움에 있어서 가장 중요한 것은 선공(先攻)이다. 예기를 꺾어 기선 제압을 한다는 뜻이다.

그 점에 있어서 흑발 사내는 너무도 완벽하게 선공을 한 셈이었다.

흑발 사내는 무사들을 쭉 돌아보았다. 그의 시선이 닿는 곳에 자리 잡고 있던 무사들은 경련을 일으키며 뒤로 물러섰다.

"쓸데없는 말은 하지 않으마."

잠시 말을 끊은 흑발 사내가 손을 들었다.

처적!

흑의 인영들이 검집에 손을 가져가며 돌격 자세를 취했다.

쐐아아……!

싸늘한 바람에 두 무리 가운데에 먼지바람이 일어났다. 흑의 사내는 손을 아래로 내리며 말을 끝맺었다.

"다 죽여라."

파바밧!

그 말을 끝으로 흑의 인영들의 몸이 앞으로 튕겨 나갔다.

휘잉!

흑의 인영들이 흑발 사내의 옆을 지나치자 머리카락이 우아하게 휘날렸다. 흑발 사내는 입가에 냉소적인 미소를 머금은 채 시선은 무영에게 가 있었다. 다른 쓰레기들은 어찌 되든 상관없는 표정이었다.

"막아!"

무사들은 다급하게 외치며 검을 빼 들었다.

"이 새끼들!"

처음부터 무영에게 시비를 걸었던 무사는 눈앞으로 달려 들어오는 흑의 인영에게 검을 날렸다.

"부앙!"

하지만 검은 허공을 잘랐다. 순간 무사의 눈이 크게 치켜떠졌다. 흑의 인영의 모습이 사라진 것이다.

황급하게 주위를 살피던 무사는 어느새 자신의 품 안에 파고든 흑의 인영을 발견했다.

"빌어먹을……."

무사는 허탈하게 중얼거렸다.

흑의 인영은 두 손으로 검을 부여잡고 무사의 가랑이부터 수직으로 올려 베었다.

"촤아악!"

순식간에 무사의 몸이 반으로 갈리며 땅바닥을 뒹굴었다. 그리고 뒤이어 피가 허공에 흩날렸다.

그렇게 일방적인 살육전은 시작되었다.

여기저기서 비명 소리가 들리며 피가 튀었다.

"꺄아악!"

"아가씨! 꺄악!"

단단하게 봉해진 마차 안에서 찢어지는 비명 소리가 흘러나왔다. 무영은 주먹을 꽉 쥐며 마차 벽을 두들겼다.

"죽고 싶지 않으면 입 닥치고 있어!"

무영은 입술을 살짝 배어 물었다. 땅은 이미 피로 붉게 물들어 있었다. 참혹한 전황이었지만 무영에게는 보이지 않았다. 그의 시선이 멈춰져 있는 곳은 오만한 자세로 서 있는 흑발 사내였다.

그 역시 무영을 바라보며 히죽 미소를 짓고 있었다.

불로불사(不老不死) 187

탁탁탁!

그때 귓가에 보폭 소리가 들려왔다. 무영은 눈을 번뜩이며 손을 뻗었다.

턱!

"컥컥!"

마차를 노리고 달려들던 흑의 인영의 목이 무영에게 제압당했다. 무영은 시선도 돌리지 않은 채 손아귀에 힘을 가했다.

콰득! 콰드득!

툭!

흑의 인영의 목이 땅을 향해 떨궈졌다. 무영은 시체를 바닥에 내팽개쳤다.

"이 자식… 이렇게 나왔단 말이지?"

무영은 나지막하게 중얼거리며 천천히 걸음을 옮겼다.

"죽었다! 한 명 죽었어!"

무영의 손에 흑의 인영 한 명이 죽임을 당하자 무사들은 환호하기 시작했다. 그리고 자연스럽게 움츠러들었던 투기가 솟기 시작했다.

지옥의 사신처럼 자신들을 살육하던 놈들도 죽을 수 있다는 사실을 깨달았기 때문이다.

무사들은 조금 전보다 훨씬 강맹해진 기세로 흑의 인영들에게 맞서갔다. 하지만 무영은 그런 그들에게 아무런 관심도 가지지 않고 걸음을 옮겼다.

"타아앗!"

무사의 목을 벤 흑의 인영이 무영에게 달려들었다.

"비켜라."

억누른 목소리와 정반대로 무영의 검이 부드럽게 돌아갔다.

흑갈색의 검기가 반원형으로 흑의 인영을 덮쳤다.

"크윽!"

흑의 인영은 두 발로 땅을 누르며 검을 세워 검기를 막았다. 하지만 헛된 행동이었다.

무영이 날린 검기는 아무런 방해 없이 흑의 인영의 검과 몸을 베고 지나갔다.

딸칵! 털썩!

반으로 잘린 검날이 바닥에 떨어졌다. 뒤이어 흑의 인영의 상반신이 바닥에 떨어졌다.

푸악!

피가 허공으로 치솟고 바닥을 적셨다. 장기들이 보기 흉하게 바닥에 쏟아졌다. 하지만 곧 누군가의 발에 밟혀 터져 버렸다.

"죽어라!"

무영에게 달려들던 흑의 인영의 입에서 처음으로 나온 소리였다.

"웃기네."

무영은 콧방귀를 뀌며 적을 향해 일장을 날렸다.

빠악!

무영에게 일장을 얻어맞은 흑의 인영의 몸이 터져 나갔다. 뼛조각과 피부가 허공으로 비산되며 나풀거렸다.

어느새 무영은 흑발 사내의 앞에 서 있었다.

"휘이!"

흑발 사내는 무영을 바라보며 휘파람을 불었다.

"재수없으니까 하지 말아라. 퉤!"

무영은 땅바닥에 침을 뱉고 고개를 비스듬히 들었다.

"어저께… 너였나?"

흑발 사내는 그런 무영과 시선을 맞추며 입을 열었다. 고개를 끄덕여 주는 것 또한 잊지 않았다.

"당신에 대한 말은 많이 들었어. 아! 그것보다 몸을 키웠다더니 정말이었군?"

무영은 양손으로 앞머리를 쓸어 넘겼다. 이 녀석들은 자신의 일거수일투족을 모두 알고 있었다.

"일랑의 수하인가?"

흑발 사내는 징그러운 미소를 머금은 채 손을 내밀었다.

"반갑군."

"난 하나도 안 반가운데?"

무영은 흑발 사내를 노려보며 쏘아붙였다.

촤악!

순간 둘 사이의 흙먼지가 원형으로 퍼졌다. 순간적으로 둘 사이의 공기가 터져 나간 것마냥 옷이 격하게 흩날렸다.

"휘이! 멋지군."

흑발 사내는 다시금 휘파람을 불었다.

"재수없으니까 하지 말랬지?"

"왜 이렇게 예민하신가?"

흑발 사내는 여유로운 표정으로 술술 말을 늘어놓았다. 무영은 짧게 한숨을 내쉬었다.

"한 가지 묻자."

"그래."

"네 주인의 의도가 뭐냐?"

무영의 눈초리가 날카로워졌다.

"그런 눈으로 보지 마. 나야 시키는 대로 하는 것뿐이니까."

흑발 사내는 대번에 손을 내저으며 부정했다. 무영은 미간을 손가락으로 짚었다.

"정말 모르나?"

무영의 물음에 흑발 사내는 머리카락을 귀 뒤로 넘기며 히죽 웃었다.

"예상한 것 아닌가?"

"하긴 그놈이 너희에게 입을 놀릴 존재는 아니지."

"크흐흐… 잘 아는군."

흑발 사내는 팔장을 끼며 고개를 끄덕였다. 무영은 짧게 한숨을 내쉬었다.

"결국… 끝장을 봐야 한다는 소리군."

"뭐, 그런 셈이지. 그전에."

"……?"

무영이 고개를 갸웃거렸다. 흑발 사내는 무영에게 한 걸음 다가서며 은근한 목소리로 말문을 열었다.

"돌아올 생각은 없는가?"

"하아?"

무영이 황당한 표정으로 흑발 사내를 바라보았다. 흑발 사내는 피식 웃었다.

"라고 일단 제안해 보라고 하더군."

흑발 사내는 고개를 저으며 말을 이어나갔다.

"하지만 네가 들을 리 없지."

흑발 사내의 말에 무영이 주먹을 움켜쥐었다. 흑발 사내는 웃는 낯을 지우고 자세를 잡았다.

"솔직히 너 마음에 안 들었어. 언제나 비교당했거든?"

순간 무영은 피식 웃었다.

"됐어. 알아낼 것이 없으니……."
파강!
강맹한 권풍이 흑발 사내의 머리 옆을 쓸고 지나갔다. 탐스러운 흑발 머리카락 몇 가닥이 허공에 흩날렸다.
"죽어!"
히죽.
"죽다니? 누가?"
흑발 사내, 소문산은 어깨를 으쓱이며 반문했다.
"내가?"
"건방진 놈!"
무영은 순간적으로 내기를 끌어올리며 검을 휘둘렀다. 검에 맺힌 기운이 이글거리며 소문산을 향해 쏟아져 나갔다.
소문산은 히죽 웃으며 손을 들었다.
터엉!
무영의 검이 소문산의 손바닥 한 치 앞에서 막히듯 멈췄다.
파지직! 빠직!
맨손과 검, 한 치의 공간 안에서 기가 맞부딪쳤다.
"후후."
소문산은 낮게 웃으며 검끝을 손가락으로 튕겼다.
챙!
요란한 소리와 함께 검이 깨지며 파편이 사방으로 날렸다. 순간 무영의 몸이 아래로 푹 꺼졌다. 오른손으로 땅을 짚고 축으로 삼았다. 몸을 빙그르 돌리며 발을 뻗어 바닥을 훑었다.
탁!
무영의 발꿈치에 소문산의 종아리가 부딪쳤다.

강렬한 충격은 아니었지만 무릎이 굽어지는 것을 막을 수는 없었다.

무영은 훌쩍 뛰어올랐다. 아까의 회전력이 그대로 이용된 돌려차기가 소문산의 턱을 강타했다.

빠각!

"커헉!"

소문산은 단발마의 신음성과 함께 얼굴이 돌아갔다.

충격에 대항하지 말고 물처럼 흘러가라.

찰나의 순간 소문산의 뇌리에 스친 기억이었다. 소문산은 얼굴이 돌아가는 방향으로 몸을 틀었다.

핑그르르! 탁!

소문산은 고양이처럼 몸을 틀며 바닥에 착지했다.

'선공을 빼앗겼다. 그렇다면?'

소문산은 양다리를 굽혔다 폭발적으로 펴며 무영의 품으로 파고들었다.

"다시 빼앗아오면 되지!"

소문산의 몸이 엿가락처럼 늘어졌다. 물론 시각적인 착시 현상이기는 했지만 그만큼 빠른 속도였다.

양손에 집중된 내기가 이글거리고 있었다.

파앙!

'어?'

하지만 무영의 몸이 소문산의 시야에서 사라지고 없었다.

'어디?'

찰나의 순간 소문산의 눈동자가 어지럽게 흔들렸다. 마지막으로 아래쪽으로 눈동자가 향하는 순간 보인 것은 곧게 뻗은 발이었다.

'제기랄!'

이번에는 완전히 중심이 앞쪽으로 쏠려 있었다. 방금 전처럼 흘릴 수가 없었다.

"빡!"

눈앞이 번쩍이더니 허공이 보였다. 그리고 뒤이어 땅바닥이 튀어 올라왔다.

"털썩!"

소문산은 바닥에 엎어졌다.

무영은 허공에서 한 바퀴 몸을 돌려 바닥에 착지했다.

'이걸로는 안 돼!'

무영은 이빨을 꽉 물며 엎어져 있는 소문산을 덮쳐 갔다.

"치잇!"

소문산은 곧바로 몸을 일으키더니 순식간에 뒤로 십여 장을 물러났다.

"쓰읍!"

소문산은 턱 주위를 매만지며 얼굴을 들려 했다. 하지만 들려지지 않았다.

"푹!"

얼굴이 푹 떨궈졌다. 소문산은 욕지기를 내뱉었다.

"부러졌군. 제기랄."

소문산은 양손으로 자신의 머리를 부여잡고 들어 올렸다. 보통 사람이라면 즉사해도 이상하지 않을 장면이었다.

"한 달은 요양해야겠어……."

소문산은 낭패한 표정으로 중얼거렸다. 그리고 무영을 바라보며 히죽 웃었다.

"아무래도 나중에 봐야겠는걸?"

"누구 마음대로!"

무영은 흉험하게 외치며 일장을 뻗었다.
쾅!
순식간에 소문산이 있던 자리가 폭음과 함께 날아갔다.
하지만 소문산은 이미 몸을 훌쩍 날리며 나무 위로 올라선 상태였다.
"다음에 보자고."
소문산은 무영을 향해 히죽 웃어주었다. 그런 모습에 무영의 눈썹이 위로 치켜 올라갔다.
"안 되지."
무영은 순간적으로 내기를 순환시켰다.
뿌득! 뿌드득!
무영의 몸에서 뼈가 엉키는 소리가 흘러나오기 시작했다.
"죽어줘야겠어."
팔이 기이하게 꺾이며 줄어들기 시작했다. 몸을 원래대로 돌려야 했다. 그래야 몸의 골격을 유지하는 데 돌렸던 내기를 마저 쓸 수 있었기 때문이다.
급격하게 기운이 강대해지는 모습에 소문산은 입술을 꽉 다물었다. 이대로 간다면 분명 자신의 죽음을 피할 길이 없다.
소문산은 다급한 목소리로 아직까지 피 터지게 싸우고 있는 흑의 인영들을 향해 외쳤다.
"이 녀석 막아!"
소문산의 말에 흑의 인영들은 아무 거리낌 없이 무영에게 달려들었다.
"치잇!"
무영은 입술을 배어 물며 흑의 인영들과 대치했다.
"너희 귀찮아!"
무영은 눈을 부릅뜨며 내기를 밖으로 뿜어냈다.

콰콰콰!

해일 같은 기의 폭풍이 흑의 인영들을 휩쓸고 지나갔다. 무영은 볼 것도 없이 몸을 날렸다. 하지만 이미 소문산의 모습은 사라지고 없었다.

"크으윽!"

무영은 방금 전까지 소문산이 서 있던 나뭇가지 위에 올라서서 주먹을 꽉 쥐었다.

"어디냐!"

파아악!

천지가 울릴 정도의 외침에 사람들이 고통스러운 표정으로 귀를 막았다.

"이 자식이……!"

무영은 잠시 허공을 노려보다가 시름 어린 한숨을 내쉬었다. 마음먹고 도망쳤다면 따라잡기는 글렀다.

하지만 아쉬운 마음을 감출 수는 없었다. 무영은 잠시 나뭇가지 위에 서 있다가 밑으로 내려왔다.

스스슥!

때마침 바람이 흐르며 흙먼지가 가셨다.

그리고 방금 전 흑의 인영들이 몰려들었던 그곳에는 아무런 흔적조차 보이지 않았다.

핏물이나 옷가지조차 완전히 사라진 소멸이었다.

"꿀꺽."

무사 중 한 명이 침을 삼키며 무영을 바라보았다. 다른 이들도 마찬가지였다.

말이 안 나올 정도의 엄청난 무위.

옷깃조차 스치지 못할 정도로 대단했던 흑의 인영들이 한순간 사라졌다.

"휴우!"

무영은 한숨을 내쉬며 주위를 살폈다. 일 다경 정드밖에 안 되는 짧은 시간. 하지만 피해는 엄청났다.

처음 삼십 명에 이르던 호위무사들은 반으로 줄어 있었다.

"제기랄."

무영은 애꿎은 땅바닥을 발로 찼다. 순간 호위무사들이 동시에 몸을 움찔거렸다.

처음 만났을 때 자신들이 어떻게 대했는지 기억난 탓이었다.

"응? 왜들 그러고들 있소?"

무영은 고개를 갸웃거리며 무사들에게 물었다.

"아, 아닙니다!"

호위무사들은 경직된 자세로 복창했다. 무영은 멍한 표정으로 바라보다가 피식 웃었다.

"일단 시신부터 수습하고 이곳에서 벗어납시다."

"예!"

무영의 말에 무사들은 재빨리 몸을 움직이기 시작하자 시신은 순식간에 수습이 되었다.

상황이 상황인지라 대강 땅을 파고 시신들을 몰아넣고 묻었다.

"준비가 끝났습니다."

한 무사가 무영에게 다가와 보고를 올렸다. 다른 무사들 역시 무영의 닫혀 있는 입을 바라보고 있었다. 이미 그들은 무영을 우두머리로 인정한 모습이었다.

무영은 곤란한 표정으로 무사를 바라보았다.

"한 가지 부탁할 것이 있소."

"예! 말씀하십시오!"

"각 풀어요."

무영이 짐짓 준엄한 어조로 말하자 무사는 어깨에 힘을 풀었다. 하지만 여전히 어쩔 줄 몰라 하는 표정이었다.

"나는 마차를 지키고, 처리는 모두 당신들이 한 거요. 아가씨한테는 비밀로 해달라 이 말이오."

"예?"

순간 무사가 이해할 수 없다는 어조로 반문했다. 무영은 피식 웃으며 무사의 어깨에 손을 올렸다.

"부탁하리다."

"에? 예!"

"당신들도 모두 마찬가지요. 알겠소?"

무영의 물음에 무사들은 일단 고개를 끄덕이며 수긍하는 모습이었다.

"나는 본래 무림에서 몸을 뺀 사람이외다. 조용히 목적지까지만 가면 그만이오."

새빨간 거짓말이었다. 하지만 무사들은 무영의 말을 곧이곧대로 수긍하는 모습이었다.

"고인의 존함을 알려주십시오."

'자식들! 대강 넘어갈 것이지.'

무영의 얼굴이 굳어진 것은 찰나였다. 이윽고 무영은 번뇌에 찬 얼굴로 주저하다가 말문을 열었다.

"이름이 뭐 그리 중요하겠소? 이만하면 내 뜻을 알아챘으리라 보는데?"

무영의 말에 무사들은 '과연!' 하는 표정으로 힘차게 고개를 끄덕였다.

"고귀하게 희생당한 넋은 반드시 보답하겠습니다."

연류진은 서글프게 울먹이며 무사들을 둘러보았다. 모두 피 범벅이 돼 처참하기 그지없는 모습이었다.

열다섯의 무사가 주검으로 변했고, 제대로 싸움을 할 수 없는 중상자도 셋이나 되었다.

"하지만 가던 길을 멈출 수는 없습니다."

연류진은 주먹을 꼭 쥐었다. 커다란 참상이 훑고 지나갔지만 어찌할 수 없었다.

"솔직히 무영님의 공이 컸어요."

연류진은 울음을 터뜨린 남소혜를 달래고 있는 무영에게 시선을 주었다.

"에? 나요?"

왠지 그 순간 무사들의 고개가 푹 떨궈졌지만 연류진은 보지 못했다.

"모르고 당하는 것과 방비한 후에 대비하는 것은 큰 차이가 있지요."

"뭐, 그렇지… 야, 이것아!"

무영은 허리춤에 얼굴을 묻고 코까지 푸는 만행을 저지른 남소혜의 몸을 떼어냈다.

"그래서 뭔가 대가라도 줄려고요?"

"…그건 아니에요."

"칭찬이 밥 먹여주는 것도 아니고."

무영의 투덜거림에 연류진은 한숨을 내쉬며 이마에 손을 짚었다.

"당신 정말 대책없는 사람이군요?"

"뭐가 말이지요?"

무영의 반문에 연류진의 눈꼬리가 위로 올라갔다.

"상황이 이해가 가질 않나요? 열다섯 명의 사람이 한순간에 죽었어요!"

연류진의 날카로운 외침에도 무영은 영문을 모르겠다는 표정이었다.

그 점이 연류진의 심기를 더욱 건드렸다.

"그런데도 당신이란 사람은!"

연류진이 뭐라 더 쏘아붙이려는 순간 무사들이 몰려들었다.

"아이고, 아가씨!"

"그만 하세요!"

무사들은 정말 필사적인 표정으로 연류진을 만류했다. 비록 동료들의 죽음이 슬픈 것은 사실이나 자신의 목숨이 더욱 소중한 법이 아닌가.

진흙탕을 굴러도 이승이 낫다는 평범한 진리였다.

무영은 그런 연류진과 무사들을 바라보다가 피식 웃으며 남소혜를 안아 올렸다.

"흑! 흐흑!"

남소혜는 어지간히 놀란 것 같았다. 눈물과 콧물이 범벅이 돼서 우는 모습이 가여워 보였다.

"그렇게 무서웠니?"

얼마 전 자신의 눈앞에서 많은 사람들이 죽임을 당한 모습을 보았다. 무사들의 옷자락에 묻은 핏자국이 그때의 기억을 떠올리게 하는 촉매가 되었으리라.

"이제 괜찮다."

무영은 남소혜를 품에 안으며 상냥한 어조로 다독였다. 남소혜는 무영의 품에 얼굴을 묻으며 서글프게 외쳤다.

"저 언니 미워요!"

"응?"

"무섭다며 안는 건 좋은데 왜 꼬집냔 말이야! 아파서 죽을 뻔했잖아!"
순간 무영은 둔기로 뒤통수를 얻어맞은 것 같았다.
"…그게 그렇게 아팠니?"
남소혜는 고개를 끄덕이며 옷소매를 끌어 올렸다.
"이것 봐요!"
과연 남소혜의 팔뚝에는 손톱자국이 선명하게 박혀 있었다. 상처를 보자 다시금 설움이 복받치는지 남소혜가 울기 시작했다.
"허… 이런!"
무영은 혀를 내둘렀다.
'못 말릴 녀석이다.'
무영은 남소혜를 바라보다가 손을 들었다. 그리고 좌중을 향해 외쳤다.
"…금창약 있으신 분!"

소문산은 눈살을 찌푸리며 목에 손을 가져갔다. 차가운 나무의 질감이 어색했다.
"끄응……."
부러진 목에 부목을 대놓았다. 이런 조치가 없다면 시도 때도 없이 모가지가 팔랑거릴 것이다.
"빌어먹을… 아프군."
소문산은 한 손으로 머리를 지지하며 한숨을 내쉬었다. 하지만 그보다 더욱 걱정되는 것은 임무가 실패했다는 점이었다.
너무도 완벽한 패배였다.
"뭐야, 그 녀석 강하잖아?"
옷깃조차 스치지 못했다. 방심하기 전과 후의 차이는 너무도 명백했다.

"꼴사납군."

문득 허공에서 들려온 한줄기의 목소리.

소문산은 눈살을 찌푸리며 욕설을 내뱉었다.

"재수없는 계집이 왔군."

"내가 할 말을 하는군. 나도 내키지는 않아."

소문산의 앞에는 한 여인이 서 있었다. 칠흑 같은 흑발의 소문산과는 달리 백발이었다.

"풋!"

여인의 얼굴을 확인한 소문산이 실소를 터뜨렸다. 순간 여인이 빽 소리를 질렀다.

"뭐가 그리 웃기지?"

"네 얼굴."

코뼈가 내려앉았고 눈 주위는 시퍼렇게 멍이 들었다. 가장 핵심적인 부분은 가운데 이빨이었다. 아래위로 두 개씩 부러져 상당히 보기 흉했다.

"꺄악! 보지 마!"

여인은 재빨리 손으로 얼굴을 가리며 비명을 질렀다.

"그러고 보니 너는 소령이란 계집 쪽을 맡았었지? 운 나쁘게 마주치기라도 했나?"

소문산의 말에 백발 여인 추소명은 이를 으득 갈았다.

"소령인가 뭔가 하는 그년! 성격이 개 같아. 여자라면 조신한 맛이 있어야지."

"바람 샌다. 천천히 말해라."

소문산의 지적에 추소명은 말투를 좀 느리게 조정했다. 하지만 어투는 여전히 거칠었다.

"쌍! 일주일은 있어야 얼굴이 복원될 텐데 밖에 어떻게 나돌아다니지? 정말 돌아버리겠네."

"임무는 성공했나?"

소문산의 물음에 추소명은 씨익 웃으며 고개를 살짝 치켜들었다. 엉망이 된 얼굴은 상당히 추했다.

물론 소문산은 입 밖으로 내는 우를 범하지 않았다.

"당연한 것 아니야? 그러는 너는 실패했나 보구나?"

추소명의 빈정거림에 소문산은 힘없이 고개를 끄덕였다.

"옷깃도 스치지 못했어. 완전히 괴물이더군."

추소명은 고개를 끄덕였다.

"그년도 마찬가지였어. 미치겠네. 주인님께 뭐라고 보고를 드려야 하지?"

"글쎄……."

소문산은 깊은 한숨을 내쉬었다. 현재로서 일 대 일로 소문산은 무영에게 적수가 되지 못한다.

그것은 추소명 역시 마찬가지였다.

"솔직히 소령이란 계집은 크게 신경 쓸 것 없어. 그 계집은 여기가 나쁘거든."

소문산은 머리를 손으로 툭툭 찌르며 말을 이어갔다.

"소령은 미끼만 던져 주면 알아서 낚싯바늘을 물게 돼 있어. 문제는 무영이다."

추소명은 고개를 끄덕였다. 일신의 무력은 무영과 맞먹는 소령이었지만 결정적으로 귀가 얇다는 치명적인 단점이 있었다. 더욱이 가장 아끼는 보물을 훔쳐 왔으니 지금쯤 길길이 날뛰고 있을 것이다.

"일단 소령은 제쳐 두고 무영부터 쳐 없애야 해."

불로불사(不老不死)

"하지만 누가?"

추소명의 물음에 소문산은 턱 주위를 매만졌다.

"녀석이 뭔가 수를 내겠지."

추소명은 고개를 끄덕였다.

"그 재수없는 새끼. 하지만 그 녀석이라면 이번 일까지도 예상했을지 몰라."

"일단 우리는 요양하면서 복원시키자."

소문산의 말에 추소명은 고개를 끄덕였다. 그때였다. 문이 열리며 한 꼬마아이가 들어왔다.

소문산은 눈살을 찌푸리며 아이를 바라보았다.

"네가 웬일이냐, 현?"

아이, 현은 혀를 끌끌 차며 소문산과 추소명의 얼굴을 바라보았다.

"쯧쯧, 볼썽사납게 당했구나?"

순간 추소명이 이를 으득 갈았다.

"누구 때문에 이렇게 됐는데!"

소문산 역시 지지 않고 추소명의 말에 힘을 실었다.

"그따위로 강하다고는 말하지 않았잖아!"

현은 비릿한 미소를 지었다.

"나야말로 너희가 그따위로 약할지는 몰랐거든."

"크윽!"

현의 이죽거림이었지만 소문산과 추소명은 주먹만 부르르 떨 뿐이었다. 현은 짧게 한숨을 내쉬며 의자에 앉았다.

"그 이야기는 됐고. 산이는 또 한 번 가줘야겠어."

"뭐? 지금 나보고 그 괴물이랑 또 붙으라고?"

현은 고개를 끄덕이며 턱가를 매만졌다.

"지금 가용 인원이 없거든."
"날 진짜 죽이고 싶은 거냐, 너?"
"방법은 있어. 어때? 너 빚지고는 못 사는 성미잖아?"
현은 차가운 미소를 지었다.

      *   *   *

그 시각, 무영은 품에 안겨 잠든 남소혜의 머리카락을 매만지며 생각에 빠졌다.
'결국 영감님의 짐작대로인가?'
왠지 불길하다던 염무학의 말이 현실로 다가왔다. 무영은 혼란스러움에 머리를 좌우로 흔들었다.
"으음……!"
무영의 움직임에 남소혜가 웅얼거렸다.
"이크."
무영은 재빨리 자세를 바로잡으며 남소혜의 머리를 매만져 주었다. 남소혜는 다시금 조용히 깊은 잠에 빠져들었다. 무영은 살짝 눈을 감았다.
보통 사람이라면 그 자리에서 즉사할 부상이었다. 하지만 그는 손으로 얼굴을 지지하고 도망쳤다.
복원되기 때문이다.
상처가 나면 딱지가 앉는다. 그리고 그 안에서는 새살이 돋는다. 시간이 지나고 딱지가 떨어져 나가면 상처는 말끔하게 사라진다.
복원된다는 뜻과 일맥상통한다.
소문산에게 있어 목이 부러진 정도는 상처가 나서 딱지가 돋은 것과 매한가지다.

그것은 무영 역시 마찬가지였다.

목이 부러지면 부목을 대고 있으면 된다. 팔이 잘리더라도 제대로 수습해서 붙이고 있으면 복원된다.

무영은 손으로 얼굴을 가리며 한숨을 내쉬었다.

"제인과 서시. 동남동녀 오백 쌍이라……."

무영은 눈을 감았다.

"크크크… 시황제가 이 사실을 알면 지하에서 얼마나 땅을 칠까?"

무영의 입가에 자조적인 미소가 머금어졌다.

　　　　　*　　　　*　　　　*

욕조 안에 몸을 담그고 있던 소요의 눈이 떠졌다.

창가에는 매 한 마리가 내려앉아 있었다.

"이리 오렴."

소요의 말에 신기하게도 매가 욕조 틀에 내려앉았다.

"어디 보자. 서신이 왔나?"

소요는 매의 다리에 묶인 서신을 끌러 살폈다. 이내 그녀의 표정이 굳어졌다.

"들어가도 되겠습니까?"

문득 바깥에서 목소리가 들려왔다.

"들어와요."

소요는 얼른 매를 바깥으로 날렸다. 이내 궁녀 한 명이 들어와 소요의 목욕 시중을 들기 시작했다.

소요는 가만히 궁녀의 시중을 받다가 중얼거렸다.

"…역시 흑 정도로는 무리였나?"

소요의 중얼거림에 궁녀가 고개를 갸웃거렸다.

"혼잣말이야."

소요의 말에 궁녀는 미소를 지으며 욕조 안에 손을 살짝 담겼다.

"물이 뜨거우신지요?"

소요는 고개를 살짝 저었다.

그제야 궁녀가 안심한 표정으로 멈췄던 손을 움직였다.

"곧 황제 폐하께서 침소에 드실 겁니다."

"그래?"

소요의 물음에 궁녀가 미소를 지었다.

"황제 폐하를 기다리게 하는 것은 일백 번 죽어도 마땅한 일이니까요."

"그렇지."

소요의 목소리에는 힘이 없었다. 궁녀는 살짝 표정을 굳히며 머뭇거리다가 말문을 열었다.

"황제 폐하께서 진노하셨습니다."

"응. 그렇다고 하시더라."

소요가 고개를 끄덕이자 궁녀는 잠시 머뭇거리다가 말문을 열었다.

"추후에는 절대로 이런 일이 있으시면 안 됩니다."

궁녀의 말에 소요는 길게 늘어진 머리카락을 물에 담겼다.

"갑갑해서 바람 좀 쐬고 왔는걸."

궁녀의 표정은 좋지 못했다. 하루아침에 황제의 애첩이 사라졌다 몇 달 만에야 돌아왔다.

그동안 진노한 황제 때문에 몇 명이나 죽었는지 모른다.

"미안해."

소요의 사과에 궁녀는 당혹한 얼굴로 바닥에 이마를 찧었다.

불로불사(不老不死) 207

"죄송합니다! 제가 주제넘게!"

"사실인걸… 그것보다 이만하면 다 된 것 같네. 황제 폐하는 성격이 급하시니까 빨리 가서 뵈어야지."

"예."

시비는 수건과 옷가지를 가져오기 위해 바깥으로 갔다.

"휴우."

홀로 남은 소요는 욕조에 머리를 기대며 한숨을 내쉬었다.

소요는 눈을 감았다.

"적(赤)아."

순간 바닥에서 적의 인영이 솟아올랐다.

"예, 주군."

온통 붉은색의 옷을 착용한 사내였다. 소요는 눈을 감은 채 차분한 어조로 말문을 열었다.

"흑이 당했다."

소요의 말에 적은 부복했다.

"그 녀석으로는 무영의 이목을 속이기 힘들 것이라 생각했습니다. 어차피 보통의 인간이니까요."

적의 말에 소요는 미소를 지었다.

"그래서 말인데, 네가 가줘야겠어."

"예."

"쓸데없는 짓은 하지 마."

하지만 적은 수긍하지 않았다. 대답이 없자 소요는 짧게 한숨을 쉬며 손을 내저었다.

"가보렴."

"예."

적이 예를 취하며 몸을 날리려 했다.

"그리고."

갑작스런 소요의 말에 적은 잠시 몸을 멈칫거렸다. 소요는 감았던 눈을 뜨며 적에게 시선을 주었다.

"내 몸매 좋지?"

"……."

적은 고개를 갸웃거렸다.

"내 알몸 예쁘지 않아?"

"예쁘십니다."

적은 무표정한 얼굴로 답했다. 그때 소요의 입술이 삐죽거렸다.

"봤구나?"

"……."

"이 색마."

소요의 뾰족한 한마디에 적은 처음으로 식은땀이 무엇인지를 알 수 있었다.

   *   *   *

"도착했다."

소령은 눈앞에 내려다보이는 성을 바라보며 흡족한 표정을 지어 보였다.

"사도련이라……."

사도련은 신강성의 성도인 오로목제(烏魯木齊)에 자리잡고 있었다. 본래 사도련을 이루고 있는 문파들 자체가 황실에 반하는 세력들이었다.

한 성의 성도에 떡하니 자리를 잡는다는 것 자체가 웃기는 일이었다.

소령은 싸늘한 미소를 지었다.

이로써 황실과 사도련 간의 협조 관계에 대해 더욱 확신이 깊어졌다.

"이제 시작인가?"

소령은 잠시 동안 얼굴의 화장을 고치며 전의를 다졌다. 미인계를 하자면 꾸미는 것이 무엇보다 중요했기 때문이다.

"좀 색기 넘치는 화장이 나으려나? 아니면 귀여운……?"

잠시 고심하던 소령은 손바닥을 탁 쳤다.

"병약한 청순가련형이 낫겠다."

소령은 입술에 찍어 바른 짙은 색 연지를 지우고 고치기 시작했다.

잠시의 시간이 흐르고 의도한 대로 화장이 먹힌 것을 확인한 소령이 교태로운 웃음을 흘렸다.

"호호호! 가자… 끄웅!"

문득 걸음을 옮기려던 소령은 등에 느껴지는 묵직한 무게감에 눈살을 찌푸렸다.

"일단 패물부터 처분해야겠다."

그녀의 등에는 커다란 봇짐이 들려 있었다. 한 손에도 마찬가지였다.

"오는 길마다 다 들렀더니 많이 모였네?"

소령은 자신에게 패물을 빼앗긴 이름 모를 산적들을 잠시 생각했다. 물론 돌아가는 길에도 들르리라는 마음을 굳게 다잡으면서.

제18장
잠시 동안

잠시 동안

연류진은 급격하게 줄어가는 사탕 과자 상자를 바라보며 눈살을 찌푸렸다.

"맛있니?"

"맛있어요."

남소혜는 고개를 끄덕이며 활짝 웃었다.

요즘 들어 남소혜는 틈만 나면 연류진의 마차에 와서 시간을 보내고 있었다.

연류진을 경계하는 남소혜였지만 사탕 과자는 무척이나 맛있었다.

"무언가 가지고 싶다면 소극적으로는 안 된다. 적극적으로 나서서 쟁취하거라! 그것이 진리다!"

남소혜는 무영이 해준 말을 실천으로 옮기고 있었다.

"한 개 더 먹어도 돼요?"

"어? 어, 먹어도 돼."

연류진의 허락이 떨어지기가 무섭게 남소혜가 사탕과자를 집어 물고 오물거리기 시작했다. 그리고 살짝 연류진의 눈치를 보더니 또 한 개를 집어 손에 꼭 쥐었다.

"왜? 가져가서 먹게?"

"아니요."

남소혜는 배시시 웃었다.

"오라버니 하나 주려고요."

그제야 연류진은 고개를 끄덕였다.

"기특하구나. 오라비도 위할 줄 알고."

"헤헤헤."

남소혜는 실없이 웃었다.

"잘해주니?"

"응. 날 예뻐해요."

남소혜가 자랑스레 말하자 연류진은 창밖으로 시선을 주며 중얼거렸다.

"그렇구나."

"하지만 걱정이에요."

"왜?"

연류진의 물음에 남소혜가 한숨을 내쉬며 말문을 열었다.

"오라버니는 나를 동생으로만 생각하거든요."

"……."

"더욱이 요즘은 너무 날파리들이 많아서……."

"날파리?"

연류진의 반문에 남소혜는 피식 웃으며 중얼거렸다.
"오라버니는 혜야만 예뻐해야 해요."
"응?"
고개를 돌려보니 남소혜는 신나게 사탕 과자를 빨아 먹으며 연류진을 바라보고 있었다.
남소혜는 연류진과 밖에서 그릇을 정리하고 있는 시비를 힐끗 바라보며 말했다.
"알겠지요?"
남소혜가 다리를 팔랑거리며 활짝 웃었다.
"소혜야, 여기 있니?"
그때 마차 바깥에서 무영의 목소리가 들려왔다. 순간 연류진의 어깨가 움찔거렸다.
"오라버니!"
남소혜가 환하게 외치며 마차 문을 박차고 몸을 날렸다.
"웃차! 임마, 갑자기 뛰어들면 어떻게 해?"
무영은 남소혜를 안아 올리며 핀잔을 주었다. 하지만 남소혜는 배시시 웃을 뿐이었다.
"오라버니, 이거 드세요."
"응?"
무영의 반문에 남소혜가 품을 뒤지더니 사탕 과자를 꺼내 건넸다.
"내가 오라버니 줄려고 챙겼어요. 좋아해요?"
무영은 남소혜를 내려다보며 굳은 표정으로 물었다.
"…뭘 원하는데?"
"저번에 먹었던 향고유채 만드는 법 다시 가르쳐 줘요."
남소혜가 기다렸다는 듯이 외쳤다.

"왜? 이제 본격적으로 신부 수업할 마음이 들었냐?"

"헤헤헤."

"미래의 정군한테 음식 하나 대접 못하면 미움받는다. 나중에 돈 벌면 수업료 산만큼 줘라."

무영은 남소혜의 어깨를 툭툭 쳐주며 걸음을 옮기기 시작했다. 연류진과 시비는 그런 둘의 뒷모습을 바라보았다.

남소혜는 무영의 허리춤을 붙잡고 걸음을 옮겼다.

"덥다. 좀 떨어져라."

"싫어요!"

그때 남소혜가 고개를 돌리더니 혀를 삐죽이 내밀었다.

"부럽지?"

"……!"

순간 연류진과 시비는 멍한 표정을 지었다.

"왠지… 밉다."

시비의 나지막한 중얼거림에 마차에 앉아 있던 연류진 역시 고개를 끄덕였다.

저녁 무렵에는 마을에 들어설 수 있었다.

객점에 짐을 내려놓은 무영은 남소혜에게 개처럼 끌려 밖으로 나왔다. 이유는 간단했다. 마을에 장이 들어섰다는 이유 하나였다.

"좀 쉴까 했더니만."

무영은 객점을 나서며 투덜거렸지만 남소혜는 기분이 좋아 보였다.

"오라버니! 저녁은 근사한 곳에서 외식해요."

"싫어."

"해요."

남소혜는 무영의 옷소매를 잡고 강아지마냥 낑낑거리기 시작했다.
"너 때문에 돈이 얼마나 들어가는지 알아?"
무영은 옷소매로 눈 주위를 닦으며 울먹이기 시작했다.
"흑흑! 내 피 같은 돈! 나 혼자 다닐 때는 하나도 안 썼는데."
사실 남소혜와 다닌 후로 옷가지부터 식대까지 쓸 데가 많았다.
"여자 아이들은 마르지 않는 샘물이냐? 뭐 그리 필요한 게 많은 거야?"
"그런가?"
"어린 녀석이 화장 도구는 왜 사달라고 하는 건더?"
무영의 물음에 남소혜는 얼굴을 붉히며 우물쭈물하는 기색이 역력했다. 무영은 피식 웃으며 남소혜의 머리를 쓰다듬어 주었다. 더 이상 쓸데없는 곳에 돈을 쓸 수는 없었다.
"굳이 살 필요 있니? 지금도 예쁜데."
"정말요?"
남소혜는 얼굴에 화색이 돌았다. 무영은 고개를 끄덕이며 남소혜의 귓가에 부드러운 어조로 속삭였다.
"원래 화장은 못난 부분을 숨기기 위해서 하는 거야. 하지만 너는 못난 부분이 하나도 없어. 아주 예뻐."
"…그럼 안 살래요."
남소혜는 배시시 웃었다. 무영은 고개를 돌리며 주먹을 불끈 쥐었다.
'됐어!'
"오라버니, 왜 그렇게 실실 웃어요?"
"아무것도 아니다."
무영은 짐짓 헛기침을 하며 남소혜의 어깨에 손을 둘렀다.
"간만에 시장이 들어섰다는데 한번 구경해 줘야지. 가자."

"예."

남소혜는 무영의 팔을 꼭 붙잡으며 이끌었다.

대로를 따라가자 곧 시장이 보였다. 많은 사람들이 바쁘게 움직이는 모습에 남소혜의 안색이 환해졌다.

시장 특유의 분위기에 도취된 모습이다.

"오라버니! 저거 봐요. 기예단이에요."

"기예단이라……."

문득 무영의 표정이 굳어졌다.

처음 만나 남궁세가에 갔을 무렵 기예단을 보며 신기해하던 백리현이 생각난 탓이다.

"쯧."

무영은 혀를 찼다.

"보고 가요."

남소혜가 무영의 팔을 이끌며 물었다.

"그래."

무영은 고개를 끄덕이며 걸음을 옮겼다. 사람들 틈을 비집고 들어가자 줄을 타는 광대의 모습이 들어왔다.

동아줄에 의지한 채 공중제비를 돌며 사람들의 흥을 돋우고 있었다.

"우오오!"

구경꾼들은 반쯤 넋이 나가 환호하고 있었다. 그것은 남소혜 역시 마찬가지였다.

"멋있어요!"

남소혜는 환호하며 광대를 가리켰다. 무영의 입가에 희미한 미소가 머금어졌다.

"좋으냐?"

"예."

남소혜는 어린애처럼 웃으며 광대에게서 시선을 떼지 못하고 있었다.

"녀석."

무영은 피식 웃다가 주위를 살폈다.

"음?"

그때 무영의 시선에 들어온 여인이 있었다. 남소혜와 마찬가지로 광대에게 시선을 빼앗긴 그녀는 연류진의 시비였다.

잠시 구경하던 시비는 주위를 살피다가 몸을 돌려 빠져나갔다.

"흐음."

무영은 잠시 턱 주위를 매만지다가 미소를 지었다.

"따라와."

"예? 하지만."

"외식하기 싫으면 말고."

"빨리 가요."

외식이란 말에 남소혜는 결연한 표정을 지으며 무영을 이끌었다.

무영은 구경꾼들 사이를 비집고 나왔다.

"있다."

저 멀리 걸어가고 있는 익숙한 뒷모습. 무영은 희미한 미소를 지으며 걸음을 빨리했다.

"어디 가요?"

남소혜는 고개를 갸웃거리며 무영에게 물었다. 하지만 무영은 가볍게 무시해 줬다.

"저기요."

기분 좋은 목소리가 대로를 울렸다.

"에? 저요?"

때마침 시비의 옆을 지나치던 이름 모를 처자 한 명이 고개를 갸웃거렸다.

커다란 몸집과 얼굴에 그득한 여드름, 그리고 겹쳐진 뱃살.

순간 무영의 얼굴이 구겨졌다.

"웃차!"

무영은 남소혜를 안아 올려 눈을 마주쳤다. 남소혜는 고개를 갸웃거렸다.

"왜요?"

"눈을 정화시키고 있다."

"헤에?"

"악마를 봤거든."

"어, 어디요?"

순진한 남소혜가 질린 얼굴로 주위를 살폈다. 무영은 재빨리 그 처자를 지나쳤다.

이름 모를 처자는 무영이 휙 하니 지나치자 입맛을 다셨다.

"딱 내 취향이야."

하지만 뒤이어진 남소혜의 말에 얼굴을 구겼다.

"아, 악마!"

이름 모를 처자는 콧방귀를 뀌었다.

"흥! 별꼴이야."

그녀는 자신의 주위를 피해서 가는 사람들의 시선에도 당당했다.

한편 시비의 바로 뒤까지 따라온 무영이 다시금 불렀다.

"이봐요."

"예?"

그제야 시비가 고개를 돌렸다.

"아!"

무영의 얼굴을 확인한 시비의 얼굴이 확 붉어졌다. 무영은 피식 웃었다.

"왜 불러도 대답이 없어요?"

무영의 물음에 시비는 고개를 푹 떨구며 웅얼거리는 어조로 말문을 열었다.

"몰랐어요."

무영은 고개를 끄덕였다.

"구경하러 나온 건가요?"

"…시, 심부름이요."

"그렇구나."

무영은 턱 주위를 매만지다가 물었다.

"시간있어요?"

"예?"

"외식시켜 준다고 했지?"

무영은 남소혜를 바라보며 물었다. 남소혜는 안 내킨다는 표정으로 고개를 끄덕였다.

무영은 히죽 웃으며 시비에게 시선을 주었다.

"같이 식사나 합시다."

무영은 대뜸 시비의 손을 붙잡고 이끌기 시작했다.

"에? 예?"

"하하하! 내가 사지요."

"저기요, 잠깐만……?"

"빼실 필요 없어요."

정신을 차린 시비의 앞에는 음식이 차려져 있었다.

소면과 교자 한 접시.

"이게 외식이야?"

남소혜는 볼을 부풀리며 무영에게 되물었다. 무영은 고개를 살짝 치켜들며 거만한 표정이다.

"왜?"

"이게 뭐예요?"

"이 도시에서 가장 잘하는 집이라고 들었어."

"쳇."

남소혜는 투덜거리면서도 젓가락을 놀리기 시작했다. 무영은 시비를 바라보며 음식을 권했다.

"사양 말고 들어요."

"에? 예."

시비는 교자를 들면서도 근심 어린 표정이다.

"그러고 보니 심부름 중이라고 했지요?"

"예."

"뭐 사는데요?"

"그, 그건……."

시비는 어쩔 줄 몰라 하는 표정이었다.

"오라버니는 뭘 그런 걸 물어요?"

남소혜가 무영의 옆구리를 쿡 찔렀다.

"일단 들어요."

"예."

시비는 교자를 한 입 베어 물더니 눈을 동그랗게 떴다.

"맛있네요?"

"그거 봐요."

무영은 턱을 괴고 시비를 바라보며 은근한 미소를 지었다.
"한번 보답해야겠다고 생각했어요."
"예?"
"이 녀석도 돌봐주었으니까."
시비는 얼굴을 붉혔다.
"별일도 아닌데요."
"남자가 여자애를 돌보는 것은 보통 일이 아니거든요. 당신이 없었으면 힘들었을 겁니다."
"네."
시비는 고개를 끄덕이며 남소혜를 바라보다가 흠칫 놀랐다. 남소혜가 분노 어린 눈으로 노려보고 있었기 때문이다.
무영은 짐짓 남소혜의 머리를 쓰다듬어 주다가 말문을 열었다.
"요즘 들어 왜 피하지요?"
"예?"
"그렇잖아요? 왠지 날 피하는 것 같아서."
무영의 표정이 시무룩해졌다. 시비는 황급히 손을 내저었다.
"그렇지 않아요. 제가 언제 피했다고……."
"그렇지만… 울었잖아요?"
무영의 말에 시비의 어깨가 움찔거렸다.
"아무것도 아니었어요."
"정말?"
"정말이에요."
무영은 고개를 끄덕이며 짧은 한숨을 내쉬었다.
"그렇다면 다행이지만."
무영은 교자를 집어 한 입 베어 물고 오물거리다가 점소이를 불렀다.

"이거 하나 써줘."

"예, 손님."

점소이가 주문을 넣으러 주방으로 가자 무영이 한쪽 눈을 찡긋했다.

"아가씨도 가져다 드려요. 그러면 그렇게 화는 안 내실 겁니다."

"예, 알겠습니다."

시비의 입가에 희미하지만 미소가 머금어졌다.

그렇게 시간이 지나고 교자가 반쯤 사라졌을 무렵, 무영이 턱을 괸 채 짧게 한숨을 내쉬었다. 그런 모습에 시비가 고개를 갸웃거렸다.

"왜요?"

무영은 피식 미소를 지었다.

"그냥… 예전에 우리를 습격한 놈들이 생각나서……."

무영의 말에 시비의 안색이 굳어졌다. 예전의 그 끔찍했던 비명 소리가 아직도 귓가에 선했다.

"그건 왜……."

"솔직히 그렇지 않습니까? 저나 이 녀석은 아무것도 모르는 거니까."

무영은 양미간을 손가락으로 지그시 눌렀다.

"대략 그분의 집안이 대단한 곳이라는 것만 짐작하고 있었어요."

"그렇지요."

"솔직히 좀 당황스러웠어요."

시비는 고개를 끄덕였다. 순식간에 분위기가 차갑게 식었다. 그제야 무영은 너털웃음을 터뜨리며 화제를 돌렸다.

"그렇다고 원망스럽거나 한 것은 아닙니다. 처음에는 그런 마음도 들기는 했지만 어쨌거나 이미 벌어졌으니까요."

'뭐… 나 때문인 것도 있으니까.'

무영은 턱 주위를 매만졌다.

분명 흑의 인영들의 목표는 연류진이었다. 처음 살수를 잡아 취조했을 적에도 무영에 대한 언급은 나오지 않았던 것이 그러했다.

그런데 갑작스레 소문산이 나타났다.

그는 분명히 무영을 노리고 있었다. 더욱이 그전에 자신의 앞에서 자살했던 이름 모를 살수까지.

결국 무영의 일에 연류진이 말려들었다는 표현이 더 옳았다.

"왜 수도로 가는지… 물어도 말씀 안 해주시겠지요?"

무영의 물음에 시비는 난처한 기색이 역력한 얼굴이다. 무영은 히죽 웃었다.

"됐어요. 더 안 묻지요."

"예."

무영은 짧게 한숨을 내쉬었다.

"몸조심해요."

"예?"

"내 예상이 틀리길 바라겠지만 머지않아 또 올 겁니다."

"그, 그런!"

시비가 하얗게 질린 얼굴로 신음성을 터뜨렸다. 무영은 의자를 끌어 시비의 옆으로 다가갔다.

"당신이 다치는 건 싫으니까."

"예."

시비는 붉어진 얼굴로 고개를 떨궜다. 그런 일이 또 있을 것이라는 말에 걱정과 공포심이 들었지만, 한편으로는 무영의 걱정이 달콤했다.

"혜아와 당신은 내가 지켜줄게요."

"말씀만으로도 감사해요."

"어서 먹고 일어나지요."

"예."

잠시 후 주문한 음식을 모두 먹은 셋이 자리에서 일어났다. 시비를 따라 무영과 소혜는 연류진이 시킨 물품을 사고 객점으로 돌아왔다.

"아! 그러고 보니."

객점에서 각자 방으로 헤어질 무렵 무영이 눈을 동그랗게 뜨며 시비를 바라보았다.

"무슨 일이시지요?"

시비의 물음에 무영은 곤혹스런 표정으로 말문을 열었다.

"잊고 있었어요."

"예?"

"당신의 이름."

무영의 말에 시비가 수긍하는 표정이다. 여태껏 무영은 시비를 당신이란 칭호로 불러오고 있었다.

"이런 실례가……."

"아니요. 괜찮아요."

"괜찮다면 말해주지 않을래요?"

무영의 물음에 시비는 손을 내저었다.

"안 돼요."

"왜죠?"

"촌스럽단 말이에요."

"흐음."

무영은 턱 주위를 매만지며 미소를 지었다.

"괜찮아요."

"웃지 않으시기예요?"

"당연하지 않습니까?"

무영의 확언을 받은 시비는 잠시 주춤거리다가 힘겹게 말문을 열었다.

"소화……."

"소화?"

무영의 물음에 시비는 조그맣게 고개를 끄덕였다.

"소화(素花)… 흰 꽃이라……."

무영은 시비의 어깨를 툭 치며 은근한 어조로 말을 붙였다.

"예쁜데요? 왜 촌스럽다고 생각하는 거죠?"

"……."

"얼굴만큼이나 이름도 예쁜데."

무영은 소화의 옆을 스쳐 지나가며 중얼거렸다. 소화는 눈을 동그랗게 뜨며 몸을 돌렸다.

이미 무영은 남소혜를 옆에 끼고 계단을 따라 이층 객실로 올라가고 있었다.

"예뻐?"

소화는 나지막한 목소리로 자신에게 물어보았다. 어느새 입가에는 미소가 머금어져 있었다.

소화가 방으로 돌아왔을 무렵 연류진은 의자에 앉아 차를 마시고 있었다.

"늦었잖니?"

연류진의 물음에 소화가 고개를 숙이며 말문을 열었다.

"죄송합니다."

"사 왔어?"

"예, 여기요."

소화는 손에 든 봇짐을 탁자 밑에 내려놓고 정리하려다가 포장한 교자를 연류진에게 권했다.

"드세요."

"이게 뭐야?"

"교자요. 무영님이 아가씨도 가져다 드리라고……."

연류진은 눈앞에 놓인 교자를 바라보았다. 그런 모습에 소화가 황급히 말문을 열었다.

"우, 우연히 만났어요."

"으음?"

연류진은 천천히 고개를 끄덕이며 어쩔 줄 몰라 하며 서 있는 소화를 응시했다.

"그래서였구나?"

"예?"

"너 계속 웃고 있어."

"아……!"

"요즘 들어 침울한 얼굴이었잖아, 너."

소화는 양 볼을 손으로 감싸 쥐었다. 연류진은 짧게 한숨을 내쉬었다.

"어쩔 수 없구나? 사람의 감정이란 것은……."

연류진은 교자를 집어 한 입 배어 물었다. 담백한 교자의 속살이 입 안에 풍족히 찼다.

"…맛있어."

연류진의 눈에 서글픔이 깃들었다.

"나도……."

"예?"

연류진의 나직한 중얼거림에 소화가 고개를 갸웃거리며 반문했다. 연류진은 옅은 미소를 지은 채 고개를 저었다.

"아무것도 아니야."

"예."
"너도 와서 먹자."
연류진의 제안에 소화는 당혹스런 미소를 지으며 손을 내저었다.
"아니에요. 전 먹었는걸요."
연류진의 눈이 조금 커졌다.
"같이 먹었니?"
"예? 예."
연류진은 고개를 끄덕였다.
"맛없어."
연류진은 교자를 내려놓으며 손수건으로 입 주위를 닦았다.
"치워줄래?"
"예? 하지만 방금 전에는……."
"됐으니까."
연류진의 목소리가 약간 커졌다. 그런 모습에 소화는 움찔하며 황급히 교자를 치웠다.
"피곤하네. 좀 쉬어야겠다."
"예, 나가 있겠습니다. 무슨 일이 있으시면 불러주세요. 옆방에 있으니까요."
"…그래."
연류진의 힘 빠진 목소리에 소화는 주춤거리며 방을 나섰다.
달칵!
이내 방문이 닫히자 연류진은 침상에 몸을 뉘었다.
"휴우."
공허한 한숨 소리. 연류진은 손으로 눈가를 가렸다.
"웃긴다… 나도."

무영은 한참 기분이 좋았다.

오래간만에 남소혜가 빨리 잠든 탓에 여유롭게 술 한잔할 수 있게 되었다.

"크으!"

무영은 술을 단번에 털어 넣고 입 주위를 소매로 닦았다. 씁쓸한 맛이 이렇게 좋을 수 없었다.

"이 맛이야."

그간 골치 아팠던 일이 잠시나마 잊혀졌다.

그러던 중 문득 자신에게 향하는 시선이 느껴졌다.

"응?"

무영이 고개를 들어보니 앞에 자리를 잡고 앉아 있는 호위무사들이 힐끗거리며 쳐다보고 있었다.

무언가 간절히 원하는 인상.

무영은 피식 웃었다. 그들의 심중을 읽을 수 있었다. 아마도 같이 합석하고 싶은 것이리라.

사람들은 자신보다 잘난 사람을 동경하는 법이다. 물론 반대로 깎아내리려는 성향도 있기는 하지만.

특히 사내들의 경우 그런 경향이 더욱 심하다.

친구들과의 모임일 경우 대화를 하다 보면 자연스럽게 자기 자랑으로 화제가 돌게 된다. 안줏거리로 이만한 것도 없다. 더욱이 무를 숭상하는 무림에서 초고수와 안면을 튼다는 사실 하나로도 목에 힘을 줄 수 있는 것이다.

'귀찮아.'

무영은 묵묵히 술잔을 기울였다. 평소 같으면 농이라도 걸어보겠지만 이런 여유도 가끔은 필요하다.

달칵.

잠시 상념에 빠져 있던 무영은 자신의 반대편 의자에 누군가 앉는 소리가 들리자 고개를 갸웃거렸다.

'누구?'

무영은 고개를 들며 눈살을 찌푸렸다. 자신의 영역을 방해받는 것을 좋아할 이는 없다.

'어떤 새끼야?'

무영의 앞에는 한 사내가 앉아 있었다. 대개의 사내들은 장발이다. 물론 끈으로 묶거나 하지만 이 사내의 경우에는 단발이었다. 쉽게 볼 수 없는 머리형이었다.

굳게 닫힌 입술에 또렷한 이목구비가 꽤나 강인한 인상이었다.

"어?"

무영의 눈이 동그랗게 떠졌다. 사내는 미소를 지으며 무영을 내려다보고 있었다.

"내 이름은 공우라고 하오."

"공우?"

사내, 공우는 미소를 지으며 의자를 끌고 와 앉았다. 무영은 눈살을 찌푸렸다.

"앉으라고 허락한 기억은 없는데?"

"당신이 무영이지?"

무영의 표정이 굳어졌다.

"일랑이 보냈나?"

무영의 조심스런 물음에 공우는 살며시 고개를 끄덕였다.

"그런 표정 지을 것 없소."

"……."

"싸우러 온 것 아니니까."

공우의 말에 무영의 굳어 있던 표정이 조금이나마 풀어졌다. 공우는 술 한 모금을 입에 머금고 잠시 음미하다가 삼켰다.

"흥미가 갔거든."

"흥미?"

공우는 살짝 고개를 끄덕이며 무영을 바라보았다. 일랑이 그토록 집착하는 자.

한 번은 보고 싶었다.

"별다를 것은 없어 보이는군."

"그것참, 미안하게 되었군. 그래, 너도 나와 같은 존재인가?"

무영의 물음에 공우는 입가를 살짝 드러내며 미소를 지었다. 굉장히 부드러운 표정이었다.

얼마 전에 마주쳤던 소문산과는 정반대의 차분하고 과묵한 성격이었다.

"그렇소. 당신이 그에게서 도망치고 난 뒤에 만들어졌지."

"그렇군."

"후후."

공우는 피식 미소를 지었다. 그런 모습에 무영은 눈살을 찌푸렸다. 왠지 무시하는 기색이었다.

"계속 실실 웃어대는군."

"싫소?"

"싫어."

무영은 턱 주위를 매만지며 차가운 어조로 말문을 열었다.

"나에 대한 것은 다 알고 있군."

공우는 앞에 놓인 술잔을 매만졌다.
"웬만한 것은……."
"내 목적지가 어딘지도 말이지?"
"그렇소."
"하아!"
무영은 허탈 섞인 탄성을 내뱉었다.
"지금 이곳에서 널 죽일 수도 있어."
"물론 그럴 수 있겠지. 그래서 지금 죽이겠소?"
공우는 무심한 어조로 무영을 바라보았다.
"…하, 하하하!"
무영이 갑작스레 웃기 시작했다. 그런 모습에 둘을 주시하고 있던 무사들이 고개를 갸웃거렸다.
그러나 공우의 표정에는 감정의 변화가 나타나지 않았다.
"네놈들 손바닥 위에서 놀아난 것 같아 기분이 더럽군. 하지만 상관없어."
"……?"
"수작을 부리고 싶으면 부려봐."
"그런 소리 하면 우리가 진짜 나쁜 놈들처럼 보이지 않소?"
공우의 말에 무영은 눈을 부라렸다.
"그렇게 권력이란 것이 가지고 싶었나?"
공우는 잠시 무영을 바라보다가 가만히 고개를 저었다.
"가지고 싶었나가 아니지… 당연히 우리가 가져야 해."
공우의 표정은 진지했다. 그는 잠시 술잔을 매만지다가 부드러운 미소를 지으며 말을 이었다.
"지금의 이 나라는 썩어 있어… 백성들은 도탄에 빠져 원성이 하늘을 찌를 듯하건만 정작 윗놈들은 제 배 불리기에만 여념이 없지. 모두들 현실이라는 악마에 허덕이고 있어."

"그래서?"

"당신을 비롯해서 나나 동료들, 그리고 일랑님은 특별한 존재야. 죽지 않지. 뭐라고 해야 하나… 그래, 월등히 우월하지. 신체적으로나 정신적으로."

공우의 입가에 진득한 미소가 걸렸다.

"모든 일에 있어 능력에 걸맞지 않는 것들이 추진하게 되면 삐걱거리게 되어 있어. 그것이 진리지. 난 이 나라가 제대로 굴러가길 바랄 뿐이야."

"그래?"

"색목인들이 가진 기술은 놀랍더군. 지금이야 그럭저럭 평화로운 교류지만, 과연 미래에도 그럴까?"

그들이 가진 과학 기술, 그리고 군대의 힘들은 놀라왔다. 머지않은 미래에 그들은 야욕을 드러낼 것이 자명했다. 힘이 없는 자는 무릎 꿇을 수밖에 없다.

"이대로라면 우리나라는 색목인들에게 먹힐 수밖에 없어. 하지만 난 그런 것을 원치 않아. 반대로 우리가 먹어야지. 이 중원 대륙이 세상의 중심이 되길 바라. 우리라면 가능한 일이야."

무영은 피식 웃었다.

"재미있는 생각을 가지고 있군."

"재미있는 생각이 아니야. 그건 당연한 것이지."

공우는 진지한 표정으로 손가락을 들어 무영을 가리켰다.

"난 당신이 싫어. 그 정도의 힘을 가지고 있으면서 왜 숨지? 소령이나 염무학이란 영감이나 모두 마찬가지야."

공우는 무영을 마주 보다가 몸을 일으켰다.

"잘 생각해 봐."

그 말을 끝으로 공우는 천천히 걸음을 옮겨 객점 문을 나섰다. 그러다가 잠시 멈춰 서더니 무영에게 시선을 주며 미소를 지었다.

"아, 그리고 어차피 알게 될 일이지만."

"음?"

무영이 고개를 갸웃거리자 공우는 미소를 지으며 말문을 열었다.

"백리현이란 계집 알지?"

순간 무영의 어깨가 흠칫 떨렸다.

"…네가 그 아이를 어떻게 알지?"

"말했잖나? 당신에 대한 것은 모두 알고 있다고."

넉살맞은 말에 무영의 몸에서 살기가 피어올랐다.

"그 아이를 건드리면 너희는 다 죽는 거야."

"하하하! 이미 우리가 데리고 있다네. 귀여운 아이더군."

팡!

순간 무영의 신형이 빗살처럼 공우에게 들이닥쳤다.

쾅!

무영의 일장이 광포하게 쏟아져 나왔다. 하지만 공우는 이미 예상한 표정으로 횡으로 몸을 틀며 손을 뻗었다.

텅!

무영이 뻗은 팔의 궤적이 튕겨졌다. 순간 애꿎은 방향으로 뻗어나간 내기가 허공을 향했다.

공우는 그런 무영에게 시선을 주며 미소를 지었다.

"지금 당신의 제한적인 힘으로는 나를 죽일 수 없어."

삼분지 일의 내기가 늘어진 뼈와 근육을 유지하는 데 돌려지고 있었

잠시 동안 235

다. 무영은 뿌득 이를 갈았다.

"제대로 한번 붙어볼까?"

무영의 살기 어린 중얼거림에 공우는 무영의 어깨 뒤편으로 시선을 주며 말문을 열었다.

"이목이 많은데 괜찮겠어? 여차하면 다 휘말리겠어."

"……."

"어차피 이제 본격적으로 시작된 거야."

공우는 표정이 싸늘하게 가라앉았다.

"북경으로 와봐."

공우는 미소를 지으며 몸을 날렸다. 무영은 한참 동안 그 모습을 바라보다가 객점 안으로 들어와 자리에 앉았다.

"마음에 안 드는 놈들이야."

무영은 벌컥벌컥 술을 들이마셨다. 방금 전의 급박한 상황 때문인지 객점 안은 싸늘하기 그지없었다.

무영에게 말이라도 걸길 바라던 무사들 역시 꿀 먹은 병아리가 되어 조용히 술잔을 나누다가 각기 처소로 들어가 버렸다.

제19장
무영과 현, 그리고 그림자를 찾는 이들

무영과 현, 그리고 그림자를 찾는 이들

"또 하나의 정보가 들어왔습니다."
"음?"
주판을 튕기던 우림중랑장 이자겸이 고개를 들었다.
"정보?"
"정확히 말하자면 제보라고나 할까요?"
이자겸의 앞에는 직속 부관이 눈가를 빛내며 서 있었다.
"말해봐."
"제보자의 신상은 알려지지 않았습니다."
"알아내지 못했나?"
이자겸의 말에 부관은 고개를 끄덕였다.
"저희 앞으로 서신이 왔을 뿐입니다."
부관은 고개를 끄덕이며 서신을 꺼내 들었다.
"그건가?"

"예."

"서신이라… 한번 읊어보게."

이자겸의 말에 부관은 한 번 헛기침을 한 뒤 서신을 요약해서 보고서 형식으로 읊기 시작했다.

"일단 저희가 찾는 자의 이름은 무영입니다."

"무영? 진짜로 뒤가 영 자 돌림이었군."

부관은 고개를 끄덕이며 말을 이어갔다.

"송나라 태조 제위 13년에 출생."

부관의 목소리가 떨리고 있었다. 보고를 올리기 이전 몇 번이나 읽어 봤던 내용이다. 하지만 놀라움은 조금도 줄어들지 않았다.

"태조 13년 출생? 정말인가?"

"놀랍게도……."

부관은 고개를 끄덕였다.

"허어! 그렇다면 아무리 적게 잡아도 육백이 넘은 괴물이란 뜻이군."

"예, 그 뒤는 저희가 알고 있는 대로입니다."

오 년을 주기로 사라진다던지 하는 것들을 이르는 말이었다. 이자겸의 눈살이 찌푸려졌다.

"단지 그것뿐?"

"두 가지가 더 있습니다."

"무엇인가?"

이자겸의 물음에 부관은 품에서 두 장의 종이를 꺼내 펼쳤다. 순간 이자겸의 눈이 크게 떠졌다.

"그림?"

"예. 써 있기로 십 세 전후의 어린아이나… 이십대의 청년, 두 개의 모습으로 자유롭게 변형이 가능하다고 합니다. 이 두 장이 그 초상화입니다."

이자겸의 눈이 바르르 떨렸다. 이것만 있으면 일은 몇 배나 쉬워진다.

"그리고 마지막 한 가지는… 그의 행적입니다."

"음?"

엄청난 수확이었다. 그의 행적은 커다란 단서가 될 것이다.

부관은 잠시 서신을 바라보다가 무겁게 닫혀 있던 입을 천천히 열었다.

"현재… 수도로 향하고 있다고……."

쾅!

이자겸은 탁자를 치며 몸을 일으켰다.

의자가 뒤로 넘어지며 흉하게 뒹굴었다. 이자겸은 날카로운 눈을 이리저리 굴렸다.

분명 지금 하는 일에 있어 많은 도움이 되는 서신이었다. 하지만 도대체 누가, 어떤 이유로 보냈는지가 의문이었다.

"크흠!"

이자겸은 침음성을 내뱉었다.

의문은 짧았다. 어차피 알아낸 것이 하나도 없는 마당이라 지푸라기라도 잡아야 했다.

더욱이 너무도 매력적인 미끼가 아닌가.

"명한다."

"예!"

"첫째, 현 시간부로 우림군 내 첩보부 가용 인원을 모두 집합시켜 하북성 내 모든 현에 파견한다. 둘째, 관아에 공문을 보내 이자의 초상화를 걸도록 한다. 셋째, 각 지방에 파견된 인원에게도 초상화를 보내 이 사실을 전파, 그 지방 내를 조사한다. 이는 황실 소속 우림중랑장의 이름으로 시행한다."

"복명!"

부관이 힘차게 명을 받들고 밖으로 나갔다. 이내 혼자만이 남게 된 이자겸은 의자를 일으켜 앉으며 한숨을 내쉬었다.

"휴우! 이제 살았다."

이자겸은 눈앞에 놓인 주판을 자신의 앞으로 가져왔다.

"어디 보자… 이번 달 대출금 이자가 얼마더라? 제기랄. 요즘 같은 세상에 이런 평생 직장에서 잘릴까 보냐. 꼭 잡아 보이겠다! 그리고 승진하는 거야!"

이자겸은 노모와 부양해야 될 가족들을 생각하며 신속한 손놀림으로 주판을 퉁겼다.

* * *

다음날 아침, 잠이 깬 무영은 어린 모습으로 돌아와 있음을 깨닫고 화들짝 놀랐다. 하지만 이내 머리칼과 손톱을 매만지며 씁쓸한 미소를 지었다.

잠들기 전까지 귀밑을 살짝 가릴 정도였던 머리는 목을 덮고 있었고, 짧았던 손톱은 두 치나 자라 있었다. 하룻밤 사이에 생긴 변화였다.

"벌써 때가 이렇게 됐나?"

무영은 한숨을 내쉬며 중얼거렸다.

"으음……."

때마침 옆에서 잠들어 있던 남소혜가 몸을 뒤척였다.

"안 되겠군."

무영은 재빨리 몸을 일으켜 대충 옷과 침상 밑에 놓인 혁낭을 챙겨 들고 창문 밖으로 몸을 날렸다.

잠시의 시간이 지나고 발걸음이 멈춘 곳은 객점에서 떨어진 산이었다.
"놀랐다."
무영은 흙바닥에 주저앉으며 놀란 가슴을 진정시켰다. 그리고 혁낭을 뒤져 가죽 주머니를 꺼냈다.
가죽 주머니를 끄르자 자그만 가위와 잘 벼려진 소도가 나왔다.
"저번 성장 후 벌써 백 년이 지났구나……."
무영은 나지막이 중얼거리며 가위를 들고 길게 자란 손톱을 잘랐다. 그리고 뒤이어 머리카락도 짧게 쳤다. 몇 번 겪어온 일이라 익숙한 손길이었다.
잠시 후 흙바닥에 늘어진 머리카락과 손톱을 모아 보자기에 싸 혁낭 안에 넣었다. 그 안에는 같은 무늬의 보자기 다섯 개가 자리잡고 있었다.
총 여섯 개의 보자기.
"벌써 이 몸이 된 지도 육백 년이 지났구나."
무영은 턱 주위를 매만졌다. 문득 백리현과 처음 만났을 때가 생각났다.
바닥에 떨어진 혁낭에서 다섯 개의 보자기가 보였을 때 내심 놀랐었다.
돌아가신 부모님의 물건이라고 임기응변을 했었다. 그 때문에 동정심을 살 수 있었지만.
누구에게도 보여줄 수 없는 물건이었다.
마지막 무영의 비밀이었으니까.
무영은 쓴 미소를 지으며 개울가로 얼굴을 들이밀었다. 조금씩이지만 이목구비가 짙어졌다. 키도 한 치 반가량 자란 상태였다.
이것이 일랑과 다른 점이었다.
그는 완벽한 불로불사. 늙지도, 죽지도 않는다. 하지만 무영은 일랑에 의해서 만들어진 인위적인 존재였다.
 정확하게 백 년. 무영은 일 년치 자랄 성장을 하룻밤 새에 겪는다. 벌써 여섯 번이나 겪어온 일이었다.
 무영은 짧게 한숨을 내쉬었다.
 "분명 다섯 살에 그렇게 되었으니… 실제 몸의 나이는 열한 살인가?"
 아직 성장기에 접어들 나이가 아니어서 다행이었다. 사백 년이 지나 몸의 나이가 열다섯에 이른 후에는 백 년에 네 치 이상씩 자랄 것이다.
 무영은 고개를 설레설레 저으며 내기를 운기했다. 다시금 몸을 늘려야 했기 때문이다.
 우둑! 우두둑!
 잠시 후 뼈와 근육이 늘어나며 전날의 모습으로 돌아왔다. 무영은 바뀐 자신의 모습을 개울을 통해 바라보다가 씁쓸한 미소를 지었다.
 "그러고 보니… 현이도 바뀌겠군."
 일 다경 사이로 같이 태어난 동생, 그 역시 오늘 성장했을 것이다.
 어디에서 무엇을 하는지, 어떻게 지내는지 알 수 없는 자신의 하나뿐인 혈육.
 "도대체 너는 어디에 있는 거니?"
 무영은 혁낭을 들며 객점으로 몸을 날렸다.

　　　　　＊　　　＊　　　＊

 그 시각, 눈을 뜬 현은 무영과 마찬가지로 성장한 자신을 바라보며 턱 주위를 매만졌다.
 "육백 년인가?"
 "많이 자라셨네요."

이름 모를 여인이 현의 자란 머리를 매만지며 미소를 지어주었다. 현은 빙그레 웃으며 고개를 끄덕였다.

"응. 백 년에 한 번씩은 생기는 일이니까."

"어떻게요, 잘라 드릴까요? 아니면 그냥 기르시겠어요?"

"그냥 내버려 둬. 손톱이랑 발톱만 잘라."

"그럴게요."

여인은 힘겹게 쪼그리고 앉았다. 그런 모습에 현은 쓴 미소를 지으며 가위를 뺏어 들었다.

"됐어. 내가 자를게."

"아니요. 제가 할게요."

"됐으니까, 옆에 앉아 있어."

현의 말에 여인은 미소를 지으며 몸을 일으켰다. 현은 손톱을 자르며 천천히 말문을 열었다.

"나 머리 쓰다듬어 줘."

"예."

여인은 천천히 손을 들어 현의 머리를 쓰다듬어 주었다. 주름진 손바닥은 거칠었지만 현의 표정은 환하기만 했다.

    *   *   *

"오라버니, 표정이 안 좋으신 것 같아요?"

객점을 나서며 하품을 하는 무영을 바라보던 남소혜가 걱정스런 표정으로 물었다.

"응? 그런가?"

무영은 눈가에 찔끔 솟은 눈물을 닦았다.

"어제 잠을 좀 설쳤거든."

"그래요?"

"응. 조금 피곤하네."

무영은 연신 입이 찢어져라 하품을 하고 있었다.

"나오셨습니까?"

한 발 먼저 나와 밖에서 짐을 챙기던 호위무사들이 무영을 깍듯이 맞이했다.

예전 싸움이 있은 직후부터 그들은 무영을 쉽게 대하지 못하고 있었다. 무영이 없었다면 모두들 이 세상 사람들이 아니었음을 깨닫고 있었기 때문이다.

"아, 그래요."

무영은 선선히 인사를 받아주었다.

"비룡."

무영이 마굿간으로 발길을 돌리려는 찰나 한 무사가 비룡을 끌고 나왔다.

"이 녀석이지요?"

"예? 아, 네."

무영은 고개를 끄덕이며 내심 미소를 지었다.

말하지 않아도 잡일을 모두 처리해 주니 무영은 손가락 까닥할 일조차 없었다.

'이거 생각보다 편한데?'

하지만 겉으로는 근엄한 표정을 유지하며 비룡의 고삐를 건네받았다.

"고맙소."

"별말씀을요. 저야말로 무영님께 도움이 되었다 생각하니 기쁜 마음뿐입니다."

사내는 양손을 싹싹 비비며 비굴한 표정으로 무영을 바라보고 있었다.
"당신……."
"예! 무영님!"
"분명히 출세할 겁니다."
"예?"
무영은 히죽 웃어주고는 주위를 살폈다.
아직 연류진의 모습이 보이지 않았기 때문이다.
"아가씨는?"
"잠시 후면 나오실 겁니다."
"그렇군요."
"한 가지 여쭈어봐도 괜찮으시겠습니까?"
무사의 물음에 무영이 고개를 갸웃거렸다.
"무슨……?"
"어제 무영님과 같이 있던 분 말입니다."
무영의 표정이 살짝 굳어졌다.
"아까 한 말 취소."
"예?"
"지나가는 말입니다."
무영은 남소혜에게 다가왔다.
"얼굴이 뽀사시한 것을 보니 편히 잘 잤나 보구나."
"예, 잘 잤어요."
남소혜는 배시시 웃었다. 무영은 혀를 끌끌 차며 괜스레 이마에 꿀밤을 먹였다.
"아야! 왜 때려요?"
"미워서."

"우씨!"

남소혜는 머리를 부여잡으며 눈을 흘겼다.

"아가씨가 나오십니다."

때마침 소화가 객점 밖으로 나서며 외쳤다.

무사들은 재빨리 자세를 잡으며 마차 문을 열었다. 뒤이어 객점 문을 통해 면사를 착용한 연류진이 나왔다.

"편히들 쉬셨나요?"

연류진은 무사들을 향해 시선을 주었다. 그러던 중 팔장을 끼고 서 있던 무영과 시선이 마주쳤다.

무영은 미소를 머금은 채 고개를 살짝 까닥여 주었다.

"흥."

연류진은 콧방귀를 뀌며 도도한 자태로 마차에 올랐다. 그런 모습에 무영은 피식 웃었다.

저런 반응을 예상했기 때문이다.

"재밌다니까."

"예?"

무영의 중얼거림에 옆에 서 있던 남소혜가 고개를 갸웃거렸다. 무영은 고개를 저으며 남소혜를 번쩍 안아 말 위에 앉혔다.

"가자."

"예, 오라버니."

"떠난다."

때마침 마차가 움직이기 시작했다. 무영은 남소혜의 머리를 살짝 쓰다듬어 주었다.

말을 몰아가는 무영의 표정이 살짝 굳어졌다. 어제의 일이 생각난 탓이었다.

공우의 말.

분명 설득력이 있는 말임에는 틀림없었다. 현 시대의 황제인 만력제는 나라를 망쳐 가고 있었다.

장거정이라는 입지전적인 인물로 인해 그럭저럭 나라는 돌아가고 있지만 말이다.

많은 개혁을 단행하고 있지만, 말 그대로 장거정의 입지는 조금씩 좁아지고 있었다. 다른 이들에게 있어서는 눈엣가시와 같은 존재였기 때문이다.

만약 그가 죽는다면 이 나라는 급격하게 쇠락할 것이다.

"모르겠어."

자꾸 머리 속에서 뭔가가 엉켜가는 느낌이었다.

무영은 머리를 매만지며 고개를 저었다. 다른 생각으로 화제를 전환하려 애썼다.

지금 그에게 가장 중요한 것은 그런 게 아니었다. 동생인 현과 납치당한 백리현을 찾는 것이었다.

무영은 잠시 생각해 보았다. 하지만 당장 급박한 것은 백리현과 무영 일행을 압박해 오는 일랑 무리였다.

너무도 긴 삶. 언젠가는 현을 찾을 수 있을 것이라는 희망이 있지만 백리현과 자신은 그렇지 않았다.

'그 여자……'

황실에서 황제를 쥐고 흔드는 그림자의 손.

교태로운 말로 황제를 꾀어 군권은 물론 정치의 대소사 전반에 영향력을 떨치고 있다 들었다.

알려진 것은 여자라는 성별뿐.

'어떻게든지 찾아야 해.'

무영은 이를 꽉 물었다. 결국 갈 수밖에 없다.
무영은 씁쓸한 표정으로 한숨을 내쉬었다.

　　　　　＊　　　　＊　　　　＊

"흐음."
염무학은 여느 때처럼 마을로 내려가기 위한 채비를 끝냈다. 무영과 소령에게는 아직까지 연락이 없었고, 자신이 할 수 있는 일은 없었다.
덜컥.
염무학은 문을 열고 초옥을 나섰다. 그리고 시야에 들어온 한 사내가 있었다.
초옥을 이리저리 둘러보던 사내는 염무학에게 시선을 주며 말문을 열었다.
"이런 곳에서 살고 있었군."
"……."
염무학은 크게 치켜떠진 눈으로 사내를 바라보고 있을 수밖에 없었다.
"…여긴 어떻게 아셨소?"
"꽤나 애먹었다고."
사내는 비릿한 미소를 지으며 팔짱을 끼며 염무학을 바라보았다.
"아무리 날뛰어봤자 부처님 손바닥이지."
염무학은 입술을 꽉 배어 물었다. 사내는 피식 웃으며 고개를 설레설레 저었다.
"그렇게 긴장할 필요 없네. 단지 자네를 데리러 왔을 뿐이야."
"내가 갈 것 같소이까?"
"물론 순순히는 안 가겠지. 하지만 상관없는 일이야."

어차피 말로 회유할 수 있을 것이란 생각은 하지 않았다. 그래서 일랑이 친히 이곳까지 온 것이니까.

"일랑… 아니, 제인이라고 부르는 것이 더욱 정확할까?"

순간 일랑은 피식 웃었다.

"제인이라… 그 이름은 오랜만에 듣는군."

진시황제의 명을 받고 불로초를 받기 위해 떠난 제인과 오백 쌍의 동남동녀.

"하지만 그 이름은 별로 좋아하지 않아."

일랑은 표정을 굳혔다.

"네놈은 나에게 정말 모기 같은 존재야. 끊임없이 골칫거리를 안겨주지."

일랑은 염무학에게 차가운 시선을 보내며 말문을 열었다.

"생각해 보자면 네놈 때문에 녀석들이 도망칠 수 있었던 거야."

일랑은 천천히 걸음을 옮겨 염무학에게 다가왔다. 하지만 염무학은 뒤로 물러서지 않았다.

어차피 도망칠 수는 없다. 염무학에게는 무영이나 소령과 같은 힘이 없기 때문이다.

일랑은 염무학의 뺨을 툭툭 치며 이죽거렸다.

"알량한 자신감인가? 여러 가지 일을 벌려놓았더군."

"…크윽."

"정파를 움직인 것은… 그래, 거기까지는 생각하지 못했어."

염무학은 침음성을 흘렸다. 일랑은 이미 거기까지 알고 있었다.

"하지만 그게 네 한계야. 겨우 그만한 일 가지고 내가 놀랐을 거라 생각했다면 얕본 거지."

"도대체… 무슨 일을 꾸미고 있는 거요?"

힘겹게 뱉어낸 염무학의 물음에 일랑은 히죽 웃었다.
"절대 불변의 최강 제국, 그리고 그 정점에 선 영원한 권력자."
"차라리… 날 죽이시오!"
염무학의 절규에 일랑은 고개를 저으며 말을 던졌다.
"그럴 수는 없지. 너는 영이와 소령이를 유인하는 데 이용 가치가 있으니까."
일랑은 염무학에게 손을 뻗었다.

* * *

처음 소문산의 습격 후 한동안 칼날 같은 긴장감을 유지하던 무사들도 조금은 풀어진 인상이었다.
"오라버니."
잠시 상념에 빠져 있던 무영은 고개를 들었다.
"왜?"
"무슨 일 있어요?"
남소혜는 한껏 걱정스런 표정으로 무영을 올려다보고 있었다. 무영은 고개를 갸웃거렸다.
"내가?"
"응. 요즘 얼굴이 별로 안 좋아 보여요."
무영은 피식 웃으며 남소혜의 볼을 매만져 주었다.
"별 걱정 다 한다."
"그래도 나는 걱정된단 말이에요."
"그렇게 보였다니 미안하구나. 하지만 정말 걱정할 필요 없어."
무영은 희미한 미소를 지어 보이며 남소혜의 머리를 슥슥 만져 주었다. 그런 손길이 마음에 들었는지 남소혜는 배시시 웃었다.

"나 목욕하고 올게요."

"목욕할 곳이 있니?"

"응. 저기 숲으로 조금 들어가면 냇가가 있다고 하더라고요."

"그래."

무영이 고개를 끄덕여 주자 남소혜는 눈을 흘기며 당부했다.

"혹시라도 훔쳐보면 안 돼요!"

"바보. 깨끗이 씻기나 해."

"쳇."

남소혜는 볼을 부풀리며 소화와 손을 붙잡고 숲 속으로 들어갔다. 무영은 그런 모습을 바라보다가 늘어지게 하품을 하며 나무 기둥에 등을 기댔다.

곧바로 녀석들의 습격이 있을 것처럼 말한 공우였지만 일주일이 지나는 동안 아무런 일도 벌어지지 않았다.

"이 자식들이 왜 뜸을 들이는 거야? 도리어 불안하잖아."

무영은 애꿎은 뒷머리를 흩뜨렸다.

'뭐 하고 시간을 때울까?'

무영은 잠시 생각하다가 손바닥을 탁 쳤다. 무영의 눈길이 향한 곳에는 막 노숙 준비를 끝내고 담소를 나누는 무사들이 있었다.

"어라? 무영님?"

"수고들 하시는군요."

무영이 보니 고기를 굽고 있었다.

"이리로 앉으시지요."

한 무사가 땅바닥에 천을 깔며 앉을 것을 권했다. 무영은 미소를 지었다.

"그래, 무슨 이야기들을 나누고 있었습니까?"

무영은 앉자마자 고기를 집어 먹으며 물었다. 순간 무사들이 서로의 눈치를 보기 시작했다.

잠시 후 한 무사가 무영을 바라보며 말문을 열었다. 아침에 마을에서 무영에게 어설프게 아부를 떨던 무사였다.

"무공에 관해서 이야기를 나누고 있었습니다."

무공 이야기가 나오자 무사들의 안광이 빛나기 시작했다. 초고수인 무영의 고견을 들을 수 있는 절호의 기회였다.

"아! 무공."

무영은 고개를 끄덕였다.

"그래, 어떠한 분야에?"

무영의 물음에 무사가 과장스런 표정으로 말문을 열었다.

"저번의 일도 그렇고… 저희보다 고강한 이들을 상대할 때 어떻게 해야 효율적인지에 대해 토론을 나누고 있었습니다."

"자신보다 강한 자를 상대할 때라……."

무영이 턱 주위를 매만지며 중얼거리자 무사들이 무영의 옆으로 모여 들었다.

인간 같지 않은 절대적인 강함. 무사들은 모두 무영을 반로환동에 든 전대 고인으로 알고 있었다.

그런 이에게서 흘러나오는 말은 한마디 한마디가 주옥같으리라는 게 그들의 생각이었다.

그야말로 무사들에게 있어서는 다시없을 기연이나 마찬가지였다.

"고견(高見)을 들려주실 수 있겠는지요?"

"흐음……."

무영은 잠시 뜸을 들이다가 미소를 지었다.

"의외로 간단합니다."

"예? 무슨……?"

무사들의 어조에 기대감이 깃들었다. 무영은 어색하게 웃으며 말문을 열었다.

"낮은 식견입니다. 너무 기대하지 않으셔도 됩니다."

무영의 말에 무사들은 힘차게 고개를 가로저었다. 그럴 리가 없다고 굳게 믿는 얼굴이다.

무영은 잠시 무사들 한 명 한 명에게 시선을 주며 굳게 닫혀 있던 말문을 열었다.

"다구리가 최곱니다."

"…예?"

"다구리요."

무영의 말에 무사들은 모두 황당한 표정이었다.

"그냥 떼거지로 몰려들어서 밟는 거지요. 다구리에 당할 고수 없습니다."

무사들은 실망하는 기색이었다. 그것이라면 누구나 알고 있는 것이 아닌가. 하지만 이대로 물러설 수는 없었다.

"그, 그러면 적과 맞설 때의 마음가짐은 어떻게 가져야 합니까?"

다른 무사의 물음에 무영은 상큼하게 웃어줬다.

"잘 가져야 합니다."

"……."

무영은 잘 구워진 고기를 연신 세 점씩 집어 먹었다.

"끄억! 배부르다."

무영은 트림을 하며 몸을 일으켰다.

"그럼 전 이만."

바닥에는 뼈다귀만이 구르고 있었다.

"……."

무사들은 아무런 말도 하지 못하고 멀어져 가는 무영의 뒷모습만 바라볼 수밖에 없었다.

무영은 자신의 자리로 돌아오며 주위를 살폈다. 그리고 잠시 눈을 감고 잠을 청했다. 그렇게 얼마나 시간이 지났을까. 무영은 짜증스럽게 몸을 일으켰다.

"왜 이렇게 안 와?"

목욕하러 간다고 한 지 반 시진이 지났다. 하지만 아직까지 돌아오지 않고 있었다.

"흠……."

무영은 잠시 생각했다, 어떻게 해야 적절하게 시간을 보낼 수 있을까.

"혹시라도 훔쳐보면 안 돼요!"

무영의 입술이 천천히 곡선을 그렸다.

"…훔쳐보는 맛이 또 색다르지."

무영의 발걸음이 빨라졌다.

그렇게 얼마나 달렸을까. 평범한 사람들보다 몇 배나 좋은 청각을 자랑하는 무영의 멋진 귀가 쫑긋거렸다.

저 멀리 희미하게 들려오는 물장구치는 소리를 놓치지 않았다.

"꺄하하! 차가워요!"

남소혜는 자신의 얼굴에 끼얹어지는 물보라를 피하며 웃었다. 그 앞에는 소화가 마주 미소 지으며 물장난을 치고 있었다.

한 가지 차이라면 남소혜는 알몸이었고, 소화는 옷을 입고 있었다. 하지만 소화의 옷이 물에 흠딱 젖어 몸에 찰싹 붙어 있는 상태였다.

"에잇! 받아요!"

"꺄아!"

남소혜는 소화를 향해 물을 뿌렸다. 다시금 두 여인네가 물장구를 치며 놀기 시작했다.

두 아가씨는 간단하게 평이 나온다.

빈약하고 죽쭉빵빵.

열한 살이라는 나이.

조혼제도로 인해 이 연령 때에 결혼을 한 여인들도 적지 않았지만, 아직 성장도 제대로 되지 않은 어린아이임을 부정할 수 없었다.

그에 반해 이십대의 소화는 옷을 입고 있음에도 풍만한 매력을 뽐내고 있었다.

더욱이 소화는 물에 젖어 속살이 보일 듯 말 듯 아슬아슬하다.

"언니, 옷도 다 젖었는데 벗고 들어와요."

"그럴까?"

잠시 후 소화가 옷을 벗으며 눈부신 나신을 드러냈다.

첨벙!

소화는 차가운 물에 몸을 담궜다.

"시원하다."

남소혜는 미소를 지으며 소화의 옆으로 와 앉았다. 그렇게 둘은 차가운 물에 몸을 담군 채 말없이 서로를 주시했다.

남소혜는 소화의 풍만한 몸을 부러운 눈빛으로 바라보다가 투덜거렸다.

"흥! 좋겠네요."

"응?"

"가슴도 크고."

남소혜의 말에 소화는 자신의 가슴을 내려다보다가 피식 웃으며 고개를 저었다.

"별로 안 좋아. 허리도 아프고."

"그래도 부러워."

"너도 이제 조금 있으면 커질 건데 뭘 그리 조급해하니?"

소화는 느긋한 어조로 대답하며 바위에 등을 기댔다. 그런 모습에 남소혜는 볼을 부풀렸다.

"나는 급해요."

"어째서?"

"오라버니는 날 아이로만 생각한단 말이에요."

"풋! 너 그런 생각 하고 있었니?"

"그게 어때서요?"

남소혜는 골난 목소리로 빽 소리 질렀다.

소화는 장난 섞인 표정으로 남소혜의 어깨에 손을 얹었다.

"좋아하는구나?"

"……."

소화의 갑작스런 말에 남소혜는 잠시 주춤거렸다. 하지만 그것도 잠시, 도리어 큰 소리로 되물었다.

"언니도 마찬가지 아니에요?"

순간 소화의 얼굴이 붉게 달아올랐다.

"그, 그건……."

소화는 황급히 주위를 살폈다. 하지만 남소혜의 공격은 여기서 그치지 않았다.

"언니는 그렇다 치고… 면사 쓴 언니도 오라버니를 좋아하잖아요? 안 그래요?"

"어?"

순간 소화의 눈이 동그랗게 떠졌다.

연류진이 무영을 좋아한다? 전혀 생각해 본 바가 없었다. 그래서도 안 된다. 그녀는 그런 입장이었다.

"아가씨는 아니야."

소화는 펄쩍 뛰며 고개를 저었다. 남소혜는 볼을 살짝 부풀리며 콧방귀를 꼈다.

"언니… 참 둔하네요."

"둔하다니?"

남소혜는 혀를 끌끌 찼다. 소화는 잠시 그간의 일을 곰곰이 생각해 보았다.

괜히 무영에 대해 부정적으로 말하던 연류진이었다. 그러면서도 무영의 일에는 그렇게 관심이 많을 수가 없었다.

"음?"

한 번 의심하기 시작하면 끝이 없는 법이다. 과연 그렇게 생각해 보니 남소혜의 말이 맞는 것도 같았다.

"설마… 그러면 안 돼……."

"뭐가 안 되는데요?"

남소혜의 물음에 소화는 화들짝 놀라며 손으로 입을 틀어막았다.

"왜 말을 하다 말아요?"

남소혜가 재촉했지만 소화는 입을 꾹 다문 채 고개만 저을 뿐이었다.

무영은 기척을 죽이며 몸을 날렸다. 얇은 나뭇가지에 널찍한 발바닥이 닿았다 사라졌다. 하지만 아무런 미동도 없다.

그때 한줄기 인기척이 느껴졌다.

"음?"

무영은 흠칫 놀라며 주위를 살폈다. 그리고 볼 수 있었다, 비릿한 미소를 지은 채 땅을 딛고 서 있는 한 사내를.

무영은 표정을 굳히며 바닥으로 내려왔다. 사내는 피식 웃으며 말문을 열었다.

"저번에 만난 적 있지?"

무영은 고개를 끄덕였다.

"분명… 소문산이라고 했었지?"

"기억하고 있군."

사내, 소문산은 비릿한 미소를 지으며 고개를 끄덕였다. 무영은 팔짱을 끼며 말문을 열었다.

"부러진 목은 나았나?"

"아아… 덕분에 고생 좀 했지."

소문산 목 주위를 매만졌다. 그리고 어느새 검을 뽑아 들고는 무영을 노려보았다.

"내가 빚지고는 못 사는 성미거든."

무영은 차가운 미소를 머금으며 고개를 끄덕였다.

"이번에는 죽여주마."

"크흐흐."

소문산은 징그러운 웃음을 흘리며 무영을 향해 달려들었다.

피웃!

무언가가 섬광처럼 무영의 눈 옆을 스쳤다.

"……"

주르륵.

무영은 손을 들어 자신의 볼을 매만졌다. 손바닥에는 시뻘건 피가 묻어 있었다. 무영은 몸을 돌리며 이미 자신의 반대편에 자리를 잡은 소문산에게 시선을 주었다.

"과연… 믿는 한 수가 있었군."

치직! 치지직!

문득 무영의 볼에 길게 새겨졌던 검상 주위로 연기가 피어올랐다. 그리고 예리하게 베어졌던 상처가 급격하게 아물기 시작했다.

무영은 차가운 미소를 머금으며 진기를 운용하기 시작했다.

"와라."

"크하하하!"

소문산은 광소하며 검을 들고 단번에 무영의 품으로 파고들었다. 그리고 손바닥을 위로 올려쳤다.

무영은 반사적으로 몸을 뒤로 꺾으며 소문산의 공격을 피했다.

부아앙!

쩡!

애꿎게 허공을 가른 소문산의 기운이 나뭇가지를 터뜨리며 상승했다. 무영은 무표정한 얼굴로 팔꿈치를 내리찍었다.

하지만 소문산은 몸을 기이하게 꺾으며 공격을 피해냈다. 그리고 곧바로 일장을 내질렀다.

뻐걱!

무영의 옆구리에 소문산의 주먹이 꽂혔다.

"커헉!"

무영은 단발마의 신음성을 삼키며 몸이 꺾였다. 무영은 재빨리 옆으로 열 걸음 물러섰다.

얼마 전에 마주쳤을 때의 움직임이 아니었다. 한층 빨라지고 집요해졌다. 그리고,
"왠지 실성한 사람 같군."
"크흐흐흐! 키하하하하!"
소문산은 허리가 꺾일 정도로 크게 웃는다.
"이거 좋군. 정말 괜찮은데?"
무영은 슬금슬금 기분이 나빠졌다. 순간 소문산이 다시금 공격을 해왔다.
머리부터 들이밀며 들어오는 모습에 무영은 슬그머니 몸을 옆으로 틀었다.
쾅!
무영을 그대로 지나친 소문산은 커다란 거목을 들이받았다.
우두둑!
소름 끼치는 소리와 함께 거목이 쓰러졌다. 무영은 곧바로 소문산에게 달려들며 일장을 날렸다.
때마침 몸을 일으키던 소문산은 무영의 공격을 받고 튕겨 나갔다.
첨벙!
소문산의 몸이 냇가에 처박히며 물보라가 치솟았다. 무영은 차가운 표정으로 수면 위로 안착했다.
찰싹!
무영의 발바닥 아래로 물살이 부딪쳤다. 무영은 수면 위에 서서 자세를 잡았다.
"오, 오라버니?"
그때 들려온 한줄기 떨리는 목소리.
순간 무영이 고개를 돌렸다. 물가에는 막 옷을 입은 남소혜와 소화가

서 있었다.

'아차!'

무영은 뜨끔하며 재빨리 남소혜와 소화를 향해 외쳤다.

"도망쳐! 여기서 빨리 떨어져!"

"예? 예?"

"어서!"

무영의 외침과 동시에 물보라가 튀며 소문산의 신형이 공중으로 솟구쳤다.

"키하하하하! 카하하하!"

파박!

소문산은 수상비(水上飛)의 수법으로 남소혜와 소화를 향해 달려들었다.

"제기랄!"

무영은 일순간 내기를 폭사시키며 수면 위를 발로 내리찍었다.

쿠콰콰쾅!

엄청난 광음과 함께 냇가 전체가 물보라를 튀기며 폭발했다.

"크억!"

단번에 끌어낼 수 있는 모든 진기를 짜내 생성한 폭발이 무영과 소문산을 삼켰다.

"꺄악! 오라버니!"

"무영님!"

남소혜와 소화의 비명성이 희미하게 들리다가 기내 폭발음에 먹혔다.

그렇게 얼마나 지났을까. 튀었던 물보라가 가라앉았다. 그리고 그곳에는 무영과 소문산이 둥둥 떠 있었다.

"오라버니!"

남소혜는 찢어지는 목소리로 절규하며 냇가로 뛰어 들어왔다.

―헉… 헉……!
노파의 숨소리는 점점 작아지고 있었다. 눈가에는 점점 생기가 사라지고 있었다.
현은 그런 노파를 부여잡은 채 눈물을 흘리고 있다. 그리고 뒤에는 무영이 침중한 표정을 짓고 있었다.
여인은 현의 머리를 쓰다듬어 주는 한편 무영에게 시선을 주며 마지막 힘을 짜냈다.
―…도련님… 둘째 도련님을 부탁드립니다.
무영은 천천히 고개를 끄덕이며 무릎을 꿇고 앉아 식어가는 노파의 손을 꼭 잡아주었다.
―나의 하나뿐인 혈육이다. 걱정 말고 눈을 감게.
―그래요…….
노파의 입가에 자애로운 미소가 걸렸다.
―…같이 지낸… 시간… 즐거웠습니다.
육신이 천천히 식어가며 몸이 굳어지고 있었다. 그 모습을 보던 현이 발악적으로 노파의 몸을 흔들었다.
―죽지 마! 날 두고 어디 가는 거야?
현은 다급해졌다.
―저는… 이제 죽을 때가 되었습니다.
―웃기지 마! 죽게 내버려 두지 않아.
아이는 울부짖으며 소매를 걷어 올렸다. 하얗고 가는 살이 드러났다. 그런 모습을 바라보던 무영이 현의 두 어깨를 짚었다.
―뭐 하는 짓이야!

현의 외침에 무영은 가만히 고개를 저었다.

―…안 돼.

―웃기지 마! 살릴 수 있어! 나랑 살 수 있단 말이야!

철썩!

순간 현의 고개가 격하게 꺾어졌다. 무영은 엄한 표정으로 일갈했다.

―그만두지 못해!

―…이……!

―죽어가는 이를 살리려 하다니! 네가 지금 정신이 있는 거야?

―그게 뭐가 문제야!

현은 눈물이 그렁그렁 맺힌 얼굴로 절규했다. 무영은 주먹을 꽉 쥐며 말문을 열었다.

―유모까지 이 저주받은 몸으로 만들겠다고? 그게 정녕 네가 원하는 거야?

현은 이를 뿌득 갈았다.

―…개새끼.

―…….

―형이 뭐라고 하던 난 살릴 거야.

현은 자그마한 몸으로 무영을 들이받았다.

쿵!

갑작스런 현의 공격에 방비하지 못한 무영은 벽에 부딪쳤다.

―크윽……!

정신이 혼미해져 갔다. 몸을 움직일 수 없었다.

―아아…….

무영은 넋이 나간 얼굴로 고개를 떨궜다. 현은 칼로 팔목을 그어 유모의 입에 피를 떨구고 있었다.

―살아날 거야. 그리고 나랑 영원히 함께 사는 거야.

현은 초점이 풀린 얼굴로 중얼거리고 있었다. 그리고 무영은 정신을 잃었다.

그리고 얼마의 시간이 흘렀을까.

무영은 눈을 떴다.

―크윽…….

아직 뒷머리가 저릿저릿 아팠다. 무영은 머리를 매만지며 몸을 일으키려 했다. 그때 침상 앞에 주저앉아 있는 현을 발견할 수 있었다.

현의 눈은 시퍼렇게 빛나고 있었다.

―현아…….

―유모는 이미 죽어 있었어.

현은 무릎을 모아 팔로 감싼 채 무영을 노려보았다.

―네놈 때문이야.

―…….

―살 수 있었어. 네놈이 잡지만 않았으면 살 수 있었다고.

무영은 슬픈 기색으로 천천히 걸음을 옮겼다.

침상 위에 누워 있는 한 구의 시신.

삼십 년간 자신들을 보살펴 준 유모였다. 이십대의 꽃다운 나이에 와 가버린 여인. 유난히 현을 귀여워했었다.

둘의 신체의 비밀에도 불구하고 변함없이 애정을 주었던 고마운 존재였다. 하지만 이제 싸늘하게 식어 있었다. 무영은 소매로 유모의 입가에 어지러이 묻어 있는 혈흔을 닦아주려 했다. 하지만 현이 무영의 손을 쳐냈다.

―만지지 마!

무영은 현을 바라보며 굳게 닫혀 있던 말문을 열었다.

─그녀는… 인간으로 죽고 싶었을 거야.
─용서하지 않을 거야.
현은 핏발 선 절규를 토해내며 방을 나섰다. 무영은 현의 뒷모습을 바라보며 착잡한 표정을 짓고 있을 수밖에 없었다.

무영은 눈을 떴다.
천천히 몸을 일으켰다.
"꿈… 인가?"
아까 소문산과의 접전 이후로 위험에 처한 남소혜와 소화 때문에 내기를 폭사시켰다.
"그리고 보니!"
무영은 재빨리 몸을 일으키려다가 온몸에 느껴지는 격통에 얼굴을 일그러뜨렸다.
"크윽……."
"오라버니!"
그때 남소혜가 재빨리 달려왔다.
"소혜."
무영은 그제야 한숨을 내쉴 수 있었다.
"오라버니, 괜찮으세요?"
"…소화 소저는?"
무영의 힘겨운 물음에 남소혜는 고개를 끄덕였다.
"예! 언니도 괜찮아요. 걱정 마세요."
"다행이다… 무사했구나."
무영은 짧게 한숨을 내쉬다가 주위를 살폈다.
"…내가 얼마나 의식을 잃고 있었니?"

"하루요. 바보! 얼마나 걱정했는지 아세요?"

남소혜는 결국 참았던 눈물을 터뜨렸다. 무영은 쓴 미소를 지으며 남소혜의 머리를 쓰다듬어 주었다.

"미안하구나. 그것보다 놈은?"

무영의 물음에 남소혜는 몸을 부르르 떨었다. 아직도 어제의 생각만 하면 오금이 저려왔다.

"사, 사라졌어요……."

"사라져?"

무영의 물음에 남소혜는 눈물이 그렁그렁 맺힌 채로 고개를 끄덕였다. 다급한 김에 무영을 먼저 추스르고 보니 어느새인지 소문산은 사라진 상태였다.

그 이야기를 들은 무영은 천천히 고개를 끄덕이며 생각했다.

'도망쳤군.'

하지만 뒤이어진 생각이 무영의 뇌리를 헤집었다. 짧은 시간에 너무나도 바뀐 무력, 그리고 반쯤 실성한 듯한 인상이 마음에 걸렸다.

'뭘까? 도대체 어떻게 그런 짧은 시간에 바뀔 수 있지?'

무영은 얼굴을 일그러뜨렸다.

어느 한군데 안 아픈 곳이 없었다. 일단 생각은 뒤로 미뤄야 할 것 같았다.

"깨어났나 가보려고?"

창가에 앉아 있던 연류진이 눈을 동그랗게 뜨며 소화를 바라보았다.

"예. 걱정이 돼서… 저랑 소혜를 구해주다가 그렇게 다친 거니까요."

"그래."

연류진은 선선히 고개를 끄덕였다.

"괜찮으셔야 할 텐데……."

"예."

소화는 얼굴을 붉히며 고개를 떨궜다. 왠지 연류진의 얼굴을 볼 용기가 나지 않았다.

그런 뜻밖의 말을 들었기 때문이다. 더욱이 저런 걱정스런 표정이라니. 어제 그 이야기를 듣고 난 후부터 안절부절못하는 모습이 자꾸만 마음에 걸린다.

'정말일까?'

소화는 살며시 고개를 들다가 연류진과 눈이 마주치자 움찔거리며 뒤로 한 걸음 물러섰다.

'설마…….'

결국 그동안 자신에게 싸늘하게 대했던 모든 행동들이 톱니바퀴가 돌아가듯 자연스럽게 유추되었다.

'질투였어?'

소화는 입술을 살짝 배어 물었다.

"왜 그러니?"

연류진은 영문을 모르겠다는 표정으로 고개를 갸웃거렸다. 그런 모습에 소화는 못내 고개를 저었다.

"아무것도 아닙니다."

"아무것도 아닌 게 아닌 것 같은데? 말해봐?"

연류진의 거듭된 닦달에 소화의 눈가에 눈물이 솟았다. 뜻밖의 모습에 당황한 것은 연류진이었다.

"에? 우는 거니?"

"흐흑!"

소화는 눈물을 훔치며 몸을 돌렸다.

"아……."

연류진은 창가를 손으로 짚으며 안타까운 표정을 흘렸다.

"저녁은 주고 가지……."

연류진은 눈살을 찌푸리며 홀쭉이 들어간 배를 매만졌다.

*   *   *

한줄기 빛도 들지 않는 창고 안이었다.

"끄윽! 끄윽!"

여인은 바들바들 떨고 있었다. 거칠어진 손으로 입을 막으며 터져 나오는 비명을 억지로 막았다.

갑자기 왜 이렇게 된 것인지 영문을 알 수가 없었다.

"아악!"

바깥에서 들려오는 찢어질 듯한 비명 소리.

여인은 무릎 사이에 얼굴을 처박았다. 양손으로 귀를 꽉 막았지만 소용없었다.

"살려줘."

있는 힘껏 소리도 지르지 못하고 쥐어짜듯 중얼거렸다.

"크아악!"

다시 한 번 들려오는 처절한 비명 소리에 여인의 눈이 꽉 감겼다.

"헉! 헉!"

심장이 세차게 뛰었다. 숨을 고르려 했지만 거친 숨만 뿜어 나왔다.

덜컹!

갑자기 주위가 환해졌다. 여인은 여태껏 참아두었던 공포를 터뜨렸다.

"꺄아아악!"

"저년이냐?"

"에? 예! 마, 맞습니다!"

공포에 가득 질린 얼굴로 서 있던 사내가 황급히 답했다. 집에서 잡일을 보는 유 서방이었다.

옆에 서 있던 경장 차림의 여인은 고개를 끄덕이며 천천히 검을 들었다.

"그래? 수고했다."

경장 여인은 무감정한 얼굴로 검을 휘둘렀다.

서걱!

털썩.

사내가 피를 뿜으며 바닥에 널브러졌다. 여인은 몸을 둥글게 말며 바닥에 찰싹 붙었다.

"더러운 년."

경장 여인의 입가에 자조 섞인 미소가 떠올랐다.

"이리 와."

경장 여인은 여인의 머리채를 잡고 걸음을 옮겼다.

"으아악!"

여인은 버둥거리며 온몸으로 거부했다. 하지만 경장 여인은 개의치 않았다. 그녀가 아무리 발버둥을 쳐도 경장 여인의 걸음은 멈추지 않았다.

털썩!

"아악!"

여인은 바닥에 널브러졌다.

"아아!"

정신 나간 사람마냥 주위를 살폈다. 여기저기 널브러져 있는 참혹한 시신에서 흘러나온 역한 혈향(血香)이 방 안을 가득 메우고 있었다. 그리고 오만한 자세로 앉아 있는 중년 여인과 눈이 마주치는 순간 고개를 처박았다. 그녀가 이 무시무시한 무리의 수장임을 직감적으로 느낀 탓이다.

"고개를 들어라."

"살려주세요."

여인은 울먹였다. 그때 자신을 끌고 온 경장 여인이 머리채를 잡았다.

"고개 들라잖아!"

"으아아!"

여인은 울부짖기만 했다. 그런 모습에 경장 여인이 검을 목에다 들이밀었다.

"그 입 안 닥쳐?"

"흐극! 끄윽!"

여인은 필사적으로 입을 다물며 울음을 참으려 애썼다.

죽고 싶지 않았다.

중년 여인은 그런 여인을 한심스런 표정으로 바라보다가 말문을 열었다.

"네년이 연지옥이냐?"

"예! 예, 제가 연지옥입니다."

여인, 연지옥은 필사적으로 고개를 끄덕였다.

"살려주세요. 제발 살려주세요!"

중년 여인의 표정이 굳어졌다.

추잡하다. 너무도 역겨워서 구역질이 나올 것만 같았다.

"영이를 알지?"

"살려주… 예?"

"영이를 알고 있지?"

준엄한 어조에 여인은 크게 고개를 끄덕였다. 모를 리가 없었다.
"예! 예! 알고 있습니다."
양자로 들어왔던 아이. 끔찍이 귀여워했었다.
영이는 시비들에게 있어 무언가 이상한 아이였다.
칭얼거리거나 엉겨 붙지 않았다. 언제나 방 안은 깔끔하게 정리되어 있었고, 행동거지도 일정했다.
도저히 어린아이라고는 보이지 않을 정도였다.
그것은 연지옥에게도 마찬가지였다. 도리어 연지옥을 알게 모르게 배려하는 모습을 보이기도 했다. 아침저녁으로 문안 인사를 드리고 식사는 꼭 같이 했다. 무언가 간식거리가 있으면 혼자 먹는 법이 없었다.
눈에 띄게 애교를 부리거나 하는 적은 없었지만 언제나 연지옥의 곁에 있었다.
차츰 연지옥의 입가에 미소가 머금어져 있는 날이 많아졌다. 시비들은 그런 모습을 보며 안도했다.
사실 연지옥은 삼 년 전 남편과 자식 모두를 사고로 잃었다. 그 후로 결코 미소를 짓지 않았다. 언제나 넋이 나간 사람마냥 행동하기 일쑤였고, 삶의 의욕이 한 점도 없어 보였다. 그 모습을 보다 못한 시비가 고아원을 소개시켜 주었다. 어떻게라도 생각을 다른 곳으로 돌려야 한다고 생각했기 때문이다.
처음의 영이는 연지옥에게 있어 어둠 속에 비친 한줄기 서광이었다. 하지만 시간이 지나면 지날수록 연지옥의 표정은 예전과 같이 변해갔다.
그것은 영이의 기이한 신체 때문이었다. 양자로 들어온 지 사 년 동안 아이는 언제나 똑같은 모습이었다.
성장하지 않았다. 또래에 비해 늦을 수도 있다고 생각했지만 머리카락이나 손톱, 발톱까지 자라지 않는 것은 분명 이상했다. 그런 것은 한 번도 들어보지 못했다.

차츰 연지옥이나 시비들은 불안감에 휩싸여 갔다.

집 안은 점차 침묵 속에 빠져 들어갔다. 귀여워해 주었던 연지옥과 시비들의 눈빛은 공포로 바뀌었고, 점점 영이는 고립되어 갔다. 누구 한 명 가까이 가려 하지 않았던 것이다.

밖으로 새나가는 것이 두려웠다. 결국 연지옥은 영이를 감금하기로 결정했다.

"이게 어머니의 뜻인가요?"

영이는 감금되기 직전 연지옥에게 물었다. 하지만 그녀는 대답하지 못했다.

아이는 너무도 선선히 연지옥의 말에 따랐다. 마치 몇 번이나 반복되었던 일이라는 반응이었다.

달칵.

문이 봉해졌다. 연지옥은 그 모습을 바라보며 손톱을 물어뜯었다. 그것이 마지막 모습이었다.

연지옥이 가지고 왔던 패물들이 없어지지만 않았더라면 원래부터 없었던 아이라고 생각할 정도로 깔끔하게.

그 후에 연지옥은 아이가 감금당했던 곳을 돌아보며 생각했다. 두려웠기에 그런 극단적인 조치를 취했다.

하지만 이내 한 가지 의문점을 생각해 냈다.

왜 내치지 못했을까.

감금당했을 때 보였던 익숙함으로 미루어보아 선선히 물러났을 것이다.

그런데 어째서…….

뚝!

연지옥은 눈물을 흘렸다. 비록 크지 않는 괴물이었지만.
"나는 그 아이를 사랑했구나."
연지옥은 뒤늦게 깨달았다, 사랑했기에 내치지 못했음을.
중년 여인은 연지옥을 바라보며 입술을 살짝 배어 물었다.
"그게 다냐?"
"예."
연지옥의 말을 끝났다. 중년 여인의 눈가에는 눈물이 그렁그렁 맺혀 있었다.
"나 역시 마찬가지였다."
부어오른 연지옥의 눈가가 흔들렸다.
영이와 처음 만나게 된 것은 어린 입교 희망자 중 재능이 뛰어난 아이를 선별해 데려다 거두는 제도 때문이었다.
그렇게 이어진 인연이었다.
"구 년을 같이 살았다. 그 아이와는……."
중년 여인은 고개를 살짝 들며 말을 이어나갔다.
"하지만 시간이 지나고… 너와 마찬가지로 나 역시 두려웠다. 그래… 영이의 소문이 새어 나간 적이 있었지."
옆에 있던 경장 여인의 어깨가 살짝 떨렸다. 그 무렵은 조금만 건드려도 터질 것 같은 긴장감이 집 안 전체에 팽배했다.
"영이는 나를 떠나 버렸다. 벌을 받은 거야. 그런데."
중년 여인의 표정이 갑작스레 싸늘하게 변모했다.
"나 감미란을 버리고 찾은 이가 너 같은 년이라고?"
감미란의 목소리가 살기를 머금기 시작했다.
"사랑했다고? 웃기지 마."
감미란이 몸을 일으켰다. 그리고 연지옥의 멱살을 잡아채며 으르렁거렸다.

"지금이라도 영이가 돌아온다면 너는 받아들일 수 있나?"

"……."

연지옥은 쉽사리 대답하지 못했다.

감미란은 싸늘한 눈빛으로 또박또박 말을 이어나갔다.

"그게… 너와 나의 차이점이다."

감미란은 연지옥을 바닥에 내쳤다.

"인."

"예."

감미란의 부름에 옆에 부복해 있던 경장 여인이 답했다. 감미란은 넋 나간 표정으로 바닥에 주저앉아 있는 연지옥을 노려보았다.

인은 검을 뽑아 들며 연지옥에게 다가갔다.

"천박한 입으로 오라버니를 사랑했다 두둔하지 마."

날카로운 검이 하늘로 솟았다. 인의 표정은 냉정했다.

"짜증나니까."

팟!

툭! 데구르르!

인의 검이 아래로 내리그어졌다. 잠시 후 앉아 있던 감미란의 발끝에 연지옥의 머리가 굴러와 멈췄다.

연지옥의 얼굴은 공포에 일그러진 형상 그대로 굳어져 있었다. 감미란은 잘 벼린 검날 같은 안광을 유지하고 있었다.

"개 같은 년."

감미란은 한쪽 발을 들어 연지옥의 머리를 내리 밟았다.

퍽! 소리와 함께 연지옥의 머리가 연한 홍시처럼 터지며 허연 뇌수가 감미란의 발을 적셨다.

인은 재빨리 수건을 꺼내 감미란의 발에 묻은 이물질을 닦아냈다.
"휴우."
그제야 감미란은 짧게 한숨을 내쉬며 의자에 몸을 푹 기댔다.
"결국… 아무런 단서도 찾지 못했어."
"좋게 생각하십시오. 꼭 찾을 수 있을 겁니다."
인은 애처로운 표정으로 감미란을 달랬다. 그 마음을 모르는 바는 아니었다. 인 역시 그러했으니까.
이렇게 위로해 주는 수밖에 달리 방도가 없었다. 그때였다. 한 여인이 급한 걸음으로 다가오고 있었다.
"무슨 일이냐?"
인의 물음에 여인은 부복을 하며 서신을 꺼냈다.
"본 교에서 서신이 왔습니다."
"본 교에서?"
앉아 있던 감미란의 눈썹이 꿈틀거렸다.
"이것을."
"음."
인이 서신을 받아 들고 내용을 쭉 살피기 시작했다.
처음 고요했던 인의 표정이 내용을 읽어갈수록 환하게 변해갔다.
"무슨 내용이더냐? 어서 말해보거라."
혹시 다른 정보가 들어왔을지도 모르는 일이었다. 감미란은 인을 닦달했다.
인은 감미란의 앞에 무릎을 꿇으며 흥분된 어조로 말문을 열었다.
"행적을 알아냈답니다."
"그래? 어디냐? 어서 말해보거라."
감미란의 재촉에 인은 미소를 지었다. 이제는 거진 찾은 것이나 다름

없었다.
"오라버니는 현재 수도로 향하고 있답니다."
"수도?"
"예."
감미란은 고개를 끄덕이며 몸을 일으켰다.
"읭."
"예!"
"바로 간다."
감미란은 옷매무새를 가다듬으며 걸음을 옮기기 시작했다.
'이제 볼 수 있어.'
감미란의 입가에 부드러운 미소가 걸쳐졌다.

제20장
불나방은 불꽃을 향해 날아든다

불나방은 불꽃을 향해 날아든다

소요는 적이 보낸 서신을 읽으며 눈살을 찌푸렸다.

그림자는 순진한 무사들을 골려먹고, 여인들의 목욕 장면을 몰래 훔쳐보려다가 소문산과 마주쳤습니다.

결과는 양패구상. 하지만 소문산 쪽의 상처가 더욱 큽니다. 제가 수습했습니다만 의식 불명 상태라 언제 깨어나게 될는지는 모르겠습니다.

밤에는 날씨가 춥습니다. 주무실 때 두꺼운 이불 쓰십시오. 저는 고뿔에 걸렸습니다. 크응!

그림자는 못 봤지만 저는 여자애들 목욕 장면 봤는데, 솔직히 별로 볼 것 없었습니다. 주군이 훨씬 잘 빠지셨어요. 주군 최고!

추신:주무실 때 제 꿈 꾸세요.

적(赤).

"훗!"

소요는 이마를 손으로 짚으며 미소를 지었다. 왜 이런 식으로 서신을 끝맺는가.

"이 바보가!"

소요가 서신을 바닥에 내팽개치며 씩씩거렸다.

"무, 무슨 일이십니까?"

안이 소란스러워지자 밖에서 대기하던 궁녀가 황급히 들어왔다. 그런 모습에 소요는 짐짓 차분한 표정을 지으며 손을 내저었다.

"아무것도 아닙니다. 물러가세요."

"예? 하, 하지만……."

"어서요."

소요는 짐짓 낮은 어조로 말문을 열었다.

"예."

궁녀는 주춤거리면서도 소요의 명을 받들었다. 이내 방 안에는 그녀 혼자만이 남아 있었다.

"휴우."

소요는 한숨을 내쉬며 바닥에 떨어진 서신을 힐끗 바라보았다. 그렇게 잠시 고심하다가 이내 서신을 집어 들어 곱게 접었다.

"내가 더 잘빠졌다니 봐준다."

소요는 서신을 품에 소중히 갈무리했다. 입가에는 왠지 모를 뿌듯한 미소가 지어져 있었다.

* * *

백리현은 눈을 떴다.

"일어나셨어요?"

문득 들려온 귀여운 목소리. 백리현은 몸을 일으키며 목소리가 들린 쪽으로 시선을 주었다.

침상 앞에는 자그마한 사내아이가 생글생글 웃으며 서 있었다.

"너… 누구니?"

백리현의 물음에 사내아이는 예의 바르게 꾸벅 인사를 하며 말문을 열었다.

"오늘부터 아가씨를 모시게 된 종자입니다. 잘 부탁드려요."

"어? 그래."

백리현은 떨떠름한 표정으로 흐트러진 머리를 매만졌다.

"잠시만요."

아이는 재빨리 품에서 빗을 꺼내더니 백리현에게 건넸다.

"여기요."

"고마워."

"제가 빗겨 드릴까요?"

"응?"

백리현이 고개를 갸웃거렸다. 아이는 배시시 웃으며 의자에 앉을 것을 권했다.

백리현은 천천히 고개를 끄덕이며 침상에서 내려와 의자에 앉았다.

"음……."

아이는 고개를 들어 백리현의 뒷머리를 바라보았다. 손을 뻗어보았지만 닿을랑 말랑 한 높이였다.

"아!"

아이는 손바닥을 탁 치더니 쪼르르 달려가서 나무 상자 하나를 끌고 오더니 폴짝 올라갔다.

"헤헤! 이제 손이 닿네요."

"풋!"

문득 백리현이 실소를 터뜨렸다. 낑낑대는 모습이 퍽 귀엽게 보였기 때문이다.

"몇 살이니?"

"열 살이요."

"열 살?"

"그렇지 않을까라고 생각하고 있어요. 나 아무것도 모르니까요."

아이는 세심한 손길로 백리현의 머리를 빗겨주기 시작했다.

"내 동생도 열 살이야."

"헤에?"

"남동생. 너 보니까 생각나네."

문득 무영의 웃는 얼굴이 생각났다. 백리현은 짧게 한숨을 내쉬었다. 갑자기 사라져 버렸다. 그 덕분에 세가 전체가 완전히 뒤집혀 버렸다.

백리현은 쓴 미소를 지으며 자신의 이마를 툭툭 쳤다.

'뭐가 뭔지는 모르겠지만… 나도 현재 이런 상태네.'

깨어나 보니 이런 곳에 와 있었다.

"너는 여기가 어딘지 아니?"

도리도리.

아이는 고개를 저었다.

"밖으로 나가본 적이 없어요."

"…그래?"

아이의 대답에 백리현의 표정이 굳어졌다. 백리세가에서 납치된 지 벌써 석 달째였다. 하지만 이곳이 어디인지, 누가 어떤 이유로 자신을 납치했는지조차 모르고 있었다.

'그러고 보니… 아무것도 모르고 있네.'

백리현은 짧게 한숨을 내쉬었다.

참으로 이상한 곳이었다. 분명 백리현은 납치된 상태였다. 잘은 모르지만 제약이 있거나 무서운 사람들이 감시하는 것이 보통이라고 생각했다. 하지만 전혀 그렇지 않았다.

감시하는 자도 없다. 사람들도 보이지 않는다.

백리현이 여지껏 본 사람들은 둘뿐이었다. 어제까지 자신을 돌보던 늙은 여인, 그리고 지금 눈앞에 서 있는 사내아이.

몇 번 백리현은 이곳에서 나가기 위한 시도를 해보았다. 하지만 웬일인지 같은 길을 뱅뱅 돌기만 할 뿐이었다. 분명 벽을 짚고 걸었건만 돌아와 있다.

결국 백리현은 포기할 수밖에 없었다. 그녀에게 허락된 공간은 널찍한 이 방과 문을 나서면 바로 보이는 화단. 그리고 방 옆에 달려 있는 화장실.

마지막으로 방에 붙어 있는 자그마한 주방뿐이었다.

"여기는 사람이 없니?"

"음… 저도 본 적이 없어요."

아이는 싱긋 웃었다.

"자고 일어나 보니 이곳에 있었어요. 이것 봐요."

아이가 품에서 서신을 꺼내 보였다.

"이리 줘봐."

백리현이 재빨리 서신을 건네받아 펼쳤다.

단지 백리현을 시중들라는 말밖에 쓰여져 있지 않았다.

"……."

혹시나 하는 마음이었건만 맥이 빠졌다.

꼬르륵.

침묵을 깨는 소리가 백리현의 배에서 들려왔다.

"그러고 보니 배고프네."

"아! 저도요."

"이를 어쩐담… 아주머니도 없고."

여인이 있을 때는 식사 걱정을 하지 않았다. 꽤나 훌륭한 솜씨였기 때문이다. 하지만 이제 남은 이라고는 아이뿐이다.

"식사 준비해야지."

아이의 말에 백리현이 눈을 동그랗게 뜨며 반문했다.

"밥할 줄 알아?"

"그럼요. 제 특기가 가사거든요."

아이는 환하게 웃으며 방을 나섰다.

"잠시만 기다리세요. 밥은 앉혀놓고 왔거든요."

잠시 후 백리현의 앞에는 김이 모락모락 나는 흰 쌀밥과 생선찜. 그리고 몇 가지 밑반찬이 먹음직스럽게 놓여 있었다.

"진짜네?"

"예?"

"아니, 놀랍다고. 아직 이렇게 어린데."

아이는 배시시 웃으며 뒷머리를 긁적였다.

"어려서부터 배운 거라고는 가사일밖에 없는걸요. 이 정도는 기본이에요."

아이는 젓가락을 백리현에게 건네주었다.

"어디 맛도 좀 볼까?"

백리현은 생선살을 집어 입에 넣고 오물거렸다.

"어?"

"왜요?"

"…맛있어."

백리현은 놀랍다는 눈빛으로 아이를 쳐다보았다. 아이는 히죽 웃으며 고개를 끄덕였다.

"맛있지요?"

"응."

"입맛에 맞지 않으면 말해주세요."

"너는 안 먹니?"

백리현의 물음에 아이는 머리를 긁적이며 말문을 열었다.

"저는 나중에."

"같이 먹자."

"그럴 수는 없어요. 제가 어떻게 아가씨랑 한자리에서 먹을 수 있나요? 신경 쓰지 마세요."

아이의 말에 백리현은 고개를 저으며 짐짓 엄한 표정으로 말문을 열었다.

"우리 둘밖에 없잖아. 가져와."

"하지만……."

"어서."

그제야 아이는 고개를 끄덕이며 주방에서 자기의 밥을 가져왔다. 생선찜이나 밑반찬 등 백리현의 식단에 비해 아이는 참으로 초라했다. 밥과 간장 달랑 두 가지가 다였기 때문이다.

"그게 다야?"

"네. 저는 이거면 돼요."

아이는 만족스런 웃음을 지으며 젓가락을 들었다. 그러면서도 절대 백리현의 반찬에 손을 대는 법이 없었다.

"너 바보니?"

"예?"

"너 바보냐고."

백리현의 목소리가 날카로워졌다.

"휴우!"

백리현은 한숨을 내쉬며 아이 쪽으로 생선찜을 밀어주었다.

"같이 먹자."

"괜찮아요."

아이는 계속해서 답답한 말만 되풀이한다. 결국 백리현의 목소리가 커졌다.

"우리 둘밖에 없잖아."

"……."

"어서 먹어."

백리현의 날카로운 목소리에 아이는 하얗게 질린 얼굴로 몸을 바르르 떨었다.

"아……."

그제야 백리현의 표정에 난감한 기색이 떠올랐다. 어려서부터 이렇게 살아온 아이였다. 갑작스레 바뀔 리가 없지 않은가. 결국 백리현은 아이를 윽박지른 꼴밖에 되지 않았다.

아이는 철이 들 무렵부터 주인을 모시는 종자로서 수업을 받은 것이 틀림없었다.

백리현은 조심스럽게 아이에게 손을 뻗었다. 순간 아이가 눈을 꼭 감으며 몸을 움츠렸다.

"…미안."

"……?"

아이의 눈이 살며시 떠졌다. 하지만 큰 눈망울에는 아직까지 공포가 남아 있었다.
"안 때려."
"…저, 정말이요?"
아이의 눈가에 눈물이 맺혀 있었다. 백리현은 고가를 끄덕이며 말문을 열었다.
"이리 와봐."
아이는 주춤거리며 백리현에게 다가왔다.
"가여운 것."
백리현은 조심스럽게 아이를 품에 안았다.

백리현은 아이와 함께 방 앞 화단을 정리하고 있었다. 이런 소일거리라도 있지 않았다면 미쳐 버렸을지도 몰랐다.
"날씨가 좋다."
백리현은 꽃에 물을 주며 하늘을 올려다보았다. 구름 한 점 없는 화창한 날씨였다.
"정말이요."
아이는 방 앞의 복도를 빗질하며 백리현의 말을 받았다.
"이런 날은 밖으로 나돌아다녀야 하는데."
"하지만 나갈 수가 없지요?"
"그래."
백리현은 쓸쓸한 미소를 지으며 꽃봉오리를 매만졌다.
"점심 시간이 다가오네요. 오늘은 화단에서 먹을까요?"
"응. 그래."
백리현은 미소를 지으며 고개를 끄덕여 주었다. 아이는 귀여운 미소를 지으며 주방으로 걸어갔다.

잠시 후 둘은 화단 한 켠에 마주 앉아 식사를 했다.

나물 반찬과 돼지고기 조림.

소박하지만 정갈한 식사였다. 아이와 같이 지낸 지도 일주일. 이제는 백리현을 무서워하지 않게 되었다.

"아! 내 정신 좀 봐."

"예?"

"네 이름."

"예?"

"그동안 네 이름도 묻지 않았잖아."

백리현의 물음에 아이는 싱긋 웃으며 아무렇지도 않게 말문을 열었다.

"저도 몰라요."

"예?"

아이는 반찬을 집으며 말을 이어갔다.

"기억이 없어요."

툭.

백리현의 젓가락이 바닥에 떨어졌다.

"새 것으로 가져올게요."

아이는 부랴부랴 떨어진 젓가락을 집어 들고 몸을 일으켰다.

"기억이 없다고?"

아이가 주방 쪽으로 몸을 돌리기 전 백리현이 물었다.

"듣기로는 부모님이 저를 팔았다고 하더라고요. 그것밖에 몰라요."

아이는 배시시 웃으며 말을 이어나갔다.

"많이 가난했나 봐요."

"…이상해."

백리현은 고개를 떨구며 중얼거렸다.
"그렇잖아? 어떻게 아무렇지도 않게 말할 수 있어?"
아이는 침울하게 가라앉은 눈망울로 말문을 열었다.
"…하지만… 흔한 일인걸요."
"흔한 일……?"
아이는 고개를 끄덕였다.
"절 가르쳐 주신 아주머니가 그러셨어요. 흔한 일이라고."
아이는 새 젓가락을 가지러 주방으로 가며 한마디 덧붙였다.
"그래도 밥은 안 굶잖아요. 그거면 됐죠."
백리현은 아무런 말도 할 수 없었다.
비록 백리세가의 세력이 약하기는 했지만 엄연히 다르다. 백리현은 생존에 타격을 받을 정도로 돈에 쪼들린 적이 없었기 때문이다.
"결국… 난 아무것도 모르는 철없는 년이었구나?"
백리현은 시름 어린 한숨을 내쉬었다.
"여기 젓가락이요."
때마침 아이가 젓가락을 가지고 돌아왔다. 백리현은 그것을 받으며 잠시 고심하다가 은근한 목소리로 권했다.
"이제부터… 누나라 불러주지 않겠니?"
"예?"
아이는 놀란 토끼처럼 눈을 크게 뜨며 백리현을 바라보고 있었다. 백리현은 미소를 띠며 아이를 바라보았다.
"그렇게 놀랄 것 없어."
"…저는 아가씨를 모시는 종자……."
말까지 더듬는 모양새가 귀엽다.
"뭘 모시니? 어차피 나도 잡혀온 처진데. 너랑 다를 것 없어."

"하, 하지만……."
"하긴… 아직은 힘들겠지."
백리현은 씁쓸한 미소를 지으며 아이의 머리를 쓰다듬어 주었다.

"저번에 말씀하신 것 있지요?"
보름째 되던 날 아이는 방의 창문을 열며 말했다.
"어?"
의자에 앉아 꽃가지를 정리하던 백리현이 눈을 크게 뜨며 반문했다. 아이는 주춤거리면서 고개를 끄덕였다.
"아가씨께서 누나라 부르라고 한 것……."
"아! 응!"
"…그렇게 할게요."
아이는 볼을 긁적이며 쑥스러운 듯 말문을 열었다.
"누나라고 불러도 될까요?"
"당연하지."
백리현의 입가에 부드러운 미소가 머금어졌다.
"불러봐."
"예?"
"누나라고."
백리현의 제안에 아이의 얼굴이 붉어졌다.
"어서."
백리현은 아이의 양 볼을 잡아 늘리며 장난스럽게 재촉했다. 아이는 더듬거리면서도 말문을 열었다.
"누, 누나."
"그래, 내 동생."

백리현은 아이를 품에 안아 머리를 쓰다듬어 주었다.

"이제 두 명이 됐어."

백리현의 입가에 미소가 걸렸다. 아이는 백리현의 품 안으로 깊숙이 파고들며 얼굴을 묻었다.

"그러고 보니… 네 이름을 지어야겠어."

"예?"

백리현의 중얼거림에 아이가 고개를 들었다.

"이름을 모른다고 했잖아."

"예."

"그러니까, 내가 지어줄게."

백리현은 아이의 등을 토닥이며 고심했다.

"뭐라고 해야 좋을까."

하지만 의외로 쉽게 머리를 스치는 이름이 있었다.

"유하……"

백리현은 잠시 중얼거리다가 눈을 크게 뜨며 환하게 웃었다.

"내 성이 백리니까, 백리유하."

"유하(流河)? 흐를 유에 강 하?"

아이의 중얼거림에 백리현은 미소를 지었다.

"글 배웠니?"

아이는 고개를 끄덕였다.

"절 가르쳐 주셨던 아주머니가 틈틈이 알려주셨어요."

"장하네."

"헤헤."

아이는 배시시 웃으며 자신의 이름을 되뇌였다.

"유하… 유하……"

아이는 부드러운 미소를 지으며 자신의 이름을 조용히 읊조렸다.
"흐르는 강물이라… 멋지네요?"

　　　　　　＊　　　　＊　　　　＊

"저, 저기요."
"예?"
갑자기 들려온 목소리에 고개를 들어보니 소화가 서 있었다. 무영은 피식 웃으며 자신의 옆 자리를 손으로 탁탁 쳤다.
"여기 앉아요."
"예."
소화는 평소답지 않게 자리에 앉았다.
"몸은 괜찮으세요?"
"예, 덕분예요."
무영은 고른 숨을 내쉬며 잠든 남소혜에게 이불을 덮어주었다.
"피곤했나 보네요."
소화는 미소를 지었다.
"이 아이… 얼마나 울었는지 아세요?"
무영은 희미한 미소를 지어 보였다. 그 일이 있고 벌써 삼 일이 흘렀다. 무영의 빠른 회복은 모든 이들에게 놀라움으로 다가왔다.
"내일이면 하북성이군요."
"예."
무영은 기지개를 켰다. 몇 달의 시간이 지나고 이제는 목적지에 가까워졌다. 아직 황도까지는 열흘 정도 더 가야 했지만 말이다.
"저녁이면 안양(安陽)입니다. 내일 저녁은 하북성에서 먹을 수 있겠어요."

"그러네요."

"긴 시간 동안 수고 많으셨어요."

무영의 말에 소화는 살포시 미소를 지으며 고개를 저었다.

"아직 도착 안 했는걸요."

"그런가요?"

무영은 희미한 미소를 지었다.

"아가씨는 어떠세요?"

무영의 물음에 소화의 얼굴이 굳어졌다. 무영은 내심 웃었지만 겉으로 드러내지 않았다.

"그건 왜 물으시지요?"

"아니… 그저… 궁금해서요."

무영은 지나가는 말투로 피하는 기색이었다. 소화는 주먹을 꽉 쥐었다.

"마음에 있으신가요?"

"예?"

"저희 아가씨한테 마음 있으시냐고요."

무영은 어색하게 웃으며 머리를 긁적였다.

"그건 왜 물어보지요?"

"왜냐니요?"

소화는 안타까움 섞인 어조로 중얼거렸다.

"안 돼요."

"……?"

무영은 짐짓 고개를 갸웃거렸다. 소화는 눈물까지 글썽이며 말문을 열었다.

"그러시면 안 돼요."

소화는 고개를 떨궜다. 그녀의 어깨가 애처롭게 흔들리고 있었다. 무영은 짧게 한숨을 내쉬며 손을 들었다.

스윽.

무영의 손이 소화의 어깨에 닿았다.

"당신들이야말로 안 됩니다."

무영은 부드럽게 소화의 어깨를 토닥이며 말을 이어나갔다.

"나는 위험하거든요."

"예?"

무영의 입가에 쓴 미소가 걸렸다.

"계속 싸움에 휘말릴 수밖에 없는 남잡니다, 나는."

소화는 놀란 얼굴로 무영을 올려다보았다. 무영은 부드러운 미소를 지으며 그녀와 눈을 마주쳤다.

"안양에서 헤어지도록 하지요. 아무리 생각해 봐도 그것이 가장 최선입니다."

갑작스런 말에 소화는 눈을 동그랗게 뜬 채 멍하니 무영을 바라보고 있었다. 무영은 쓴 미소를 지으며 잠든 남소혜의 머리를 쓰다듬어 주었다.

"이 아이와도 꽤나 정이 들었는데… 어쩔 수 없지요. 나에게 이런 인연은 사치였던 걸까요?"

하마터면 남소혜를 잃을 뻔했다.

그리고 싶지는 않았다. 또한 소화와 연류진 역시 마찬가지다. 이용하기 위해 접근했지만 더 이상은 안 된다.

"휴우."

무영은 긴 한숨을 내쉬었다.

　　　　　　*　　　*　　　*

　사도련의 대문을 지키고 있는 황초는 언제나 자부심을 가지고 있었다.
　사파를 대표하는 사도련의 초입이 그로 인해 지켜지고 있었기 때문이다. 언제나 동료들과 술을 마실 적에는 그러한 자신을 자랑하고는 했다.
　올해 나이 서른둘.
　아직 총각인 황초는 여자에게 관심이 없었다. 사도련을 지킨다는 자부심이 자연스럽게 여자를 멀리하게 만들었다.
　"오, 오, 오셨습니까!"
　물론 거짓말이다.
　사도련은 붉어진 얼굴로 눈앞에 서 있는 백의경장 여인을 향해 외쳤다.
　"수고하시네요."
　경장 여인은 입가에 살며시 미소를 띤 채 황초의 인사를 받았다.
　백의경장 여인은 말 그대로 천사였다. 한 떨기 수선화 같은 청초함, 손만 대도 스러질 것 같은 병약함.
　그녀는 완벽했다.
　모든 남자들의 꿈이었다.
　거기다가 어찌나 마음씨도 고운지, 자신들과 같은 하급 무사들의 인사도 일일이 받아준다.
　"날씨도 추운데 옷은 두껍게 입으셨나요?"
　경장 여인의 얼굴에 한줄기 근심이 스쳤다.
　'우오오오!'
　황초는 말 그대로 감격의 눈물을 흘리는 중이었다.

"콜록!"

그때 그녀의 입에서 자그만 기침 소리가 흘러나왔다. 고운 이마가 살짝 찡그러졌다.

황초의 마음은 말 그대로 일그러지는 듯했다.

"어디 안 좋으신가요?"

"감기가 좀… 아아……."

그때 백의경장 여인이 이마를 짚더니 몸을 휘청거렸다. 황초는 순간 공주를 지키는 왕자가 되었다.

황초는 경장 여인의 몸을 받치며 한껏 근엄한 목소리로 말문을 열었다.

"괜찮으신가요?"

"예……."

"오늘은 이만 가보시는 게 어떻겠습니까?"

백의경장 여인은 고개를 끄덕이며 몸을 일으켰다.

"아무래도 그래야 할 것 같아요."

백의경장 여인은 이마를 손으로 짚은 채 터덜터덜 걸음을 옮겼다. 황초는 그런 그녀의 뒷모습을 바라보며 걱정스럽게 중얼거렸다.

"할 수만 있다면… 집까지 데려다 주고 싶군."

황초는 고개를 설레설레 저었다. 그리고 여느 때와 같이 의문스런 어조로 고개를 갸웃거렸다.

"그런데… 왜 매일 여기를 서성이지?"

한편 힘없이 걷던 경장 여인은 골목을 돌자마자 어깨를 쭉 폈다.

"이런 띠발."

아까의 그 청초한 모습이라고는 상상조차 할 수 없는 격한 어조였다.

경장 여인 소령은 손톱을 깨물며 눈알을 이리저리 굴렸다.

"들어가야 될 어떻게 미인계라도 쓰지."

소령은 아직까지 사도련 안으로 들어가지 못하고 주위만 맴돌고 있었다.
"어떻게 들어가야 되는겨."
그냥 몰래 잠입하면 끝날 문제였다. 소령에게는 그만한 능력이 있었다. 하지만 그녀는 집착하고 있었다.
미인계에.

*   *   *

끼익! 끼익!
을씨년스러운 바람에 문이 삐거덕거리며 흉한 비명성을 내지르고 있었다. 현은 그런 모습을 바라보며 미소를 지었다.
"날이 어둡네."
현은 나지막한 목소리로 중얼거렸다.
"그동안 별고 없으셨는지요."
"응."
그리고 현의 앞에 서 있는 청수한 노년인 하나.
외모라면 손자와 뻘밖에 안 되는 현이지만 장거정은 깍듯이 높임말을 썼다. 그는 현 황제의 스승이자 이 나라 최고의 어른인 대학사 장거정이었다.
장거정은 주위를 살피다 눈살을 찌푸렸다. 가구에는 뽀얗게 먼지가 앉아 있었다. 여기저기 널린 옷가지가 방 안을 한층 난잡스럽게 보이게 했다.
현은 피식 웃으며 말문을 연다.
"좀 더럽지?"

"죄송합니다. 최대한 빨리 사람을 구하겠습니다."

장거정은 송구스런 표정이었다. 현은 하얗고 가느다란 손을 뻗어 탁자 위에 놓인 찻잔을 집었다.

"응. 그래야 할 것 같아."

문득 장거정은 얼마 전 두려움에 질려 찾아온 시비를 생각해 냈다.

이제는 필요없다 말하라 보냈다고 했다. 시비는 아무것도 필요없으니 이곳에서 나가게만 해달라고 장거정에게 매달렸다. 그런 시비에게 내려진 처분은 죽음이었다.

그의 소문이 밖으로 새어나갈 수 있었기 때문이다.

"요즘 바빴어?"

잠시 상념에 빠져 있던 장거정은 현의 말에 정신을 차렸다.

"예?"

"요즘 들어 통 오질 않았잖아."

현은 뾰로통한 표정을 짓는다.

"서운했단 말이야."

장거정의 얼굴이 하얗게 질렸다. 목소리는 미묘하게 떨리고 있었다.

"죄, 죄송합니다!"

"농담이야."

"예, 예……."

말까지 더듬는 모습에 현은 피식 웃었다.

"뭘 그리 긴장하고 있어? 누가 잡아먹어?"

장거정은 황급히 고개를 저었다.

"싱겁긴."

현은 여유로웠다. 침상에 반쯤 기대며 나른한 표정으로 눈 주위를 부볐다.

"피곤해."

"…무슨 일이라도 있으십니까?"

"아니야."

현은 연신 눈 주위를 부비다가 말문을 열었다.

"황제는 어때?"

"여전합니다."

"흐음… 그렇군."

현의 입가에 차가운 미소가 머금어졌다.

"지금쯤 한창 가슴 졸이고 있겠군."

"예?"

"황제 말이야."

현의 중얼거림에 장거정은 의아한 표정이다. 현은 히죽 웃으며 혀를 찼다.

"쯧쯧! 대학사란 작자가 이렇게 눈치가 없어서야."

"죄, 죄송합니다."

장거정은 식은땀을 흘리며 연신 사죄했다. 현은 손을 내저으며 심드렁한 표정으로 말문을 열었다.

"그렇게 불로불사, 불로불사 하던 놈이니까…….'

"아……!"

그제야 장거정은 현의 말뜻을 알아들을 수 있었다. 그러고 보니 요즘 들어 우림낭이 바쁘게 움직인다는 소리를 들은 터였다.

"알고 계셨습니까?"

현은 턱을 괴며 한쪽 눈을 찡긋했다.

"당연하지."

"…어떻게 생각하십니까?"

"어떻게라니?"
 현은 히죽 웃으며 장거정에게 반문했다. 장거정은 딱딱하게 굳은 얼굴로 꿀 먹은 병아리처럼 서 있었다.
 "일단 내버려 둬야지. 내 손바닥 안에서 나가지만 않으면 돼."
 "…예."
 장거정은 편치 않은 얼굴로 힘없이 대답했다.
 "찔려?"
 "아닙니다."
 "찔리면 안 되지. 너도 엄연한 공범이잖아?"
 "……."
 장거정은 이마에 솟은 땀을 소매로 닦아냈다. 그때, 현이 이마를 손바닥으로 탁 치며 장거정에게 시선을 줬다.
 "그리고 구하는 김에 몽땅 바꾸지?"
 "예?"
 "하인들도 한번 물갈이하라는 소리야. 요즘 들어서 조금씩 날 경계하는 눈치더라고."
 현의 말에 장거정은 고개를 끄덕였다.
 "아… 그것은 걱정 마십시요. 여느 때처럼 처리하겠습니다."
 현은 고개를 끄덕이며 침상에 완전히 누웠다.
 현은 장거정을 바라보다가 싱긋 미소를 지어 보이며 말문을 열었다.
 "노파심에 하는 말인데."
 "예?"
 "쓸데없는 짓거리는 생각도 하지 마."
 "……."
 현은 싸늘한 눈빛으로 장거정을 바라보며 한마디를 툭 던졌다.

"죽는다."
장거정은 질린 얼굴로 뒤로 한 걸음 물러섰다. 문득 현이 미소를 지었다.
"풋!"
"……?"
"아하하하! 내가 설마 널 죽일까."
현의 박장대소에 장거정은 놀란 가슴을 쓸어내렸다.
"걱정 마. 이번 일만 끝나면 약속한 것은 지키겠어."
현의 말에 장거정의 입꼬리가 약간이지만 올라갔다. 찰나였지만 현은 그 모습을 똑똑히 볼 수 있었다.
"누가 알 수 있을까? 청렴결백의 대명사인 대학사 장거정이 한 가닥 욕망 때문에 나라를 팔아먹으려 한다는 사실을. 하하!"
현의 말에 장거정은 억지웃음을 흘리며 손사래를 쳤다.
"제가 어찌……."
"나가봐."
"…예."
중간에 말이 잘린 장거정은 굳은 얼굴로 말문을 열었다.
"자주 찾아뵙겠습니다."
장거정은 예를 표한 뒤 뒷걸음질로 문을 나섰다. 현은 닫힌 문을 바라보며 짧게 한숨을 내쉬다가 아무것도 없는 허공에 시선을 가져갔다.
"왔으면 나와."
현의 말이 끝나기가 무섭게 바닥에 한 사내가 내려앉았다.
창백한 얼굴의 미남이었다. 너무도 하얀 피부에 가냘픈 몸집. 누가 보더라도 병약하다 안쓰럽게 생각할 만한 인상이었다.
"여전하구나."
현은 눈살을 찌푸리며 사내를 바라보았다.

"뭐, 그렇지."

사내는 희미하게 미소 지었다. 현은 찻잔을 건넸다.

"오래간만이야, 운비."

"그래."

사내, 운비는 찻잔을 받아 들었다.

"병약한 미소년께서는 여기까지 무슨 일로 행차하셨나?"

현의 장난스런 말투에 운비는 눈살을 찌푸렸다.

"나 그 소리 싫어하는 거 알잖아?"

"아, 미안미안."

현이 선선히 사과했다. 운비 역시 그가 장난으로 말한 것이라는 것을 알고 있었기에 별로 개의치 않았다.

"네가 제안한 대로 황실에 정보를 흘렸어."

"응? 어, 알고 있어."

현의 말에 운비의 안색에 한 가닥 그늘이 깃들었다.

"위험 요소가 많아. 알고 있어?"

"그래. 알지."

현은 평온한 표정이다. 운비는 한숨을 내쉬었다.

"이번 일로 우리의 존재가 만천하에 드러나게 되겠지."

"그렇게 되겠지."

"너무 일렀어. 나나 일랑님은 시간을 두고 천천히 진행할 생각이었단 말이야."

운비의 근심 어린 말에 현은 혀를 끌끌 찼다.

"다른 애들도 참을 만큼 참았잖아?"

"그렇기는 하지만."

운비의 표정은 심각하기 그지없었다.

"너는 너무 신중해서 탈이야."

현은 몸을 일으키며 과장스럽게 양팔을 벌렸다.

"위험해 보이는 열매일수록 맛은 단 법이야."

"그건 맞는 말이야. 하지만 꼭 이렇게까지 할 필요가 있었어? 무영을 끌어들이면서까지……."

현은 심드렁한 표정으로 턱 주위를 매만졌다.

"녀석은 좋은 패야. 알잖아?"

"네 방식이 마음에 안 든다는 거야."

운비는 차를 벌컥벌컥 마신 뒤 말을 이어나갔다.

"현아! 아무리 그래도 어떻게 네 형을……."

쾅!

순간 탁자가 쪼개졌다.

운비는 당황한 얼굴로 입을 다물었다.

"그 빌어먹을 아가리 안 닥치면 몇 년 동안 목발 짚고 다니게 만들어주겠어."

흉포한 기운이 방 안을 저릿하게 울렸다. 그런 모습에 운비가 사색이 된 얼굴로 황급하게 말문을 열었다.

"…미, 미안… 그 말은 꺼내지 않을게."

현은 한참 동안 씩씩거리다가 찢어질 듯한 목소리로 외쳤다.

"나가."

"미안해."

"빨리 안 꺼지면 무슨 짓을 할지 나도 장담 못해."

명백한 축객령이었다. 운비는 주춤거리며 몸을 일으키더니 처음처럼 허공으로 사라졌다.

"…에이, 썅!"

현은 반으로 쪼개진 탁자를 집어 벽으로 내던져 버렸다.
쾅작!
탁자가 박살나며 땅바닥에 흩어졌다. 하지만 분이 풀리지 않는다. 답답한 기분에 가슴이 타 들어가는 느낌이었다. 그때였다.
끼익!
문이 열리며 소요가 들어왔다. 그녀는 엉망으로 변한 방 안을 훑으며 한숨을 내쉬었다.
"치울게요."
소요는 방 옆에 놓인 빗자루를 들었다.
"내버려 둬."
현은 한쪽 눈가를 손으로 가린 채 음습한 어조로 운을 떼었다. 소요는 눈살을 찌푸렸다.
"결국 이렇게 되었군요."
"크으… 넌 왜 왔어!"
"운비님이 온다고 들어서요."
소요는 들었던 빗자루를 바닥에 놓고 현에게 다가왔다.
"어째서… 이렇게 힘든 길을 가시려 하나요?"
"상관 마."
냉정한 어조에 소요의 눈가에 애수가 어렸다.
"그런 말 말아요."
"잔소리할 요량이면 닥치고 있어."
"가여워서 그래요."
문득 현의 고개가 들렸다. 입가에는 비틀린 미소가 자리하고 있었다.
"가여워? 내가?"
"예. 너무 애처로워서 볼 수 없어요."

"하하하! 너 지금 무슨 헛소리야?"

현은 침상을 뒹굴며 박장대소했다. 하지만 소요의 눈은 무겁게 가라앉은 상태를 유지하고 있었다.

현의 어조가 굳어졌다.

"뭐야, 그 눈동자는?"

"……."

현의 얼굴이 일그러졌다.

"그따위 표정으로 나를 쳐다보지 마. 눈을 파버릴 거야."

"죄, 죄송해요."

소요는 황급히 뒤로 물러섰다. 지금 현의 상태는 위험하다. 무슨 짓을 저지를지 모른다. 자칫 잘못하면 정말 두 눈을 잃을 수도 있다. 그는 한다면 하는 사내였다.

현은 천천히 침상을 기어 소요 쪽으로 다가왔다.

"개가 주인을 걱정해? 웃기는 소리야."

순간 소요가 울컥했다.

"개? 저를 개라고 생각하시는 거예요?"

현의 눈이 차갑게 가라앉았다.

"너 요즘 들어 건방져졌어. 그거 알아?"

"……."

턱!

"으윽!"

소요는 짧은 비명성을 터뜨리며 눈을 감았다. 현의 조그만 손이 소요의 멱살을 틀어쥐고 있었다.

"다 죽어가는 걸 살려줬더니……!"

"아, 알아요……!"

불나방은 불꽃을 향해 날아든다

"처음에는 내 눈도 못 마주쳤어. 그거 알지?"

숨이 막히며 얼굴빛이 하얗게 변했다. 소요는 눈을 질끈 감으며 몸을 허우적거렸다.

"예, 예……. 이, 일단 이것부터……."

현은 비릿하게 웃으며 고개를 갸웃거렸다.

"너 안 죽잖아? 내가 그렇게 만들어줬으니까."

"제, 제발……."

현의 눈썹이 위로 치켜 올라갔다.

"넌 그냥 내가 시킨 대로 황제한테 아양이나 떨면 돼! 이 화냥년아!"

또르륵…….

순간 소요의 볼을 타고 한줄기 눈물이 흘러내렸다.

"이익!"

현은 입술을 꽉 깨물며 소요를 내팽개쳤다.

"컥! 쿨럭! 쿨럭! 캐액!"

소요는 연신 기침을 쥐어짰다.

"크흐……!"

현은 한쪽 눈을 일그리며 씩씩거렸다. 소요는 목을 매만지며 몸을 일으켜 방을 나서려 했다.

그런 모습에 현은 당황한 표정으로 소요를 불러 세웠다.

"내가 밉냐?"

현은 소요에게 묻는다. 소요는 아무런 대답도 하지 않았다.

현의 눈가에 초초함 깃든다.

"내가 밉냐고!"

"…아니요."

소요는 고개를 떨구며 답해주었다. 현은 이 대답을 듣고 싶어할 것이 분명했다.

그녀의 예상대로 현의 안색이 눈에 띄게 환해졌다. 하지만 어조는 여전히 차갑다.

"미워도 어쩔 수 없어."

현은 히죽 웃었다.

"넌 평생 내 곁에서 못 떠나."

"……."

현은 소요에게 얼굴을 들이밀며 차가운 표정으로 물었다. 마치 다짐을 받으려는 듯.

"너는 내 거야. 알지?"

"…예."

"내 소유물이야. 하하하!"

현은 실성한 사람처럼 웃기 시작했다. 소요는 그런 현을 뒤로하고 방을 나갔다.

혼자 남은 현의 웃음이 뚝 멈췄다.

"제기랄!"

현의 입에서 욕설이 흘러나왔다.

"이놈이고, 저놈이고, 무영… 무영… 무영!"

현은 머리를 감싸 쥐며 맨바닥에 주저앉았다.

"그 새끼! 거슬려."

무현의 안광에는 살기가 흐르고 있었다.

『무영검전』 3권으로 계속…

FANTASTIC ORIENTAL HEROES

청 어 람 신 무 협 판 타 지 소 설

제1회 신춘무협 공모전에 『보표무적』으로
금상을 수상한 작가 장영훈의 신작!!

일도양단(一刀兩斷) / 장영훈 지음

한 겹 한 겹 파헤쳐지는
음모의 속살을 엿본다!

『일도양단』
(一刀兩斷)

그의 이름은 기풍한.

**천룡맹(天龍盟) 강호 일급 음모(一級陰謀) 진압조(鎭壓組)
질풍육조(疾風六組)의 조장이다.**

임무를 위해 출맹한 지 사 년이 지난 어느 겨울날 새벽,
돌아온 그에게 천룡맹 섬서 지단 부단주가 말했다.
"질풍조는 이미 해체되었네."

그리고…
그의 존재를 알던 모든 이들이 죽었다.

유행이 아닌 자유추구 -
WWW.chungeoram.com

청어람 신무협 판타지 소설

최고의 신무협 작가 『설봉』의 최신작!

사자후(獅子吼) / 설봉 지음

다시 한번 당신을 잠 못 들게 만들
불후의 대작!

깊게 깊게 빠져드는 몰입의 세계!
온몸을 전율케 하는 짜릿 듯한 강렬함을 느낀다!

그에게서는 묘한 악취가 풍겼다. 그가 창을 겨눴을 때……
화염이 이글거리는 눈동자를 보았을 때……
비로소 악취의 정체를 짐작해 냈다.
피와 땀이 켜켜이 쌓여 자연스럽게 뿜어져 나오는 살인마의 냄새.
그는 허명(虛名)을 좇아 비무를 즐기는 낭인(浪人)이 아니라 야성(野性)이 살아서 꿈틀거리는 진짜 살인마였다.
투지가 끓어올라 활화산처럼 꿈틀거렸다.
그의 눈길을 정면으로 맞받으며 묘공보(妙空步)를 밟기 시작했다.
우리의 첫 만남은 그렇게 시작되었다.

- 환봉개(幻棒丐)의 회고록(回顧錄) 中에서 -

청어람 신무협 판타지 소설

2005년 고무판(WWW.GOMUFAN.COM)
「장르문학 대상」 최고의 영예, 대상(大賞) 수상작!

한칼에 세상이 갈라지고,
한걸음에 무림이 격동친다!

『좌검우도전』
(左劍右刀傳)

좌검우도전(左劍右刀傳) / 이령 지음

**강한 자(强漢者)가 뿜어내는 거대한 힘과
강인한 매력에 빠져든다!**

"너는 반드시 힘을 가져야 한다. 네 의지로… 세상을 뒤엎어 버려라."

"강자를 약자로 만들고, 명예를 똥칠하고, 돈을 빼앗아라.
협의도(俠義道)가, 마도(魔道)가 얼마나 더러운 것인지 알려주어라."

"오냐, 아무것에도 얽매이지 말고 네 마음대로 세상을 휘저어라.
너의 이름은 수강호(讐江湖)가 아니더냐? 강호를 향해 마음껏 복수하거라!
유오독존(唯吾獨尊)! 그것이 나의 소원이다."

- 유행이 아닌 자유추구 -
WWW.chungeoram.com